한국 문화의 풍경

한국 문화는 살아 있습니다.

더 알고 싶고, 더 즐기고 싶습니다.

누구나 한국 문화를 향유하는 그날을 소망합니다.

한국
문화의 풍경

김경은 차경희 이태호 한문희 정재환

종이와
나무

한국 문화의 새로운 탐색

한국 문화는 한국인들이 문화 유전자를 공유share하여 오랜 역사 속에서 빚어낸 고유의 양식mode을 가리킨다. 그 특수성이 때론 장애가 되어 사라지는 것들도 있지만, 어떤 것은 끝까지 살아남아서 하나의 양식으로 자리 잡고 보편적인 문화로 탈바꿈한다. 이 책에는 그중 여섯 가지 한국 문화 아이템을 수록하였다. 한복, 한옥과 정원, 비빔밥, 진경산수화, 책거리, 한글이다.

'우리 옷 한복'은 한국인 고유의 역사성, 슬기로운 과학성, 아름다운 미의식을 보여준다. 그 유래와 변천 과정이 지닌 편안함은 한국인다운 정체성을 상징한다. 이제는 세계인 누구나 그 아름다움에 매료되어 한복을 찾고 있다.

'자연을 품은 집 한옥과 정원'은 사람을 압도하기보다는 자연 경관의 일부가 된다. 그러면서도 자연의 풍수를 이용하여 여름엔 더위를 피하고 겨울엔 추위를 막는다. 자연 닮은 아름다움과 지혜가 그 속에 스며 있는 것이다. 현대 최첨단의 건축공학이 이런 자연주의 철학을 닮고 싶어 한다.

'맛의 성찬 비빔밥'은 서민의 밥을 대표한다. 누구나 섞여 먹는 밥, 그래서 비빔밥은 어울림의 밥이다. 밥과 여러 가지 재료가 어울리고 섞이며 새로운 풍미를 더한다. 보기도 좋고 맛도 좋은 비빔밥이 세계인의 입맛을 사로잡고 한식 푸드의 대명사가 된 것이다. 지금도 비빔밥은 진화하고 있지만 그 원칙과 철학만큼은 여전하다.

'우리 땅의 발견 진경산수화'는 있는 그대로의 우리 땅에 대한 문화적 자각이자 찬가다. 우리 땅은 변하지 않고 그 모습 그대로 늘 그 자리를 지켜왔지만, 중국풍 관념 산수화에 길들어 오랫동안 우리 땅을 실제와 다르게 그려왔다. 그러다가 조선 후기 관념에서 진경으로, 다시 실경으로, 우리 땅을 보는 시각과 묘사도 자연스럽게 변하였다. 찬찬히 그 추이를 들여다보면, 한국의 절경명승이 뽐내는 아름다움을 만난다.

책거리는 책이 있는 병풍 그림으로 우리나라가 독특하게 발전시킨 양식이다. 책을 중심으로 각종 문방류와 기물이 어우러지며 멋을 자아내는 이채로운 그림이다. 처음에는 서양화풍의 특이함으로, 후에는 우리 주거에 어울리는 친근한 민화풍으로 변형되며, 그 상상력으로 우리 주거 문화의 한 모퉁이를 차지했다.

무엇보다도 한국 문화의 정점은 한글에 있다. 한글은 우리말을 표현하는 문자지만, 그 역할은 문자로서 끝나지 않는다. 한글의 과학성과 시각성이 새롭게 피어나며 문화 창조의 큰 젖줄이 되고 있는 것이다. 글자꼴이 발성 기관을 닮아서 세계인 누구나 배우기 쉬운 실용적인 글자, 글자 모르는 백성의 서러움을 씻어준 글자, 세계 언어학계에서도 한글의 독특한 위상을 높게 평가하고 있다.

이를 종합하면 한국 문화는 몇 가지 특성을 보인다.

첫째는 자연스러움으로, 우리 옷 한복과 자연을 품은 한옥과 정원, 우리 땅의 발견 진경산수화가 그런 특질을 보여준다.

둘째는 포용력인데, 맛의 성찬 비빔밥이 그런 경우다.

셋째는 상상력과 실용성이며, 책거리와 한글이 그런 역사와 정신을 나타낸다.

그러면서도 한국 문화에는 독창성과 조화의 정신이 흐른다. 독창성을 바탕으로 공감의 조화를 추구하되 거스르거나 배척하지 않는다. 그 모습이 때로는 소박해 보이지만 위압적이지 않다. 이러한 특성 때문에 일상에 깊이 스며들어 세계인이 즐기는 문화가 되고 있는 것이다.

이들 여섯 가지 아이템은 '한국 문화의 고유한 개성에 바탕을 두면서도 세계인 누구나 공감할 수 있느냐'를 기준으로 선정했다. 특수성과 보편성을 두루 고려하면서도 '세계인의 취향이나 감각에도 부합하는가'를 두루 살폈다는 뜻이다. 앞으로 더 많은 한국 문화를 소개할 날을 기약한다.

각기 그 분야 전문가가 한 편씩 맡아서 글을 썼다. 학술적으로 깊이 천착한 글도 있지만, 되도록 한국 문화를 처음 접하는 사람들을 위하여 쉽게 쓰려고 노력했다. 또 비교를 통해 차이점을 드러내고 사진을 통해 시각적으로 이해하도록 구성했다.

한국 문화는 이제, 한국인만의 전유물이 아니다. 세계인 누구나 즐기는 문화가 되었다. 한국인의 숨결이 살아 있고, 생기가 넘치는 한국 문화에 대한 새로운 탐색을 시작하는 뜻이다. 한국 문화는 살아 있다. 더 알고 싶고, 더 즐기고 싶다. 이 책이 그러한 요구에 부응할 수 있을까. 이 책을 지은 저자들의 소망이다.

2022. 10.
누구나 즐기는 한국 문화를 꿈꾸며,
저자 일동

|차 례|

I. 우리 옷 한복

김경은 경향신문 전 편집위원, 한일 산업·문화협회 정책이사

1. 한복의 역사성

삼국시대, 한복의 원류

문화는 자연 순응적이다. 인간이 자연에 적응한 결과물이기 때문이다. 기후는 문화를 지배한다. 기후는 특히 의복에 직접 영향을 미친다. 유목민은 건조하고 추운 지방에 살았다. 당연히 추위를 견디고 이동하는 데 편리한 옷을 입었다. 반면 농경민족은 덥고 습기가 많은 지역에 정착했다. 농경민족 의복에선 무엇보다 통기성이 중요했다. 의복문화가 바지와 치마로 대변된 까닭이다. 상고시대의 유목민족은 남녀구분 없이 바지를, 농경민족은 남녀 모두 치마를 입었다. 저고리에 통좁은 바지(上襦下袴)는 북방계, 저고리에 긴 치마(上衣下裳)는 남방계통 의복의 상징이다.

북방계열 민족은 말을 타고 사냥하기에 알맞은 좁은 소매의 저고리(褶·襜)와 통 좁은 홀대 바지(袴·裳)를 입었다. 바지는 발목까지 내려왔다. 활동성을 높이려고 바짓단을 묶었다. 일명 호복胡服(스키타이 의복)이다. 고구려의 복식은 말을 타기에 유리한 전형적인 스키타이 스타일이다. 물론 백제와 신라도 그것과 유사했다. 강릉원주대 패션디자인학과 김용문 교수는 "고구려, 백제, 신라는 스키타이계 의복의 영향을 받아 활동성이 편한 옷을 만들어 입었다"면서 "남자와 여자 모두 긴 저고리를 기본으로 해 바지와 치마를 입었다"라고 말했다. 기동성과 활동성이 중요했기 때문이다.

대표적인 북방 유목민족은 몽골족과 돌궐족이다. 몽골과 돌궐 복식은 고구려와 유사하다. 고증된 사실이다. 상고시대의 전형적인 유목민족의 복식이 발견됐다. 몽골 '노인 울라'(흉노족 집단매장 유적)에서 출토됐다. 이 의복과 고구려 옷은 같은 형태다. 우즈베키스탄 사마르칸트시 아프라시압 궁전 벽화도 그 증거 중 하나다. 돌궐은 튀르크를 한자로 음차한 것이다. 튀르크는 터키의 선조다. 많은 터키 국민이 '튀르키예'Türkiye'(튀르크인들의 땅)로 국호 개정을 원하여 결국 유엔의 승인을 받았다(2022. 6. 1). 고구려 말기인 7세기 연개소문이 튀르크에 두 명의 사신을 파견했다. 아프라시압 궁전 벽화는 사마르칸트의 와르후만 왕이 12명의 외국 사신을 맞는 모습이 그려져 있다. 벽화에 3명의 튀르크 관리와 나란히 서 있는 두 명의 고구려인이 있다. 바로 연개소문이 파견한 사신이다. 두 나라의 복장은 닮아 있다. 좁은 소매의 저고리와 좁은 바지를 입었다. 북방알타이어계 공통된 복식인 착수궁고窄袖窮袴(좁은 소매 저고리와 바지) 차림이다. 고구려 고분인 무용총의 〈무용도〉와 〈수렵도〉, 쌍영총의 〈기마인물도〉 등에 나오는 인물은 모두 이런 형태의 옷을 착용하고 있다. 삼국시대의 착수궁고가 남녀 기본 복식으로 발전한 것이다.

> "몸매를 드러내지 않기 위해 무늬 있는 비단으로 '큼지막하게 만든 바지'를 입고, 물들인 끈으로 금방울을 매단 푸른색 두건을 쓰며, 부귀의 표시로 비단 향주머니를 차고, '치마는 노란 비단으로 만들어'

무용총 벽화 그림 치마 입은 고구려 여인(연합뉴스)

겨드랑이까지 끌어올려서 높이 묶는데 많이 휘감을수록 고상하게
여기며, 손에 부채를 쥘 때는 손톱이 보이는 것을 부끄럽게 여겨서
진홍색 주머니로 가리기도 하였다.”

고려에 파견된 북송의 사신 서긍徐兢이 쓴 『고려도경高麗圖經』의 한
대목으로, 서긍 일행이 구경 나온 고려 여인의 모습을 묘사한 것이다.
중국과 다른 고려인의 모습을 기록했을 것이다. 필자가 주목하는 부분
은 ‘큼지막하게 만든 바지’와 ‘노란 비단으로 만든 치마’다. 적어도 북
송 시대에 중국에서는 바지가 일반적인 복장이 아님을 알 수 있다. 특
히 노란 치마는 중국인에게는 금기였다. 노란색은 황제의 색깔이기 때

문이다. 서긍은 또 삼국시대의 의복제도도 소개하고 있다. 고려인에게 들은 내용이다.

> "옛 풍속에 여자의 옷은 '흰 모시 저고리'에 '노란 치마'인데 위쪽으로는 왕가의 친척과 귀한 집으로부터 아래쪽으로는 백성의 처첩에 이르기까지 한 모양이어서 특별히 구별이 없다고 한다."

『고려도경』을 보면 적어도 고려 여인의 옷차림은 삼국시대와 큰 차이가 없다. 고구려인의 옷차림을 구체적으로 보자. 남자는 저고리에 바지, 여자는 저고리에 바지 혹은 치마를 입었다. 치마를 입는 경우 치마 속에 바지를 겹쳐 입었다. 바지는 통이 넓은 편이다. 각종 무늬가 그려져 있기도 하다. 두루마기도 입었다. 저고리와 두루마기는 단추가 없고 띠로 옷을 여몄다. 저고리는 중국과 달린 왼쪽으로 여몄다. 사냥하는 풍습과 관련이 있다. 활동성을 중시했음을 알 수 있다. 당시 중국은 이런 차림을 '만이복蠻夷服'이라고 폄하했다. '만이복'이란 오랑캐 옷이라는 의미다. 동쪽 오랑캐(東夷), 남쪽 오랑캐(南蠻)가 입던 옷이라는 뜻이다. '김용만은 『고구려인의 발견』에서 "중국인은 '고구려 사람이 달음질치듯 움직인다'고 표현했다"면서 "그런 기민함은 거추장스러운 당시 중국 옷을 입고는 나올 수 없는 행동"이라고 말했다.

그렇다면 우리 조상은 언제부터 바지를 벗고 치마를 입은 것일까. 그 시작을 알려주는 게 고구려 벽화다. "벽화는 핵폭탄보다 위대하다"라는 말이 있다. 벽화가 문화의 보고라는 얘기다. 고구려 벽화는 당시 역사적 경험과 문화와 예술 수준을 잘 보여준다. 고구려 벽화는 평

민의 생활상까지 속속히 보여주는 게 특징이다. 특히 고대사회의 의생
활을 엿볼 수 있는 귀중한 자료다. 우리의 의복 문화의 원형을 담고 있
기 때문이다.

　　우리나라에서 가장 오랜 고구려 무덤은 안악3호 고분이다. 357년
에 축조됐다. 그 긴 역사를 견디기 버거웠는지 벽화가 심하게 훼손되
어 있다. 여인은 부엌 아궁이에 불을 지피고, 부뚜막에는 떡시루가 놓
여 있다. 또 두 여인이 디딜방아를 찧는 방앗간도 보인다. 디딜방아는
곡물을 빻아서 가루를 내고, 떡시루는 곡물가루를 쪘음을 의미한다.
벽화 속 장면, 즉 부엌과 아궁이 불, 떡시루, 디딜방아는 유목사회의 모습이 아니다. 정착 생활의 면면이다. 4세기 당시 고구려는 유목사회에서 농경사회로 옮겨졌음을 알 수 있다. 삼한인, 즉 고구려·백제·신라인은 이미 '정착한 기마민족'으로 전환됐을 개연성을 배제할 수 없다. 농경민족의 전형적 복식은 저고리와 치마다. 벽화 속 여인이 입은 치마가 훼손되어 있다. 그 치마의 형태를 분명히 알 수 없는 게 아쉽다.

바지에서 치마로 갈아입는 데 촉매 역할을 한 것은 역시 기후다. 한반도는 온대몬순기후다. 북방계와 남방계의 경계 지역이다. 농경, 유목, 수렵이 공존했다. 북방과 남방 문화 교류에 상대적으로 유리한 지리적 입지를 갖췄다. 의복의 남·북방 교류 증거는 남방과 북방 전통 의복의 혼용이다. 즉, 상유하고上襦下袴(좁은 소매와 긴 바지·북방계)식 의복과 상의하상上衣下裳(저고리와 치마가 붙은 원피스·남방계)식 복식을 함께 입었을 가능성이 크다. 물론 포와 치마로 대표하는 상의하상식 복식은 외래문화이다.

농경사회로의 정착은 하나의 국가적 발전 전략이었다. 유목보다 농경이 훨씬 생산성과 경쟁력이 높다. 고구려의 수도 천도(중국 지린→평양)를 통해 산업혁명(유목→농경)을 꾀한 것이다. 실제로 평양성 천도는 유목 생활에서 농경 생활로 안착하는 결정적 계기가 되었다. 이런 과정에서 농경문화에 적합한 의복인 치마로 갈아입는 것은 이상한 일은 아니다. 국내성에서 평양성으로 수도를 옮긴 해는 417년(장수왕 15년)이다. 안악3호 고분이 축조(357년)되고 반세기 이상의 시간이 흐른 뒤다. 고구려인은 농경문화에 더 친숙해졌을 것으로 짐작된다. 그 과정에서 농경 생활에 적합한 고구려 복식이 만들어진 것으로 추정할 수 있다. 주름치마가 바로 그것이다.

치마는 한국의 고대사회에서도 여성의 상징이다. 고분 벽화에 보이는 고구려 여성은 주로 주름치마나 색동치마를 착용하고 있다. 시중을 드는 여인도 색동치마를 입었다. 주름치마와 색동치마는 의복 조형에 대한 고구려의 관심을 보여주는 증거다. 김용만이 쓴 『고구려인의 발견』은 주름치마에 대해 "주름이 넓은 것도 있고 간격이 좁은 것도 있지만 좁은 것이 더 많다"면서 "귀부인의 경우 각종 무늬가 그려진 두루마기를 겉옷으로 입고 안에는 주름치마를 입어 주름치마 끝이 조금 보이는 경우가 가장 일반적인 모습"이라고 말했다. 치마의 길이와 폭도 신분이 높을수록 길다.

그렇다면 고구려, 백제, 신라 사람이 입었던 옷은 얼마나 유사했을까. 중국 사서를 통해 삼국 의복의 기본형태가 같았음을 짐작할 수 있다. 『북사北史』「동이전」 신라조와 『수서隋書』는 "신라 의복은 대략 고구려, 백제의 것과 같다"라고 적고 있다. 『양서梁書』도 백제의 의복에 대해 "고구려와 같다"라고 적고 있다. '고구려와 같다'는 표현은 적어도 한반도의 3국과 중국은 전혀 다른 형태의 의복을 입었음을 암시한다. 중국과 유사했다면 중국과 직접 비교했을 것이다. 직접 비교하지 않은 이유는 한반도 삼국 의복이 중국과 달랐기 때문일 것이다. 하지만 중국인 시각에서도 각 나라의 특성을 구분할 수 있을 만큼 삼국 의복은 차이가 난다. 소매 너비, 상의 기장, 복색 등에 대해 구체적 차이를 적시하고 있다. 『후주서後周書』는 백제의 귀부인 의복에 대해 "도포 같으나 소매가 넓다"라고 적고 있다. 반면 『신당서新唐書』「동이전」신라조에 "부녀자는 장유를 착용했다"라는 기록이 있다. 남녀가 함께 입었던 장유는 길이가 둔부까지 내려오는 저고리다. 소매는 통으로 된

게 특징이다. 이를 볼 때 남자 옷보다 기장이 길었을 것으로 추정된다. 『수서』는 신라 여인의 복색과 관련 "소색을 좋아했다"라고 적고 있다.

고려시대, 사회 변혁의 중심에 있던 저고리

고려 말기부터 한복 저고리가 짧아지기 시작했다. 엉덩이까지 내려오던 게 허리선까지 짧아졌다. 저고리 전통성과 형태를 그대로 유지하면서 길이만 짧아졌다. 파격적 구조 변화라고 할 수 없다. 하지만 짧아진 저고리가 의복의 구성에 결정적 영향을 미쳤다면 이야기는 달라진다. 저고리가 짧아지면서 옷고름이 새로 생겼다. 띠를 대신했다. 띠는 긴 저고리와 포의 허리춤에 맸다. 끈이 풀리면 매무새가 흐트러지는 단점이 있다. 옷고름은 그런 불편을 해소, 신체활동을 원활하게 할 수 있다. 신체 노출 방지라는 안전의 목적과 몸의 안락감을 증진하는 데 효과적이었다.

저고리가 짧아지고 띠가 고름을 대체된 것은 의복 간소화의 한 형태다. 겉옷이 속옷이 되는 간소화의 사례는 세계적으로 흔하다. 일본의 기모노, 중국의 치파오도 그렇다. 하지만 어느 나라 전통 의복 역사에서도 저고리가 짧아지는 변화는 흔하지 않다. 본래 기마민족 의복을 수용한 시기가 '제1차 한복 패션 혁명기'라면, 짧은 저고리와 고름 등 한복의 원형을 갖춘 이 시기를 '제2차 한복 패션 혁명기'라고 이름 붙여도 무방할 듯하다.

혁명은 결코 조용하게 오지 않는다. 사회적 혼란과 함께 온다. 변화의 소산이다. 고려 말기가 그랬다. 이민족의 침략과 지배를 경험한 고려는 심한 정체성 분열 증세를 보인다. 그것을 시각적으로 보여주는 게 복식이다. 파격적 패션의 변화가 생겼다. 고려를 복속시킨 원나라는 강력한 복식 동화정책을 고려에 요구했다. 원나라 복식이 고려의 관복이 됐다. 고려 상류층은 몽골 옷을 입었다. 원나라 세조 쿠빌라이의 딸 제국(쿠툴룩켈미쉬) 공주와 결혼한 충렬왕은 솔선수범했다. 변발하고 몽골 옷을 입었다. 원나라 부마국(사위의 나라)의 상류층에 원나라 풍습은 자연스럽게 스며들었다. 원나라 복식을 착용했다는 것 자체로 권위와 신분을 상징했다. 충렬왕의 부왕인 원종이 태자 시절 원나라로부터 얻어낸 '불개토풍不改土風(원나라 풍습을 고려에 강요하지 않는다)의 약속'도 소용없었다. 고려에 몽골풍이 대유행했다. 지금도 남아 있는 연지, 족두리, 댕기 머리 등이 몽골풍의 흔적이다. 철릭도 그중 하나다. 철릭은 저고리에 주름진 형태의 하단을 붙인 원피스 형태의 긴 상의다.『의식주 문화사전』은 "철릭은 고려시대 때 원나라에서 들어왔다"면서 "왕부터 사대부, 무관, 무당에 이르기까지 신분에 무관하게 널리 입었다"라고 적고 있다. 철릭은 조선시대 때 정식 군복으로 채택됐다.

　　원나라가 물러난 후 몽골의 복식 습속에서 벗어나려는 몸부림이 시작됐다. 고려 지배층도 다시 백저포를 입었다. 백저포는 흰색의 저고리다.『고려도경』은 "빈부에 따라 옷감의 재질에 차이가 있을 뿐이다. 왕에서부터 평민에 이르기까지 남녀 구분 없이 백저포를 입었다"라고 기록했다. 백저포와 철릭은 모두 겉옷이다. 지배층은 몽골풍이 사라지기 전까지 여전히 몽골풍의 철릭을 입었다.『의식주 문화사전』의 설명대로 평민도 따라 했을 것이다. 하지만 백저포가 완전히 철릭을 대체하지는 못했다. 백저포를 철릭 속에 입었다. 속옷이 겉옷보다 크거나 길 필요가 없는 게 상식이다. 그런 이유에서 철릭 속에 입은 백저포, 즉 저고리의 기장이 짧아졌다. 또 소매도 좁아지는 게 이치에 맞을 것이다.

저고리의 길이가 짧아지는 데는 시대적 환경보다 중요한 게 또 있다. 의복의 아름다움이다. 한복은 저고리와 치마로 이뤄진 투피스다. 투피스의 매력은 상의와 하의 비율, 색깔과 무늬의 조합에서 나온다. 무늬와 색깔도 비율의 지배를 받는다. 저고리와 치마 길이의 상관관계가 그만큼 중요하다. 하나가 변하면 다른 하나도 변하게 되어 있다. 그 변화 과정에서 최고의 균형을 찾아간다. 한복의 저고리와 치마 비율을 찾는 데 중요한 역할을 한 것은 속옷이었다. 지체가 높은 여인일수록 하의 속옷을 여러 겹 겹쳐 입었다. 신분과 부의 과시 방법이었다. 한복을 제대로 입을 때 8개 이상의 속옷을 치마 속에 입었다. 당시 속옷에 단추를 달 리가 만무하다. 모두 끈으로 마무리해야 했다. 끈이 얽히고 설키는 것을 막으려고 속옷을 계단식으로 가슴 위까지 올려 입었다. 불편하기 짝이 없다. 그래서 집에 머물 때는 긴 저고리를 벗고 간편한 속옷 차림(짧은 저고리)으로 지냈을 것이다. 불편함이 간소화를 낳았다고 할 수 있다.

조선시대, 은폐된 여체의 욕망이 폭발하다

조선 윤리는 여성의 노출을 허락하지 않았다. 그런 상황에서도 우리 선대의 여성이 선택한 디자인은 금기의 타파와 파괴였다. 디자인의 기본이라는 비례의 통념을 깬 결과였다. 통념 파괴의 증거는 더욱 짧아진 여성 저고리다. 짧아진 저고리는 가슴을 겨우 가릴 정도였다.

짧은 저고리도 유교적 이념에 어긋난다. 속옷 노출은 물론 속살, 아니 유방이 드러나는 게 유교 윤리에 부합할 리는 없다. 사대부의 개탄이 이를 짐작하게 한다. 『북학의北學議』를 쓴 박제가는 "여자 저고리는 날로 짧아지고, 치마는 날로 길어진다. 이런 차림으로 제사를 지내고 손님을 맞다니 부끄러운 일이다"라고 한탄했다. 『북학의』가 간행되고 150년이 흐른 뒤에도 그런 흐름은 이어졌다. 일제강점기에 언론인으로 활약한 우스다 잔운(薄田斬雲)은 "조선 여인의 저고리는 유방을 가릴 수 없을 정도로 짧다"면서 "저고리와 치마 사이가 벌어져 속옷을 입지 않은 살이 노출되어 있다"라고 기록했다.

아름다움에 대한 여성의 욕망이 엄숙한 유교적 금기를 깼다. 금기 파괴는 다양한 조건이 성숙할 때 가능한 일이다. 우선 여성의 가슴에 대한 지금과 다른 시선이 그 이유다. 요즘 여성은 공공장소에서 수유를 위한 가슴 노출조차 꺼린다. 조선 때는 그렇지 않았다. 여성 유방을 노골적인 성적 대상으로 여기지 않았다. 신성하게 여겼다. 특히 수유를 위해 자랑스럽게 가슴을 드러냈다. 이규태가 쓴 『이규태 코너』는 "우리 전통사회에서 유방은 클수록 다산하고 유방이 큰 여인이 씨앗을 뿌리면 풍작이 든다고 하여 선망하는 존재였다"라고 적고 있다. 조선 후기 가난한 평민 사이에서 국한된 일이지만 가슴을 드러내는 풍토는 엄연히 존재했다.

아무리 여성의 가슴이 출산의 상징으로 인식되었다 하더라도 유교적 관점에서는 용납될 수 없는 일이다. '초미니 저고리'의 출현 시기와 시대적 상황에 주목할 필요가 있다. 임진왜란과 병자호란을 겪은 뒤 여성 한복에 변화가 생겼다. 상박하후上膊下厚(위는 박하고, 아래는 후함)가 뚜렷한 특징으로 드러난다. 14세기 여성 한복 저고리는 현재 남성 저고리의 길이와 모양이 비슷했다. 저고리 간소화 여정이 이어졌다. 마침내 저고리와 치마의 1대 1의 비율은 깨졌다. 19세기에는 남자 저고리의 1/3 수준으로 줄었다. 오늘날의 길이가 된 것은 20세기 중엽이다. 거의 300년의 여정이다. 그동안에 무슨 일이 있었던 것일까.

조선은 임진왜란, 병자호란 등 전쟁 패배로 인한 왕권과 사대부의 권위가 바닥으로 추락했다. 지배층은 이를 만회하려고 유교적 윤리를 강화했다. 다양한 규제와 제도를 만든다. 가장 대표적인 게 장자제도다. 이 제도가 구축된 뒤 여성은 남성의 소장품으로 추락했다. 강화된 삼종지도三從之道가 그 상징이다. 여성도 억압과 차별을 감수하지만 않았다. 반복되는 국가적 혼란 속에서 여성에게 자각이 싹트기 시작했다. 여체의 아름다움에 관한 관심이다. 비천하게 여겼던 여성 신체의 속성을 역이용했다. 가부장제의 질서에 항거한 첫걸음이 바로 '미니 저고리'다. 짧은 저고리 유행은 남성으로부터 억압과 규제를 받던 여성이 은밀하게 또는 노골적으로 맞서고 대응한 대사건이다. "모든 진보의 원천은 복식, 구도, 헤어스타일과 같은 사소한 것에서 스스로 부단히 표현하려는 결단에 있다"라는 프랑스 역사학자 페르낭 부르데리의 말이 생각난다. 의복 형태 변화는 사회적 동기가 강력하게 작용하는 게 보통이다.

조선 초기에 입던 저고리는 배자다. 배자는 두 가지가 있다. 긴 것은 장배자, 짧은 것은 단배자다. 외출이 빈번하지 않던 여성은 집에서 단배자를 주로 입었다. 장배자는 점점 길어져서 장삼으로, 단배자는 옆트임이 깊어지면서 당의로 변했다. 물론 단배자도 길이가 허리까지 내려오는 것이었다. 긴 겉옷(장배자)에 받쳐 입는 속옷(단배자)마저 길다면 거추장스러운 일이다. 이런 불편을 해소하고자 의복의 간소화 경향을 보였다. 그러면서 단배자도 길이가 짧아졌다. 긴 저고리(장배자)는 점차 사라지게 됐다. 복식학자인 황선균 고성문화원 향토사연구원은 "여성의 신체를 감싸고 은폐하려던 관념이 유방을 허리띠(조선시대에 브래지어를 허리띠라고 명명했다)로 조여서 입었고, 치마허리는 유방 아래로 매거나 허리띠를 매는 대신 유방은 치마주름 속에 묻히도록 입었다"면서 "자연히 저고리의 기장은 유방을 덮을 정도로 짧아졌을 것"이라고 주장했다.

어떻든 지체 높은 규수가 집에서 입던 평상복인 짧은 저고리는 '멋쟁이 기생'에 의해 '멋 상품'으로 연출됐다. 조선시대에 3만 명이 넘는 기생이 활약했다. 그들은 의상 경연 현장에서 살았을 것이다. 의상(멋 부림)은 시서화의 능력 못지않게 중요한 생존 수단이었다. 그런 치열한 삶의 고민이 만든 획기적인 트렌드가 에로티시즘을 강조한 한복이다. 그런 흐름은 사대부 부인에게도 영향을 줬다. 실학사상의 태두인 성호 이익은 『성호사설星湖僿說』「만물문萬物門」에서 당시 복식 변화에 대해 "부인이 옷을 입는 것은 오로지 고운 맵시를 귀하여 여겨서 가는 허리를 남에게 자랑하려고 하는 데서 출발한다"라고 적었다. 실학자인 이덕무는 좀 더 직접적인 원인을 지목한다. 그는 『청장관전서靑莊館全書』에서 "창기의 아양 떠는 자태에서 나온 것"이라고 주장했다. 어떻든 여성 한복에 섹시 트렌드가 사대부 부인층까지 퍼져나갔다.

조선시대의 지식인 역시 짧은 저고리를 너그럽게 받아들인 것만

「미인도」(작가미상, 해남 녹우당 소장, 연합뉴스)

은 아니다. 성호 이익은 짧은 저고리를 '요괴'라고 지칭했다. 이익은 짧은 저고리의 유행 원인을 "사나이가 제구실 못해서"라고 지적한다. 신윤복도 자신이 그린 「미인도」에 쓴 화제畵題에 "기이하다"고 적었다. 시대의 선각자였던 실학자의 패션관에는 실소를 금할 수 없다.

　패션에서 어디를 드러내고 어디를 감출 것이냐는 매우 중요한 포인트다. 트렌드가 변화하는 상황에서는 더욱 그렇다. 시대정신과 정체성을 드러내는 것이기 때문이다. 19세기로 넘어가면서 그런 현상은 더욱 노골화한다. 이를 가장 잘 드러낸 그림이 있다. 작가 미상의 19세기 「미인도」다. 저고리 밑으로 농염한 가슴을 드러내고 있다. 한쪽 가슴은 저고리 고름과 노리개로, 다른 한쪽은 속적삼 고름으로 탄력적인 살결을 살짝 가리고 있다. 감춘 듯 드러낸 풍만한 속살은 뇌쇄적이다.

한복이 중국옷이라고?

그런데 최근 중국에서 이상한 소리가 들린다. 한복韓服 원형이 한 푸(漢服 한나라 의복)라고 주장한 것이다. 한복을 한푸의 한 종류로 편입하려는 시도다. 자신의 영토 안에 있는 모든 민족의 역사(동북공정)와 문화(탐원공정)를 중국의 소유로 만들려는 작업의 일환이다. 한복이 한푸라는 주장, 즉 한복 탐원공정의 근거는 대략 이렇다. '명나라 전통 의복인 밍푸(明服·명나라 의복)의 영향을 받은 한복은 명나라의 고유문화'란다. '한복과 밍푸와 유사한 부분이 있고 그것이 바로 한복이 밍푸의 일부라는 증거'라고 말한다. 한마디로 한복은 '한푸와 밍푸의 복사본'이라는 억지다. 그렇다면 명나라 홍치제의 '고려양(고려양식의 의복) 착용 금지 명령'은 어떻게 설명할 것인가. 원나라가 멸망한 뒤에도 베이징에 유행하던 고려양은 사라지지 않았다. 고려 양식의 의복은 명나라 초기의 지배층 옷이었다. 홍치제가 한나라 복식으로 복귀를 결정하기 전까지 그랬다. 그것만이 아니다. 여성용 고려양 복식이 중국의 남성복으로 변형됐다. 철릭이 그것이다. 철릭은 명나라가 망할 때까지 남성복의 대세였다.

중국은 여전히 고집을 굽히지 않고 있다. 그 근거로 역사의 수수께끼로 남아 있는 문제를 들고 나왔다. 고구려 안악3호 고분의 주인공 복장이 그것이다. 묘주 부부로 보이는 벽화 속 남자와 여자는 소매가 넓은 한나라풍의 옷은 입고 있다. 또 고구려인과 달리 옷깃을 오른쪽으로 여미고 있다. 고구려의 남자와 여자는 왼쪽 여밈(左衽)을 한다. 하지만 고고학계에서도 고분의 주인이 누구인지 특정하지 못하고 있다.

묘주를 밝히는 일과 묘주가 왜 중국 차림을 하고 있는지는 역사학계가 밝힐 일이다.

하지만 무엇보다 중요한 게 있다. 한복의 원류는 저고리와 바지를 입던 스키타이 복식이다. 한푸의 토대는 저고리와 치마다. 혹은 긴 치마 형태의 원피스를 입었다. 이것조차 망각한 채 중국 정부까지 나서 국제적인 도발을 서슴지 않았다. '함께하는 미래'라는 캐치프레이즈를 내건 2022년 베이징 동계올림픽 개막식에서 그런 '작태'를 되풀이했다. 2월 4일 중국 베이징 국립 경기장에서 열린 개막식에서 한복을 입은 여성이 중국 오성홍기를 전달하는 중국 내 57개 민족 대표 중 한 명으로 출연했다. '한복은 중국 조선족의 전통 의상이니 한복은 중국 전통 의상 중 하나'라는 생떼인 셈이다. 엄연히 당당하게 존재하는

베이징 올림픽 개막식에서 한복을 입고 중국 국기인 오성홍기를 전달하는 조선족(연합뉴스)

이웃 나라를 자신의 나라의 소수민족으로 취급한 것이다. 대한민국을 중국의 속국으로 보지 않는다면 있을 수 없는 결례다.

영국의 저명한 역사학자 에릭 홉스봄은 유명한 말을 남겼다. "중국은 전통문화와 역사를 창조하고 발명하는 데 열을 올리고 있다"라고. 중국은 이런 일련의 작업을 국가적 사업으로 추진해왔다. 중국 영토 내에 있는 모든 민족의 역사를 모두 중국의 역사로 '창조'하고 있다. 일명 '동북공정'이다. 또 영토 내의 민족문화를 모두 중국 문화로 '개발'하고 있다. 일명 '탐원공정'이다. 공식적으로 동북공정은 지난 2007년에 막을 내렸다. 하지만 이웃 나라에 대한 문화 공격은 더 가속되는 상황이다.

중국 정부는 탐원공정을 중국 문화의 원천을 찾는 작업이라고 말한다. 실상은 다르다. 단지 중국 문명의 독자성과 우월성을 부각하여 중국의 통합과 안정을 꾀하려는 일종의 정치 행위다. 문화가 중국 이데올로기 강화에 이용되고 있다는 의미다. 한복의 한푸 부속화 주장에서도 그런 의도가 드러난다.

2. 한복의 과학성

직관과 경험, 한복의 과학이 되다

의복 문화는 시대의 변화에 예민하다. 의상은 유행에 민감하다. 교류도 수월하다. 문화 변용 요인 중에 가변성, 파급성이 큰 요소를 두루 갖추고 있다. 그만큼 하나의 형태를 지속한다는 것은 쉬운 일이 아니다.

수천 년을 이어온 한복의 역사와 전통, 그 힘은 어디에서 나온 것일까. 한 민족의 전통 의복은 민족의 내면과 정체성에 맞닿아 있다. 한 민족의 정체성 속에는 자신의 문화에 대한 애정이 있게 마련이다. 그런 애정이 쌓이면 문화 의지로 굳어진다. 한 민족의 독특한 성질이 특성으로 굳어지면 그 성질은 잘 변화하지 않고 지속성을 갖는다. 그것을 문화 의지라고 한다. 한복이 하나의 형태를 유지하면서 면면히 이어온 데는 문화 의지가 매우 중요한 역할을 했다. 하지만 그에 못지않은 중요한 요인도 있다. 과학성이다. 의복에 국한한다면, 과학성은 편의성과 후생성으로 대체할 수 있는 단어다. 편의성이나 후생성이 부족한 의복은 지속가능성이 떨어진다. 2,000여 년을 이어왔다는 자체가 한복이 뛰어난 과학의 산물임을 반증한다.

혹시 전통 방식의 한복을 맞춰본 일이 있는가. 필자는 집안 어른과 할머니가 한복을 짓던 모습을 기억한다. 할머니는 굳이 한복 치수를 재는 자인 포백척布帛尺이나 침척針尺을 사용하지 않았다. 그저 옷 입는 사람의 가슴을 안아봤다. 또 손 뼘으로 어림잡아 치수를 쟀다. 옷본에 그림도 인두로 대충 그리는 듯했다. 마치 주먹구구식으로 만드는 것처럼 보인다. 조선시대까지 평민의 한복 짓기는 필자 할머니의 방식과 큰 차이가 없었을 것이다. 오직 직관과 경험으로 아름답고 우아한 한복을 만들 수 있다는 게 놀라울 뿐이다. 또 한복만큼 편안한 옷, 따뜻한 옷은 어디 있던가.

한복 속에는 경험과 직관으로 터득한 지혜가 있다. 요즘 말로 하면 '휴리스틱Heuristics'이 뛰어났다. 휴리스틱은 경험적 지식을 바탕으로 문제를 해결하는 능력을 말한다. 숱한 경험을 통해 몸을 이해했다. 신체에 대한 이해가 몸을 이롭게 하는 의복 과학의 출발점이라고 할 수 있다.

그렇다면 무엇이 휴리스틱을 가능케 했을까. 그에 대한 대답은 우리 속담이 대신한다. "옷이 몸에 붙으면 복 들어갈 틈이 없다"는 게 그것이다. 이 속담은 한복의 특징을 압축적으로 보여준다. 한복의 특징은 한마디로 넉넉함이다. 풍성한 품새와 헐렁한 바지통이 특징이다. 한복은 끈만 조절하면 체격과 관계없이 입을 수 있다. 남성 한복이 이를 잘 보여준다. 저고리의 늘어진 배래(저고리 소매 밑부분)는 거추장스러울 정도다. 바지도 마찬가지다. 바짓가랑이 하나에 두 다리를 넣어도 부족함이 없다. 청나라의 한 사신은 "조선의 바지 한 벌로 청의 바지 두 벌은 만들 수 있다"며 "천의 낭비가 이만저만이 아니다"라고 걱정했을 정도다. 이규태는 『한국인의 힘』에서 "서양 옷은 죄는 옷이요, 한국의 옷은 걸치는 옷"이라면서 "한국의 옷이 훨씬 인본주의적"이라고 말했다.

한복은 프리사이즈다. 넉넉한 품과 충분한 길이로 풍성한 여유를 만드는 옷이다. 조선 말기에 여성 저고리가 작아져 몸에 붙게 지었던 때를 제외하고 대체로 품을 넉넉하게 입었다. 한복 바지를 본 서양인은 "긴 자루 같다"고 묘사했다. 이처럼 풍성하게 만든 이유는 재단 방법에서 비롯된 것이다.

똑똑한 한복이 몸을 살린다

한복과 양복의 디자인 원리는 전혀 다르다. 한복은 평면재단을 한다. 양복은 입체재단을 한다. 평면재단은 천을 바닥에 놓고 옷본을 뜨는 것이다. 이를 '마름질'이라고 한다. 한복을 마름질할 때 곡선을 사용하지 않는다. 당연히 바느질도 직선이다. 불필요한 부분을 잘라 버리지 않는다. 옷 솔기 속으로 접어 넣는다. 이를 '시접을 살린다'고 표현한다. 완성된 옷을 펼쳐 놓으면 평면이 된다. 입으면 비로소 선이 살아난다.

평면재단의 특징을 잘 보여주는 게 한복 바지다. 한복 바지는 마름모꼴의 마루폭(바지나 고의 따위의 허리에 달아 양 가랑이의 바깥쪽으로 길게 대는 천 조각), 큰사폭(바지나 고의 등의 왼쪽 마루폭과 마루폭 사이에 댄 큰 천 조각), 작은사폭(바지나 고의 따위의 오른쪽 마루폭 안쪽에 댄 작은 천 조각)으로 구성되어 있다. 이들을 직선으로 바느질한다. 양쪽 다리가 비대칭이 된다. 반면 입체재단은 인체에 직접 천을 대고 재단하는 방식이다. 중국 전통 의복인 여성용 치파오는 재단할 때 신체의 치수를 잰다. 무려 신체의 40군데나 잰다. 서양과 중국 옷(치파오)은 몸에 꼭 끼게 빈틈없이 재단한다는 얘기다. 치수를 잰 뒤 쓸모없는 천은 모두 잘라 버린다. 몸의 곡선을 따라 꼭 맞게 마름질해 재봉한다. 디자이너에 의해 스타일이 결정된다. 그래서 양복 재단을 '옷을 사람에 맞추는 작업'이라고 한다. 그만큼 옷의 입체감이 뛰어나다. 그래서 '걸어 놓는 옷'이다. 이어령은 『우리문화 박물지』에서 "양복은 '걸어 놓는 옷'이고 한복은 '개켜 놓는 옷'"이라고 말했다. 이는 역설적 말이다. 한복은 사람이 입어야 비로소 입체감이 살아나고 입는 사람에 따라 개성을 표현할 수 있다는 의미를 함축하고 있다.

한복의 넉넉함은 우리 민족의 정신과 정서를 닮았다. 특히 조선 선비가 추구했던 유유자적의 멋에 수렴하고 있는 듯하다. 그것은 여유로움이다. 여유의 미학적 표현은 여백의 미다. 여백의 의미는 비워둠이 아니다. 의도적으로 채우지 않음이다. 기상캐스터는 추운 날씨 대처법으로 얇은 옷을 겹쳐 입으라고 충고하곤 한다. 그게 서양식 의복의 보온성 유지법이다. 하지만 한복은 한겨울에도 내의를 겹쳐 입지 않더라도 따뜻한 온기를 제공한다. 과학적으로 입증된 얘기일까. 그렇다.

아무리 몸에 끼는 옷을 입는다고 하더라도 맨살과 옷 사이에는 공기층이 형성된다. 옷과 옷 사이에 만들어진 공기층을 '정지공기층'이라고 한다. 옷 사이의 좁은 공간에서 대류현상이 일어나지 않기 때문에 붙은 이름이다. 이처럼 갇힌 공기층은 체온의 영향으로 온도가 높아진다. 피부와 의복 사이의 온도는 30~32℃이다. 공기층이 두꺼울수록 외부 온도의 영향을 적게 받는다. 공기가 절연체 역할을 하기 때문이다. 헐렁한 옷이 몸체 밀착된 옷보다 겨울에는 더 따뜻하고 여름에는 시원한 이유다. 옷 속에 굴뚝(겨울)과 풀무(여름)를 넣은 것과 같이 냉난방이 가능한 똑똑한 의복이라는 얘기다.

일명 굴뚝효과Chimney Effect라는 게 있다. 넉넉한 옷을 입으면 체열로 따뜻하게 데워진 공기는 밀도가 낮아진다. 이 더운 공기는 대류현상에 의해 위로 올라간다. 의복 안의 공기층이 따뜻해진다. 의복 안의 대류를 돕고 열의 발산을 막는 또 다른 장치가 있다. 바짓부리에 대님을 묶는 것이다. 넓은 소매의 끝자락도 좁게 만드는 것도 같은 원리다.

열의 발산을 막는다. 이 때문에 한겨울에도 따뜻한 굴뚝을 몸에 지닌 것과 같은 효과가 난다. 반대로 여름에는 피복 밖의 뜨거운 공기가 들어오는 것을 막아주기 때문에 시원하고 쾌적감을 느낄 수 있다. 이를 풀무효과Bellow Effect라고 한다.

그뿐만이 아니다. 한복은 상박하후가 특징이다. 상체보다 하체를 중시한다. 여성은 하체를 풍만하게 보이려고 여러 개의 속치마를 겹쳐 입는다. 상박하후의 차림은 몸의 하체를 데우는 효과가 있다. 이 역시 우리 조상은 혈액순환 구조에 대해 알고 있음을 짐작하게 한다. 우리 몸의 열은 하체에서 상체로 올라가는 성질이 있다. 족욕을 하면 몸에 열이 나고 이마에 땀이 나는 것도 그런 이치다. 허균의 『동의보감』은 "머리는 시원하게 하고 배와 발은 따뜻하게 하면 병이 없다"라고 주장했다. 큰 틀에서 보면 동양의학과 서양의학은 통한다. 네덜란드의 저명한 의사, 푸울하페는 『의학에서 오직 한 가지 심오한 방법』에서 "당신의 머리를 차게 하고 배와 발을 따뜻하게 하라. 그러면 의사는 할 일이 없어질 것"이라고 일갈했다.

한복에는 4차원의 마술이 숨어 있다

옷은 과학을 무시하고 만들 수 없다. 디자인 그 자체가 수학이다. 만일 한복에 최첨단 수학이 들어 있다면 믿을까. 믿어지지 않겠지만 한복에는 최첨단 수학인 위상수학(공간 속 물체의 점, 선, 면 등 특성을 토대로 위치와 형상을 탐구하는 수학의 한 분야)과 위상기하학(연결성이나 연속성 등 기하학적 성질을 다루는 수학의 한 분야)이 들어 있다. 뫼비우스 띠와 클라인 병은 위상기하학을 설명하는 중요한 도구다. 뫼비우스 띠는 긴 직사각형을 한 번 비틀어 꼬아 붙인 것으로 앞뒤 구별이 없는 특별한 띠다. 뫼비우스 띠가 앞뒤를 구별할 수 없는 '3차원 평면구조'라면, 클라인 병은 안팎을 구별할 수 없는 '4차원 입체구조'이다. 한쪽 벽면을 따라 안으로 가다 보면, 결국 밖으로 나오는 구조다. 속과 겉이 없는 공간이다.

클라인 병이 혹시 잘 이해가 가지 않는다면 솜이불에 홑청을 씌우는 장면을 연상하면 된다. ① 솜이불을 깔고 그 위에 홑청을 덮는다(솜이불과 홑청 모두 평면이다). ② 솜이불과 홑청을 돌돌 말아 통나무 모양을 만든다(평면이 입체로 변한 상태다). ③ 여기서 솜이불과 홑청이 만나는 '끄트머리' 면을 뒤집어서 편다(겉과 속이 뒤바뀐다). 간단하게 솜이불 홑청 씌우기가 끝난다. 평면이 입체로, 입체가 다시 평면으로 바뀌는 과정에 밑에 깔려 있던 솜이불이 홑청 안으로 들어간 것이다.

그럼 한복 어디에 뫼비우스의 띠와 클라인 병이 있다는 것일까.

한복 바지를 만들 때 필요한 옷 조각은 모두 10조각이다. 바지의 마름질 구조는 사각형(마름모꼴)과 삼각형이다. 바지는 10개의 삼각형 혹은 사각형 천 조각을 이어 붙여 만든다. 큰 사각형은 마루폭, 작은 사각형은 큰사폭, 삼각형은 작은사폭이라고 한다. 이를 볼 때, 곡선미의 상징과도 같은 한복을 만드는 과정은 결코 '곡선적'이지 않음을 알 수 있다. 직선으로 곡선을 만든다. 10개의 천 조각 즉 마루폭, 큰사폭, 작은사폭에는 곡선이 사용되지 않는다. 직선만으로 재단한다. 평면재단은 직선도 곡선 일부라는 직관, 평면도 곡면의 부분이라는 이해가 없다면 불가능한 것이다. 그러면 어떻게 직선으로 곡선을 만든 것일까. 한복 바지를 만들 때 필요한 옷 조각 중에서 사다리꼴 모양으로 생긴 큰사폭과 삼각형 모양의 작은사폭을 비틀어 이어 붙이면 된다. 그렇게 하면 뫼비우스 띠가 생긴다. 큰사폭과 작은사폭을 연결한 'ㅅ'자 모양의 옷감이 앞뒤로 2개 존재하므로, 뫼비우스 띠도 2개가 있는 셈이다. 큰사폭은 허리와 한쪽 다리, 작은사폭은 나머지 다리가 된다. 이를 이어 붙이면 ㅅ자 모양의 바지가 된다. 만일 비틀기를 하지 않은 바지를 입으면, 넓적다리를 붙인 채 두 발을 벌린 벋정다리 모양이 될 것이다. 여기서 우리 조상의 지혜가 발휘된다. 그것을 꿰매어 비튼다. 순간 직선이 곡선으로, 평면이 곡면으로 바뀐다. 채금석 교수는 "한복 바지의 작은사폭을 큰사폭에 이어 붙일 때, 작은사폭을 180도 비틀어 큰사폭에 잇는 과정에서 2차원이 3차원으로 바뀐다"라고 말했다. 2차원 평면 구조가 3차원적 입체구조로 바뀌는 과정, 즉 뫼비우스의 띠로 바뀌는 과정을 설명하는 것이다. 저고리도 같은 원리로 만든다. 저고리는 크기가 다른 직사각형과 삼각형 모양을 이어 붙여 가슴, 등, 겨드랑이, 소매 등을 만든다.

한복 바지에는 뫼비우스 띠뿐만 아니라 '클라인 병'이라고 부르는 4차원의 초입체 도형 구조도 숨어 있다. 한복 바지는 속바지와 겉바지, 두 겹으로 이루어진다. 옷을 완성하기 위해 속바지와 겉바지의 발목 부분을 돌아가면서 바느질한다. 그 뒤 발목 부분을 뒤집어서 앞면이 나오도록 할 때 속바지가 겉바지를 뚫고 들어간다. 이불과 홑청이 뒤집히는 원리와 같다. 이때 구조를 수학적으로 살펴보면 클라인병과 같다. 이렇게 클라인 병 구조로 한복 바지를 만들면 뒤집기 전에 바지에 솜을 넣어 겨울용 바지를 만들 수 있다.

저고리 마름질 구조 역시 사각형과 삼각형이다. 저고리 원단은

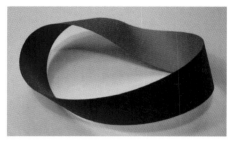

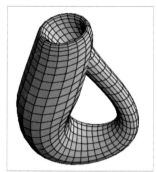

뫼비우스의 띠   클라인 병

크기가 다른 직사각형과 삼각형 모양이다. 이를 이어 붙여 가슴, 등, 겨드랑이, 소매 등을 만든다. 숙명여대 의류학과 채금석 교수는 『문화와 한 디자인』에서 "겉감과 안감을 마주 보게 한 뒤 소매를 돌돌 말아 돌려 고대(목 부분)를 비틀어 빼내면 안감과 겉감의 공간이 휘고 비틀어져 겉·안감이 붙은 저고리가 완성된다"라고 설명했다. 사실 우리 조상은 한복을 경험으로 만들었다. 그 속에 뫼비우스의 띠와 클라인 병이라는 고등 수학이 숨어 있는 줄 알지 못했다. 한복에 이 같은 과학 원리가 들어있음을 최근에 알게 됐다. 전 한신대 김상일 교수는 『초공간과 한국문화』에서 "중국 바지는 원기둥을 잘라서 만든 형태이고 서양 바지는 평면을 원기둥으로 만들어서 붙이는 스타일"이라면서 "서양 바지는 2차원, 중국은 3차원, 우리 바지는 4차원 공간을 이용한다"라고 주장했다. 서양과 중국의 바지는 입체재단을 하기에 원천적으로 꽈배기의 뒤틀림(토러스)이 없다. 이 때문에 뫼비우스의 띠가 생기지 않는다. 겹바지를 만들지 않기 때문에 클라인 병도 있을 수 없다.

그뿐만 아니다. 한복 바지를 입은 뒤 오른쪽 다리를 움직이면 왼쪽 옷감인 작은사폭이 사선 방향으로 당겨지면서 늘어난다. 반대로 왼쪽 다리를 움직이면 오른쪽 큰사폭이 늘어난다. 같은 원리로 양반다리로 앉았을 때도 당기는 힘이 사선 방향으로 작용하면서 옷감이 늘어나 불편함이 없다. 이것이 바로 바이어스 원리다. 대칭적 구조의 서양 바지보다 이처럼 사선 방향으로 당길 때 신축성이 훨씬 커진다. 이 원리는 저고리에도 그대로 적용됐다. 사선으로 이어 붙인 사폭은 주름을 만든다. 이 주름이 입체적인 몸을 감싸면 품위가 살아난다. 평면적 재단으로 입체적 의복이 됐다는 얘기다. 한복은 매우 과학적인 옷이다.

3. 한복의 예술성

한국인의 미의식이 만든 한복

한복은 생활 속에서 한민족의 내면과 미의식을 표현하는 방법이었다. 유교 사회에서 자신의 신분과 인격에 어울리도록 입는 게 옷에 대한 예의였다. 당연히 계급과 신분 그리고 장소, 행사에 따라 옷의 형태와 모양, 규격이 정해지는 게 기본이다. 이처럼 까다로운 의복 예의를 지킨 이유는 간단하다. 옷차림이 만남의 대상에 대한 존경을 드러내는 마음가짐이기 때문이다. 옷으로 표현되는 예의는 매우 엄숙한 도덕주의에 바탕을 두고 있다. 그렇다 보니 형식적 요소가 강조된다.

반면 옷의 멋과 맵시는 자신을 표현하는 풍류風流라고 할 수 있다.

풍류는 '부는 바람과 흐르는 물'이다. 바람과 물은 자유분방하면서도 고상한 멋을 상징한다. 조선시대 사대부 아녀자와 기생은 가체를 쓰고 각종 노리개와 매듭·비녀·은장도로, 양반 남성은 망건·관자·탕건·갓·갓끈·허리띠·부채 등으로 멋을 부렸다.

그 멋도 예의와 조화가 전제됨은 물론이다. 이 같은 유교적 미학은 규격과 규칙, 비례, 대칭으로 상징되는 형식미에 기반을 두고 있다. 특히 좌우상하의 대칭과 비례는 중국 예술의 특징이다. 남북의 축을 따라 동서를 대칭으로 나눈다. 대칭적 조화는 예술적으로 비례적 대비를, 사회적으로 질서와 균형을 표현하는 방법이었다. 그것이 바로 음양이 조화를 이루는 수단이었다.

조선은 중국과 달랐다. 사실 조선은 유교의 종주국인 중국보다 더 유교적인 나라였다. 그러나 미학적 관점에서는 훨씬 덜 유교적이다. 의복(패션)은 말할 필요도 없다. 대칭과 비례를 무시했다. 홍사중은 『한국인의 미의식』에서 "한국인은 원래 기학적 정연함이며 빈틈없는 계산은 어딘가 자연스럽지 못하다 하여 거북스레 여기는 버릇이 있다"라고 말했다. 계산된 정연함을 싫어하는 이유는 무엇인가. 정연함과 계산은 인공적이라고 여겼다. 인공을 배척했다는 말은 역설적으로 자연을 수용한다는 의미와 통한다. 자연의 법칙에 따르겠다는 의미와 같다. 조지훈은 「멋의 연구-한국적 미의식의 구조를 위하여」라는 논문에서 '한국의 멋'을 "처음부터 멋 내려고 하지 않아도 원숙해지면 저절로 드러나는 아름다움"이라고 말했다. 그 멋을 가장 잘 표현한 것으로 한복을 꼽았다. 한복이 자연을 닮았다는 의미다. 서양 사람이 붙여준 한복의 별명이 있다. '바람의 옷'이다. '바람의 옷'을 입으면 자연을 존중하는 '문화의 옷'을 입는 게 된다.

'한국의 미'하면 떠오르는 직감적 이미지가 바로 자연미다. 자연을 닮은 아름다움이다. 미학자 진중권(전 동양대 교수)은 "'자연이 되려는 것'이 한국인의 문화 의지"라고 규정했다. 문화 의지란 어떤 문화가 충돌, 병합, 변형, 진화 과정에서 고유의 문화적 특성을 잃지 않고 일관되게 유지하려는 어떤 힘이다. 한국인만 그렇게 느끼는 게 아니다. 외국인의 눈에도 유사하게 비친다. 일본의 사상가인 야나기 무네요시도 한국 예술의 특성에 대해 "인간의 기술을 통해 자연을 살린다"면서 "더나아가 자연을 좇아 더욱 자연에 작용한다"라고 말했다. 자연스러움이 한국의 문화 유전자라는 얘기다. 야나기 무네요시는 자연스러움을 곡선의 미로 봤다. 그는 "한민족처럼 곡선을 사랑한 민족은 다시 찾아볼 수 없다"면서 "자연에서, 건축에서, 조각에서, 음악에서 심지어 일용기구에 이르기까지 모든 것에 선이 흐르고 있다"라며 한국 특유의 미학을 '곡선'에서 찾았다.

한복도 한국의 곡선미를 잘 표현하고 있다. 부드럽고 완만한 뻗어나가는 저고리 배래선은 너그러운 포물선이다. 아니 가장 자연스러운 포물선이라는 현수선이다. 활개를 편 학의 날개의 모양이나 바다에 드리운 낚싯대가 추에 무게를 지탱하면서 만든 선과 같은 자연스러운 곡선이다. 한옥의 처마선을 닮아 있다. 삼각형 모양으로 목을 감싼 뒤 가슴 앞으로 내려오는 동정을 떠받치는 당코는 뾰쪽한 듯 둥글다. 고름도 직선이지만 움직일 때마다 나풀거리며 춤을 춘다. 선의 리듬을 타는 듯하다. 처마와 경계를 이루는 저고리 도련선은 여인의 미소처럼 온화한 곡선을 이룬다. 한옥의 서까래처럼 곧은 치마의 주름은 움직임에 따라 물결친다. 한복의 곡선은 치마 밑단에 수줍은 듯 살포시 내민 버선코로 마무리된다. 무엇보다 한복의 곡선은 치마저고리의 불균형을 조화로, 깃과 동정의 날카로움을 부드러움으로 만든다.

곡선미가 살아 있는 한복을 입은 여성 또한 매혹적이고 우아해진다. 저고리는 산 능선을 닮았다. 완만하면서도 부드럽다. 힘들이지 않고 오를 수 있을 언덕같이 편안하다. 선이 편안하면 활동력도 높아진다. 곡선은 인간에 대한 배려심의 표현이다. 한복의 멋은 곡선이 낳는 부드러움에 있다. 풍성한 치마는 마치 고려청자나 조선백자를 품은 듯하다. 달항아리와 같은 느낌이다. 달항아리는 무늬조차도 거부한다. 그저 편안하다. 간결함의 효과다. 간결함은 정교함과 통한다. 곡선이 그비결이다. 한 장의 천으로 표현하는 간결함과 수많은 주름이 만들어내는 정교함이 한복 치마 속에 숨어 있다.

한복의 곡선은 살아 움직인다. 야윈 사람이 입느냐, 뚱뚱한 사람이 입느냐에 따라 다른 실루엣을 만든다. 움직임에 따라서도 다른 곡선을 만난다. 역동적인 춤사위와 만나면 휘날리는 선이 된다. 선이 멎을 때는 한복을 입은 여인조차 얌전하고 다소곳해진다. 그뿐만 아니다. 조임과 풀림에 따라 다른 형태의 옷이 된다. 다른 형태에는 다른 곡선이 만들어지는 것은 당연한 이치다. 한복은 곡선을 손끝으로 재현해 만든 최고의 여성미라고 해도 과언이 아니다.

바람의 한복, 세상을 홀리다

여성 한복은 한민족 고유의 아름다움을 또렷이 보여준다. 그 속

이영희 디자이너의 한복　바람의 옷-저고리 없이 치마만으로 디자인한 한복

에 우리 민족의 미의식이 담겨 있다. 특히 우리 민족의 정서를 시각적
으로 보여준다.

　　여성 한복의 묘미는 무엇일까. 보는 즐거움이 있다. 감각 중에 시
각은 외부 환경을 자각하고 기억하는 데 독보적인 역할을 담당한다.
의복 디자이너가 소비자의 시선을 사로잡으려고 시각적 아름다움을
살리는 이유도 여기에 있다. 패션의 본고장인 파리에서 '시선 감각'으
로 찬사와 갈채를 받은 한국 디자이너가 있다. 이영희 디자이너가 그
주인공이다. 그는 1993년 한국인 최초로 파리 프레타포르테 컬렉션에
참석했다. 그의 주제는 '바람의 옷'이었다. 즉, 여성 한복이었다.

　　"가볍게 땅에 스치는 치마, 일직선으로 가슴을 가르는 저고리에 약

간 눌린 듯한 가슴, 반달 모양의 선이 고운 소맷자락, 풍만한 여체의 곡선을 휘돌아 하늘을 가르는 '바람의 옷'"

프랑스 패션 잡지 「마담 피가로」가 본 '이영희의 한복'이다. 마치 한복은 자연(바람)이 준 선물이라는 찬사다. 한국적 아름다움에 대한 감탄이다.

그럼 한국인이 본 여성 한복의 아름다움은 어떨까. 미의 표현은 시인을 만나면 더 드라마틱해진다. 시인과 작품을 만나보자. 조지훈 시인의 〈고풍의상〉이라는 시의 일부다. 한복의 곡선미에서 나오는 맵시와 멋을 극적으로 표현하고 있다. 특히 한국 고유의 아름다움이 돈 보이는 작품이다.

파르란 구슬빛 바탕에
자주빛 호장을 받친 호장저고리
호장저고리 하얀 동정이 환하니 밝도소이다.
살살이 퍼져 나린 곧은 선이
스스로 돌아 곡선을 이루는 곳
열두 폭 기인 치마가 사르르 물결을 친다.

한복의 고운 자태가 눈에 보이는 듯하다. 여성 한복은 곱다. '곱다'의 어원은 '굽다'이다. 굽은 선이 아름답다는 얘기다. 일명 '곡선의 건축가'로 불리는 안토니 가우디는 곡선을 '신이 만든 선'이라고 규정했다. 독일 철학자 프리드리히 니체는 "진리는 휘어져 있다"라고 갈파

했다. 신이 만든 선에는 진리가 숨어 있다. 진리의 선은 살아 있다. 선은 움직일 때 아름답다. 순풍에 배를 내민 돛, 하늘을 날아돌며 땅으로 내려앉는 독수리, 나선 배열의 해바라기 씨앗(황금의 나선), 볼록한 임산부의 배, 힘차게 내딛는 사람의 오목한 발바닥, 가장 빠른 속도를 표현한 롤러코스터, 물고기의 비늘선(사이클로이드 곡선)……

파리 프레타포르테 컬렉션 이후 한복은 '바람의 옷'이 됐다. 바람 따라 다양한 인체의 곡선을 만드는 옷이라는 뜻이다. 사실 한복은 곡선으로 인체와 자연의 아름다움을 잘 보여준다. 생태학적 지혜와 자연적 감성이 배 있다는 얘기다. 완만한 저고리 도련선은 정돈된 멋이 엿보인다. 기와집 처마처럼 날렵한 소매의 배래선은 단아하면서 화려한 풍치를 풍긴다. 보드랍고 긴 저고리 고름은 늘어트림의 미학을 표현한 장식품이다. 또 콧날을 하늘로 세운 버섯은 어떤가. 한복의 곡선을 보여주는 도구들이다.

한복의 선에는 특징이 있다. 곡선과 직선의 조화를 이룬다. 배래선과 도련선, 치마의 주름의 곡선과 동정 깃과 이어지는 섶코의 직선이 조화를 이룬다. 또 걸을 때마다 출렁이는 저고리 고름과 치맛자락은 율동미를 느끼게 한다. 영신대 도주연 교수는 한복의 선에 대해 "생명력을 가진 부드럽게 흐르는 선"이라고 말했다. 그는 "한복은 상대적으로 장식이 없어 간결하고 단순하다. 하지만 그 속에서 여유로움"라고 부연했다. 섬세한 여유로움은 부드러움을 느낄 수 있는 조건이다. 섬세하지 않으면 부드러움과 여유로움을 누릴 수 없다. 부드러운 선은 우아한 맵시와 너그러운 멋을 낳는다. 그 선은 야나기 무네요시가 말한 대로 "조선의 역사와 민중의 마음을 체현한 아름다움"이다. 야나기 무네요시는 『조선인을 생각한다』에서 "조선인은 형태나 색채가 아니라 선을 사랑했다"면서 "선에 감추어진 뜻을 풀지 못하는 한 조선의 마음과 가까워질 수 없다"라고 말했다. '감춰진 뜻'은 곡선을 이해할 때 비로소 알 수 있다. 한복에서 곡선은 은유이고 메타포다.

사실 한국인은 직각과 직선을 정서적으로 선호하지 않는다. 직선과 직각을 자연적이라고 생각하지 않는다. 아니 직선과 직각은 자연 속에 없다고 여겼는지도 모른다. 하지만 곡선을 통해 직선을 이해한 사례는 수없이 많다. 더 나아가서 곡선과 직선이 조화를 꾀했다. 한복은 곡선과 직선이 교차한다. 산 능선을 뒤집어놓은 듯이 둥글린 곡선인 배래선과 수평선을 닮은 마루선이 옷소매를 만든다. 도련은 너울처럼 완만하게 가슴과 등을 두른다. 도련에 포인트는 섶코다. 초승달은 닮은 듯 뾰족한 섶코는 수줍은 듯 고름에 가려 있기 일쑤다. 뒷덜미에서 허리로 이어지는 굵게 패진 등골선은 배래와 도련, 그리고 섶코의 흐트러짐을 바로 잡는다. 여기에 곧게 뻗은 한 줄기의 햇볕을 닮은 흰색의 동정은 단정함과 청결함을 만든다. 직선과 곡선의 조화를 완성하는 것은 고름이다. 치마 하단까지 곧게 내려온 고름은 한복을 중심을 잡아준다.

하지만 한복을 입은 사람이 움직일 때면 고름은 자유자재로 움직인다. 고름은 자유분방하게 바람을 일으키는 치마와 함께 한복에 활력을 불어넣는다. 한복은 한마디로 곡직曲直의 옷이라고 해도 과언이 아니다. 곡직의 아름다움을 만드는 옷이라는 얘기다. 선이 아름답다는 의미는 직선과 곡선이 조화를 이룬다는 것이다. 한복은 거기에 긴 선(고름, 배래, 도련, 동정, 마루선, 치마 주름선)과 짧은 선(섶코, 등골선, 깃선)이 잘 어울린다. 한복이 부드러운 인상을 주는 이치를 따져보면 이런 주장에 동의할 것이다.

한복 디자인을 바꾼 고름과 동정

고름과 동정은 가슴 앞에 가지런히 매어져 저고리와 두루마기의 포인트가 된다. 고름은 저고리 오지랖(가슴 자락)의 끄트머리에 있다. 몸의 중심에 위치한다. 저절로 사람의 눈길을 잡는다. 또한 사람의 시선은 움직이는 곳으로 따라 옮겨가는 특징이 있다. 고름은 한복을 입은 사람의 움직임에 따라 율동한다. 거기다가 일종의 워너비 스타일링이라고 할 수 있는 노리개를 다는 곳이 바로 고름 매듭이다. 장식까지 단 고름의 생동감은 몸에 밀착한 한복 저고리의 답답함과 단순함을 일거에 해소한다.

동정과 고름은 저고리를 한복답게 만드는 중요한 구성요소다. 동정과 고름은 어떤 세계의 전통 의복에서 찾아보기 어려운 특이한 스타일이다. 중국과 서양은 '단추의 옷', 일본은 '끈의 의복'이라면 우리는 '고름의 의상'이다. 고름과 동정은 전통한복과 개량 한복을 구분하는 기본적 요소이기도 하다. 고름과 동정의 유무로 전통한복과 개량 한복을 구분한다. 한국의 대표적 석학인 이어령은 "저고리를 여미는 것은 단추가 아니라 옷고름"이라면서 "언제든 몸에 옷을 맞출 수 있는 너그러움, 이게 한복의 매력"이라고 말했다.

그것만이 아니다. 치맛단까지 내려오는 긴 고름은 짧고 왜소한 저고리와 대비된다. 긴 고름이 없다면 짧은 저고리와 길고 풍성한 치마와의 불균형이 조화롭게 보이지 않을 것이다.

만일 고름이 겨드랑이 밑에 있거나, 고름 대신 단추로 여밈 처리 했다면 생소해 보일 것이다. 그런데 불과 100여 년 전까지는 그랬다. 오늘날의 한복의 모양을 갖춘 것은 20세기 초다. 다시 말하면 19세기 말의 한복과 다르다는 뜻이다. 그 구분을 하는 데 중요한 요인이 바로 고름이다. 18세기까지도 고름 위치는 앞섶 혹은 오지랖이 아니다. 고름은 저고리나 두루마기의 겨드랑이 부근에 달려 있었다. 길이도 짧고 폭도 좁았다. 신윤복의 그림 「미인도」, 「주유청강」 속에 주인공이 입은 한복은 매우 짧은 고름을 겨드랑이 부근에 매고 있다.

신윤복의 「미인도」를 보자. 반회장저고리 차림이다. 부드러운 목 선을 따라 자주색 깃이 흐른다. 깃 위를 포갠 하얀 동정과 앞섶과 겨드 랑이에 매달린 자주색 고름은 가냘픈 목을 더욱 단아하게 보이게 만든 다. 고름은 짧고 가늘다. 실용성만을 고려한 탓이다.

시간이 흐르면서 고름 길이는 길어졌다. 폭도 넓어졌다. 고름은 한복의 격조를 높인 소품이 됐다. 고름은 하나의 면이다. 긴 면은 선으로 인식된다. 선이 된 고름은 짧은 저고리의 약점을 커버한다. 짧은 저고리의 왜소함을 털어냈다. 그뿐만 아니다. 자유로운 고름의 움직임은 한복의 곡선미를 더욱 돋보이게 한다. 고름의 가치를 먼저 알아본 사람은 서양인이다. 퍼시벌 로웰은 『조선, 고요한 아침의 나라』에서 "한복의 예술적 면에서 경탄을 금치 못한 기술을 하나를 소개하겠다"면 서 "바로 옷을 여미는 방법"이라고 말했다. 바로 고름이다. 그는 이어 "저고리와 조화를 이루는 색깔로 옷고름을 달아 멋지게 묶어 여민다" 라고 설명했다. 모양만 아니라 기능까지 탐색한 여행객의 목격담이라는 게 더욱 눈길을 끈다.

　몸 한가운데로 노출되고 길어진 고름은 뜻하지 않은 시련을 겪게 된다. 자유롭게 움직이는 고름을 제어하려는 분위기가 조성된다. 우선 옷고름을 지나치게 길게 매서는 안 됐다. 만일 무릎까지 늘어뜨리면 경망스럽다고 힐책을 받았다. 크게 흔들려서도 안 된다. 뛰지 말라는 얘기다. 혹시라도 고름을 휘날리며 걷는 여성에게는 '정숙하지 않은 여인'이라는 낙인이 찍혔다. 고름으로 여성의 몸가짐과 몸짓 그리고 자세를 규제한다고 할 수 있다. 이 같은 고름에 대한 규제와 억압은 여성의 내면적 아름다움만을 강요하려는 것이다. 반대로 외향적 아름다움을 추구하는 것은 상스러운 행동이 된다.

　고름의 색깔에도 규제가 있다. 남편이 있으면 옷과 다른 색의 고름을 맸다. 미망인은 저고리와 같은 색의 고름을 맸다. 고름을 보면 나이도 짐작할 수 있다. 어린이는 다홍색, 젊은이는 자주색, 나이 든 사람은 남색 고름을 달았다. 저고리의 고름은 옷을 여미는 기능만이 아니라 여인의 가족적 지위를 드러내는 데도 사용됐다.

　반전 없는 드라마는 재미가 없다. 한복의 반전 모티브는 동정이다. 동정은 한복에서 직선의 형태를 그대로 유지하고 있는 유일한 소품이다. 직선 형태의 동정이 곡선 일변의 단순함을 파괴한다. 동정은 직선의 본능에 충실하다. 동전 끝은 칼날같이 날카롭다. 또 옷을 입었을 때 동정 깃은 각진 V자 모양이 된다. 완만한 곡선에 날카로운 직선을 가미함으로써 전혀 색다른 느낌을 준다. 한복의 곡선을 더욱 돋보이게 한다. 곡선의 미를 극대화하고 한복의 입체감을 확대 재생산한다. 곡선의 주는 풍만함을 적절히 차단함으로써 동양적인 절제미를 살린다. 저고리 깃에 조붓하게 덧댄 흰 헝겊의 위력이다.

동정은 치마에 있던 선旋의 적용 범위를 저고리까지 확장한 것이다. 선旋은 회오리쳐 도는 선線이다. 이런 모양을 만들려고 치마 끝단에 헝겊이나 종이를 붙여서 치마가 펼쳐지도록 했다. 그것을 선旋이라고 했다. 스란치마에서 볼 수 있다. 『고려도경』에 "고려 여성은 많이 휘감기는 것을 고상하게 여긴다"라고 밝히고 있다. 휘감기 위해 사용했던 치마의 선旋을 저고리 깃에 붙인 것이다. 조선 초기에 그려진 「하연 부인 초상화」의 주인공은 진녹색 저고리에 깊은 여밈의 깃에 동정을 달고 있다. 동정이 생긴 대신 치마 밑단의 선旋은 사라졌다.

동정의 목적은 명확하다. 저고리 목덜미가 더러워지는 것을 막기 위한 장치다. 동정이 더러워졌다면 새 동정을 달아 청결을 유지할 수 있다. 고급 한복은 자주 빨 수 없는 소재로 만들어진다. 동정에는 옷 재료도 귀했던 시절에 깨끗한 옷을 입기 위한 지혜가 담긴 셈이다. 우리 조상은 동정에 청결 역할에 장식 기능까지 덧붙였다. 깨끗하고 깔끔한 옷은 여성미를 돋보이게 한다. 여성의 매력을 배가한다.

더 중요한 의미가 또 있다. 동정을 '우리 민족의 고유한 옷깃'으로 여겼다. 어원에서 그 유래를 찾을 수 있다. 김교헌은 1914년에 쓴 『신단실기神檀實記』「고속습유」에서 "지금 옷깃을 반드시 흰빛으로 두르고 이것을 동령東嶺이라고 불렀다"면서 "동방 사람의 옷깃이라는 것을 나타내는 것"이라고 밝혔다. 동령은 백두산이다. '백두산'는 백의민족이 신성시하는 산이다. 동령이라는 이름 자체에서 의복의 상징이 되는 셈이다. "동령이 시간이 지나면서 동정이 됐다"는 게 서예가 정광옥이 쓴 수필의 한 대목이다. 조선시대는 동정을 남녀 한복에 모두 달았다.

동정이 한반도에 목화를 전한 문익점을 기념하는 증표라는 얘기도 있다. 최영전이 쓴 『성서의 식물』은 "세종은 '목화가 국민의 의복 재료에 혁명을 일으켜서 국가에 큰 유익을 줬다. 문익점의 공덕을 영구히 기념하기 위해 온 백성에게 저고리 깃에 동정을 달라'고 명했다"라고 기록했다. 이처럼 민족정신이 밴 동정이 개량 한복 디자인에서 제일 먼저 배제됐다. 아쉽기 짝이 없다.

코리아 드레스 라인을 만든 치마

치마는 대표적 여성 의복이다. 디자이너는 여성스러운 멋을 연출하고자 치마에 큰 공을 드린다. 지퍼와 주머니의 유무와 위치, 원단의 종류, 봉제 방법 등 고려사항이 한둘이 아니다. 디자인과 재단, 그리고 봉제 과정은 기본이다. 샘플 제작 뒤에도 반복된 수정작업을 거친다. 라인과 디테일을 살리기 위한 작업이다. 이런 일련의 작업을 피팅이라고 한다. 핏은 몸에 달라붙는 정도를 가리키는 디자인 용어다.

천의무봉이라고 불리는 한복 치마를 만드는 데는 그처럼 복잡한 과정이 필요 없다. 한복은 그저 커다란 보자기나 다름없다. 거기에는 디자이너의 역할이 양장 치마에 비해 상대적으로 적다. 물론 감각적인 색상과 다채로운 무늬를 입히는 것을 제외한 얘기다. 피팅이 불필요한 단순한 디자인의 의복이기에 가능한 일이다. 한복 치마를 펼치면 한 장의 천이 된다. 다 만들어진 뒤 개켜도 접어놓은 종이 같다. 평면이다. 하지만 옷을 입으면 상황이 달라진다. 일종의 머니플레이션 기술이 작동한다. 평면에서 입체로 바뀐다. 몸에 두른 한복 치마는 수많은 형태를 만든다. 치마를 입는 사람과 방법에 따라 형태가 달라진다. 치마를 입는 방법이 40여 가지나 된다. 여미는 방법, 치맛자락 처리, 단속곳 노출 정도, 치마 길이 조절 등에 따라 다양한 연출이 가능하다. 이는 입는 사람이 자신의 개성과 감각을 살릴 수 있다는 의미이다.

　한복 치마는 제작 과정이 수월하다. 그렇다고 아름답지 않다는 게 아니다. 오히려 '우아하다', '기품 있다'고 말한다. 수많은 선의 변화를 만들어낸 결과다. 그런데 이상하다. 선이 모이면 면이 되고 면이 모이면 입체가 되는 게 불변의 법칙이다. 치마를 입으면 즉, 평면이 입체로 바뀌면 왜 입체미보다 선의 아름다움이 두드러진 것일까. 그것은 풍성한 치마에서 나오는 주름의 마술이다. 주름은 단순하지만 아름다운 선과 형태를 만들어낸다. 한복 치마는 전형적 직사각형이다. 가는 허리를 강조하려고 치마 상단(치맛말기)에 주름을 잡는다. 치맛말기는 허리선이 드러나 엉덩이를 강조하는 디자인이다. 엉덩이를 부풀리려면 치맛단을 넓혀야 한다. 자연스럽게 수많은 주름이 잡히는 이유다.

　면은 길이와 폭을 갖는다. 폭보다 길이가 현저히 길면 면이라도 선으로 느낀다. 저고리 고름은 긴 면이지만 끈으로 인식되는 것과 같은 이치다. 치마도 마찬가지다. 치마 길이를 길게 하고 주름을 잡아 놓았기 때문에 치마의 주름은 선으로 인식된다. 선으로 지각하는 주름 때문에 치마도 자체도 길어 보인다. 하체가 길어 보이는 것도 주름 효과라고 할 수 있다. 이를 수직 착시현상이라고 한다. 같은 길이의 막대기를 T자형으로 맞붙여 두었을 때 세로 기둥이 가로 기둥보다 훨씬 길어 보인다. 그런데 여성 한복은 저고리가 짧고 치마가 길다. 거기다가 치마에 주름이 지어 있다. 그만큼 다리가 길어 보인다. 일명 하이 웨이

스트 디자인이다. 상체가 길고 하체가 짧은 우리의 신체적 약점을 보완하는 지혜가 숨어 있는 것이다. 체형에 맞는 코디법을 찾은 것이라고 할 수 있다.

치마가 펄럭이며 만들어내는 선들, 그것은 바람이다. 주름이 만드는 '바람'이다. 바람이 불기라도 하면 여성의 몸매는 살짝 드러난다. 거기에 움직일 때마다 모양이 달라지는 주름은 한복의 우아한 멋을 만들어낸다. 몸을 돌리며 춤을 출 때는 부챗살 모양을 만든 주름은 한순간에 사라지고 치마의 풍성한 멋을 뽐낸다. 이영희 디자이너는 1993년 파리 프레타포르테 패션쇼에서 '저고리 없는 한복 치마'를 선보였다. 치마 자체가 훌륭한 드레스임을 입증하기도 했다.

그 같은 현대적 감각에도 뒤지지 않는 스타일링은 하이 웨이스트 디자인에만 있지 않다. 한복 치마는 길어도 너무 길다. 실제 시각적 착각을 유도할 수 있는 그 이상이다. 실제 신체의 허리보다 3~5cm 정도 치마허리선을 높일 때 가장 큰 효과를 본다고 한다. 엠파이어 웨이스트 라인보다도 훨씬 높다. 세계적인 디자이너인 칼 라거펠트는 가슴 밑까지 올라간 한복의 허리선을 '한국 드레스 라인'이라고 명명했다. 그만큼 독특하다는 얘기다. 대신 치마는 허리부터 볼륨이 살아난다. 하체로 내려갈수록 풍성하게 부풀어 오른다. 치마를 부풀리기 위해 속치마와 속바지를 겹쳐 입는다. 부풀어 오른 치맛자락은 발끝까지 덮는다.

그렇다면 한복 치마처럼 높은 치마허리선은 어떤 효과를 낳는 것일까. 한마디로 허리 라인을 강조하는 의복이 된다. 상반신은 타이트하게 붙이고 하체로 내려갈수록 풍만해지는 실루엣이다. 한복 치마는

A라인 혹은 소문자 b라인 실루엣을 만든다. 한마디로 말하면 '오리궁 둥이' 패션이다. 사실 이 같은 엉덩이를 강조하는 패션은 여성 한복만의 독특한 스타일은 아니다. 서양에는 엉덩이 볼륨을 강조하기 위해서 새장형 크리놀린 페티코트(여자가 치마를 볼록하게 보이기 위해 안에 입던 보정용 속옷)를 입거나 가짜 엉덩이로 불리는 버슬을 착용했다. 그것에 비하면 속옷을 겹쳐 입음으로써 엉덩이 부피를 키운 여성 한복은 상대적으로 왜소한 편이다.

늘씬한 허리, 그리고 풍만한 엉덩이, 그리고 짧은 저고리와 대비가 낳은 체격 보정……. 한복 치마는 에로티시즘을 극대화할 수 있는 구성을 완벽히 갖췄다. 하지만 그것이 한복 치마의 아름다움과 품격을 결정하는 것은 아니다. 옷 입는 사람의 자태와 창의적인 코디법에 그 대답이 있는 것은 아닐까.

한복, 속옷으로 겉옷을 표현하다

한복은 속옷이 겉옷을 표현한다. 속옷에 따라 실루엣이 달라진다. 어떤 속치마를 선택하느냐에 따라 한복의 형태와 달라진다. 치맛말기 속치마(어깨걸이가 있는 속치마), 투투 속치마(발레복처럼 짧지만 퍼진 속치마), 항아리 속치마(항아리처럼 볼록한 속치마) 등 다양한 속치마가 있어서 가능한 일이다.

하지만 불과 100여 년 전까진 치맛말기·투투·항아리 속치마를 구분하지 않았다. 그때까지는 속옷의 형태가 정형화되어 있었다. 무엇보다 여러 겹의 속옷을 입어 가장 아름다운 치마의 볼륨을 만들어냈다. 지금처럼 간편한 모양의 속옷은 아니었다.

> "그네는 다리속곳, 속속곳, 단속곳, 고쟁이를 입고, 그 위에 또 너른
> 바지를 입었는데, 너른바지 위에 대슘치마를 입었다. …… 그 대슘
> 치마 위에, 드디어 속옷으로는 마지막인 무지기를 입었다. …… 드
> 디어 다홍치마를 겹쳐 입으니, 그야말로 덩실한 그 차림 하나만으로
> 도 온 방 안이 풍성하게 차오르면서, 정말 옛말대로 서도 앉은 것 같
> 고 앉아도 선 것같이 보였다."

최명희의 대하소설『혼불』도입부에 나오는 한 대목이다. 주인공
허효원의 혼례복 중 치마를 입는 모습을 묘사한 것이다.『혼불』의 배
경은 1930년대 전북 남원이다. 이 시대의 남원은 조선의 고유문화와
전통을 금과옥조처럼 여기는 전형적인 고장이다. 결혼과 의복 문화도
그랬다.

허효원의 혼례복 속옷 차림은 조선시대 궁중 여인이나 사대부 여
인이 갖춰 입은 복식에 속한다. 평민도 혼례 때 궁중 여인이나 사대부
여인처럼 격식을 갖춰 입었다. 겉옷인 다홍치마를 빼도 속옷만 자그마
치 일곱 가지나 된다. 다리속곳, 속속곳, 단속곳, 고쟁이, 너른바지, 대
슘치마 위에 무지기 치마를 입었다. 소설 속 표현대로 허효원은 '몇몇
겹으로 싸고 감고' 있다. 하의의 경우 상류층일수록, 그리고 예복일수
록 입는 속옷이 늘어났다. 상의는 그렇지 않다. 상박하후를 연출하기
위한 연출이었다.

패션업계는 기능에 따라 속옷을 크게 3가지로 분류한다. 생리와

위생을 위한 언더웨어, 맵시와 보정을 위한 파운데이션, 장식을 위한 란제리가 그것이다. 한복의 속곳은 세 가지 기능을 모두 갖추고 있다. 이 분류법에 따라 허효원이 입은 속옷을 나눠보면 다리속곳과 속속곳은 언더웨어, 고쟁이와 단속곳과 너른바지는 파운데이션, 무지기와 대슘치마는 란제리다.

다리속곳은 한마디로 말하면 위생 팬티다. 직사각형 천에 허리띠를 달고 밑바대(헝겊)를 댔다. 기저귀 형태로 살을 가리는 용도다. 입을 때도 있고 입지 않을 때도 있다. 다리속곳은 생리용 패드라는 얘기다. 진정한 의미의 속옷은 다리속곳 위에 입는 속속곳부터다. 속속곳은 다리통이 넓다. 양반, 평민 할 것 없이 모두 챙겨 입던 속옷이다. 1930년경 무명으로 된 짧은 팬티로 대체되기 전까지 입었다. 한복의 속속곳은 중세 유럽에 유행한 '엉덩이 고삐'라는 이름의 팬티와 비슷한 형태로 보인다. 메디치가의 카트린느와 궁정의 여성이 주로 착용했다. 다리속곳은 무릎까지 내려오는 바지 단을 끈으로 묶은 데 반해서 속속곳은 풍성한 채 그대로 둔 게 차이가 난다.

속속곳 위에 입는 것은 흔히 고쟁이라고 부르는 속바지다. 고쟁이는 바짓가랑이 사이가 터져 있어 여미게 되어 있다. 고쟁이는 통이 넓은데 발목 부분으로 내려가면서 좁아진다. "고쟁이를 열두 벌 입어도 보일 것은 다 보인다"라는 속담이 있다. 이 속담은 고쟁이의 속성을 잘 보여준다. 고쟁이를 아무리 겹쳐 입어도 가랑이를 벌리면 보여서는 안 될 곳이 보인다는 뜻이다. 『혼불』주인공 허효원은 고쟁이보다 단속곳을 먼저 입은 것으로 나온다. 이것은 작가의 착각이다. 순서를 뒤집어 기술했다. 단속곳은 속속곳과 형태가 같다. 다만 크기가 속속곳보다 크다. 『동아 새 국어사전』은 속속곳을 '단속곳과 비슷한 밑이 없는 긴 속곳'으로 정의하고 있다. 단속곳 위에 너른바지를 입으면 내의라고 볼 수 있는 속곳을 모두 착용한 것이다. 너른바지도 밑이 터져 있다. 너른바지는 정장용이다.

하지만 재미있는 것은 평민 사이에서는 속적삼 저고리에 단속곳 혹은 고쟁이(나중에는 밑이 봉해짐)만을 입은 채 지내도 결코 흉이 되지 않았다. 실제로 여름나기용 차림으로 소개한 자료도 있다. 단속곳은 일반 부녀자의 속옷 중 치마 바로 아래에 입던 속옷이다. 겉속곳이라고도 불렀다. 제대로 여미지 않으면 치마 사이로 단속곳이 보이기 마련이다. 기생은 허리에 끈을 매어 단속곳을 의도적으로 노출하기도 했다. 이 때문에 겉치마만큼 고급 재질로 정교한 바느질을 해서 만들어 입었다. 속옷 이상의 의미가 있는 것이다. 신윤복의 풍속화에 등장하는 여성에서 조선 후기 여성 옷차림을 볼 수 있다. 특히 당시 패션 리더였던 기생의 옷차림은 선정적이다. 신윤복은 여성의 치마 속까지 들춰낸다. 「유곽쟁웅」, 「야금모행」, 「월하정인」, 「청루소일」, 「단오풍경」, 「월하밀회」 등 남녀 사이의 내밀한 애정을 표현한 그림이 이를 잘 보여준다. 그림에 등장하는 기생은 모두 치마를 저고리 위까지 추켜 여몄다. 치마 속에 입는 단속곳이 드러난다. 이 시대에 단속곳을 드러내는 게 하나의 유행이 되었음을 알 수 있는 장면이다.

무지기와 대슘치마는 한복 치마 멋을 완성하는 마무리용 속옷이다. 왕족이나 양반가 여인이나 입을 수 있는 옷이다. 대중적인 속옷은 아니었다. 하지만 평민도 혼례를 올릴 때 무지기와 대슘치마를 갖춰 입었다. 『혼불』은 허효원이 대슘치마를 먼저 입고 무지기를 입었다고 묘사하고 있다. 이 역시 순서가 바뀌었다. 무지기를 입은 뒤 마지막 대슘치마를 입고 겉치마를 입었다. 서양 속옷 중에 엉덩이를 부풀리는 옷이 있다. 철사나 고래수염, 등나무를 엮어 원추형으로 디자인된 코르셋이나, 파딩게일, 베르튀가댕 등이 그것이다. 하지만 한복은 옷의 디자인이 아니라 속옷을 겹쳐 입어 하체를 크게 보이게 한 게 특이하다. 이처럼 속옷 바지를 겹쳐 입음으로써 여성의 정숙미와 여성미를 함께 추구했던 것처럼 보인다.

그런데 당시 여성들은 왜 이렇게 불편하게 속옷을 많이 겹쳐 입었을까. 한마디로 상박하후가 당시 미의 기준이었다. 이를 따름으로써 얻는 이익이 손실보다 컸기 때문이다. 다른 모든 여성이 '보정 속옷'을 입고 풍성한 엉덩이를 뽐내고 다닌다고 하자. 나만 그런 유행에 따르지 않는다면 내가 겪게 될 고충과 불안은 이만저만이 아닐 것이다. 일종의 미적 갈등이다. 즉, 불편을 감수하면서 수많은 속옷을 겹쳐 입은 것은 당시의 미적 기준에 벗어나지 않으려는 몸부림이었다. 사실 치마를 풍성하게 입어야 우아한 짧은 저고리의 맵시와 라인이 돋보인다. 목도 가늘게 보이고 어깨선도 예뻐 보인다.

기생, 한복을 예술로 만들다

불과 100년 전 패션은 예술의 범주에 포함되지 않았다. 근래 들어 인식이 바뀌었다. 의복은 당당하게 '몸에 걸치는 예술'로 인정받는다. 의복에 숨어 있는 라이프 스타일과 이미지에 주목하면서 달라진 시각이다. 의복은 생활 속에서 인간의 내면과 미의식을 표현하는 훌륭한

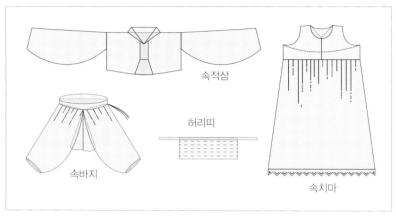

속적삼

허리띠

속바지

속치마

한복의 속옷들

방법이다.

　하지만 조선에는 그게 차단되어 있다. 복제시스템의 골격이 법(경
국대전)으로 정해져 있다. 『경국대전』이 반포된 이후 300년 이상 그 복
제 규제는 이어졌다. 실사구시를 학문적 목표로 삼았던 실학자 정약용
조차 "의복의 쓰임은 문채文彩"라고 규정했다. 문채란 신분을 구분한
다는 의미다. 그런 사회구조에서 의복의 예술성은 제대로 평가받기 어
렵다.

　세상만사에 예외란 있기 마련이다. 『경국대전』에서조차 기생의
복장은 예외라는 규정을 명시했다. 기생에게 적용된 예외는 변종을 낳
았다. 아니 세상의 변화를 낳았다. 상대적으로 다채로운 의복을 착용
한 기생에 의해 한복이 발전했다. 기생은 옷의 차별화와 다양화를 통
해 스스로 개성과 취향을 찾은 탓이다. 임진왜란과 병자호란이 지난

뒤 기생은 개성을 한껏 발휘했다. 두 차례의 대란으로 조선 권력 유지 체제의 근간이었던 신분제가 크게 흔들렸다. 양반계급의 숫자가 많이 늘었다. 중인계층도 큰 경제적 성취를 거두었다. 자연히 유희 문화가 발달했다. 한국학중앙연구원 이민주 선임연구원은 『치마저고리의 욕망』에서 "기방이 17세기 이후 한양의 유흥장으로 본격적으로 등장해 좀 더 직업적이고 상업적으로 변모해 나갔다"면서 "조선 후기의 풍류 문화가 그만큼 세속적인 형태로 일상화되고 대중화되었음을 시사한 다"라고 말했다. 유락 문화의 중심에 기생이 있었다. 그들은 양반과 부유한 중인의 눈을 사로잡으려고 과감하고 화려한 옷차림을 하기 시작했다. 기생은 사회적 약자였다. 법적으로 평민이다. 사회적 대우는 그에 미치지 못했다. 천민으로 취급받았다. 그런 기생의 이중적 신세는 패션 갈증을 더욱 자극했다. 옷차림은 그들에게 성적 매력을 발산할 수 있는 중요한 수단 중 하나였기 때문이다. 기생의 예술적 감각이 그들의 욕구와 결합했다. 새로운 여성 한복 탄생의 동력이었다.

소매가 좁아졌다. 저고리가 짧아졌다. 저고리가 몸에 밀착됐다. 허리에 매던 치마는 가슴까지 올라갔다. 치마허리가 드러났다. 치마는 풍성해 보이려고 속옷을 겹겹이 입었다. 치마 속의 속바지가 노출됐다. 당연히 여성 상체의 몸매가 드러났다. 신윤복의 대표적인 작품인 「미인도」를 연상하면 그 모습을 짐작할 수 있다. 상박하후上薄下厚라는 새로운 패션이 탄생한 것이다. 이런 복장을 현대적 재해석해 보자. 짧고 밀착된 저고리는 크롭탑 패션이다. 가슴까지 올라온 치마와 노출된 허리치마를 드러낸 스타일은 등을 드러낸 백리스나 슬리브리스라고 할 수 있다. 치마 속 속바지 노출은 엉덩이를 드러낸 커트아웃 스타일이다. 한마디로 파격적이었다. 16세기에 형성된 패션 흐름은 19세기까지 이어졌다. 이규경이 1800년대 초에 편찬한 백과사전 『오주연문장전산고五洲衍文長箋散稿』에도 "부녀자들이 소매가 좁고 짧은 저고리를 입는다"라고 적시했다. 기생만이 아니라 사대부 여인까지 그런 흐름에 동참한 것이다. 더 나아가 "여름에 입는 홑저고리는 치마와 닿은 부분을 가리지 못하니 더욱 해괴하다"라고 한탄하면서 '요괴의 복장' 금지를 주장했다. 한국학중앙연구원 이민주 선임연구원은 『치마저고리의 욕망』에서 저고리 변화를 한마디로 정리했다. 그는 "조선시대 초기 저고리의 길이는 허리를 살짝 덮을 정도였다. 16세기 들어 허리선이 보일 정도로 짧아지더니 이후 저고리 길이가 줄어드는 속도는 더욱 빨랐다. 19세기에는 20cm도 채 안 되게 짧아졌다"면서 "저고리 밑단이 허리까지 올라오는 데 100년, 가슴까지 올라오는 데 100년이 걸렸다"라고 적었다.

'문채의 법칙'을 적용받지 않는 기생은 오늘날의 시각으로 예술가이자 패션 리더였다. 기생이 패션 리더가 되는 것은 직업적 숙명이었다. 기생은 엄밀한 의미에서 궁중 음악인 여악을 담당하는 예술인이다. 국가적 행사에서 시와 노래, 그리고 춤으로 흥을 돋는 일을 맡았다. 이것이 양반 집안 잔치의 술자리로 확대됐다. 궁궐이든 양반가든 기생의 예술을 감상하는 대상은 양반 남성이었다. 기생은 자연스럽게 양반 남성과 어울렸다. 그 시대의 양반 남자는 '풍류'라는 이름으로 기생을 대했다. 아니 기생은 '해어화解語花' 즉 '꽃'으로 소비됐다. 양반이 꽃(기생)과 어울리는 곳에서 성리학적 윤리가 무색했다. 유교 윤리의 핵심 중 핵심은 '남녀칠세부동석'이다. 이를 지키고자 부부가 내외담(안

채와 사랑채를 막는 담)을 두고 얘기를 나눴다. 7세가 넘는 사내아이 육아를
남성이 담당했다. 조선시대에는 브래지어를 '허리띠'라고 불렀다. 감
히 '가슴'이라는 단어를 입에 올릴 수 없었기 때문이다. 이 같은 성리
학 윤리의 사각지대에 산 유일한 집단이 기생이다. 기생의 눈은 당연
히 자신과 어울리던 지배계급층을 향했다. 양반 남성의 눈길을 사로잡
는 화려한 옷차림을 했다. 치장과 장식을 했다. 아니, 거기에 그치지 않
았다. 복식 특혜까지 누렸다. 자신이 입고 싶은 옷을 연출하거나 만들
어 입을 수 있었다. 자신 취향과 성적 가치를 드러내는 절제와 파격의
옷차림을 했다. 당연히 에로티시즘 요소가 가미됐다.

　기생은 천민의 눈으로 양반을 바라본다는 얘기가 있다. 신분은
천민이지만 생활은 양반이라는 얘기다. 기생은 자신의 신세를 한탄
하며 스스로 '사치하는 천민'이라고 불렀다. 이중적 처지에 대한 넋두
리다. 이 같은 현실적 처지와 관계없이 기생은 최고의 실력과 어울렸
다. 양반의 취향에 맞추기 위해 교육받았다. 시와 음악, 춤을 법을 배웠
다. 그것도 나라에서 훈련시켰다. 당시 국가의 혜택이란 아무나 받을
수 없다. 최고의 재원이었던 셈이다. 드라마「황진이」의 원작인『나, 황
진이』의 저자인 김탁환은 "기생은 평생 자기완성을 추구한 예술가로
1910년대까지는 음악, 춤, 시와 문장에 이르기까지 독자적인 위치를
인정받았다"라고 말했다. 그러나 기생은 자신의 이중적 삶에서 비롯
된 욕구불만을 표출할 수 없었다. 자신의 아름다움을 드러내는 게 유
일한 해소책이었다. 그게 패션 리더로 등극하는 통로였다. 패션은 현
대적 의미의 예술이다. 조선시대도 예술인인 기생이 패션 리더 역할을
맡았다. 그 주인공은 바로 '천민의 몸으로 양반을 바라보며 살아야 하

는' 기생이었다.

"만일 모방하지 않는다면 유행이 어떻게 일어나겠는가." 여성에게 멋과 자유를 선물한 디자이너로 불리는 가브리엘 샤넬이 남긴 말이다. 패션은 유행의 산물이다. 유행은 모방에서 비롯된다. 모방은 전파력을 갖고 있다. 보통 상층의 문화가 하층에 스며든다. 양반 여인의 옷차림은 평민의 선망이었다. 하지만 어느 시점에서 조선에서는 문화역류 현상이 일어났다. 양반의 안주인이 기생의 패션을 따라 했다. 아름다워 보이려는 욕망이 여성의 본능이었다. 콧대 높은 사대부 부인이 기생의 옷차림을 따른다는 것은 예사로운 일이 아니다. 조선 사회에서 여성에게 요구했던 엄격성을 고려한다면 '의복 혁명'이라고 해도 과언이 아니다.

II. 자연을 품은 한옥과 정원

김경은 경향신문 전 편집위원, 한일 산업·문화협회 정책이사

1. 한옥 수출 상품이 되다

　최근 좋은 소식이 날아들었다. 한옥이 수출됐다. 수입국은 알제리, 베트남이다. 특히 베트남의 유명한 관광도시, 퀴논시에는 한옥 타운이 조성될 예정이다. 한옥 타운에는 한옥과 한국 정원, 그리고 정자가 들어설 예정이다. 호주, 독일, 이탈리아, 불가리아에 한옥 마을 수출도 추진하고 있다. 코로나 블루가 한순간에 가시는 듯하다. 글쓴이에게 한옥의 수출은 방탄소년단의 빌보드차트 1위 등재, 영화「기생충」의 아카데미상 수상, 배우 윤여정의 오스카 여우조연상에 못지않은 쾌거로 여겨진다.

　한옥은 우리 문화의 결정체이자 집합체다. 가옥은 인간의 생활을 담는 그릇이다. 사람 사는 이야기가 담겨 있다는 뜻이다. 가옥을 어디에 짓느냐, 누가 지었느냐, 어떻게 지었느냐, 어떤 재료로 지었느냐, 거기에 누가 사느냐, 이 모든 게 다 사람 사는 이야기다. 가옥 한 채가 그런 의미를 갖는다면, 전통가옥은 인간 생활을 짓는 역사다. 전통가옥은 수천 년 동안 시행착오를 거듭하면서 만들어진 지혜의 박물관이다. 전통가옥은 당연히 한 나라의 사상과 역사, 한 국가의 과학 기술 수준, 한 민족의 가치관과 미의식, 한 사회의 생활방식과 지혜, 한 가문의 가족제도와 가족 의식 등이 함축되어 있다. 전통 한옥도 마찬가지다. 전통 한옥 수출은 우리 문화와 역사 전파다. 우리 가치를 해외에 알리고

전하는 것보다 값진 일은 없을 것이다.

한옥이 뭐 그렇게 대단하다고 호들갑이냐고 핀잔하는 독자도 있을 것이다. 우리나라 사람에게도 외면당한 한옥 수출이 그렇게 자랑스럽냐는 반문이다. 맞는 말이다. 우리는 한옥을 버렸다. '불편을 감수해야 할 살림집', '시대에 맞지 않는 주거형태', '관람용 전시 가옥'이라고 폄하했다. 재개발의 1순위였다. 보전 가옥만이 명맥을 유지했다. 하지만 감히 말할 수 있다. 세계 어느 나라 전통가옥보다 과학적이고 창의적이라고. 10여 년 전부터 한옥에 봄바람이 불고 있다. 한옥이 관광 상품이 아니라 생활 터전이 되고 있다. 그런 흐름이 외국에서도 한옥의 가치를 인정하게 만든 것이다. 이번 한옥 수출은 '한옥 한류'의 모종이 될 것으로 확신한다.

20세기 초에 오스트리아에서 건축가로 활동한 아돌프 루스는 '장식은 죄악'이라고 말했다. 기능과 유리된 소품은 의미 없는 장식이라는 비판이다. 루스의 말은 건축학사에서 '혁명'으로 받아들여진다. 서양 건축학사에서는 그의 이전 시대를 허영과 과시 중심의 '고전주의 건축'으로, 그의 이후 시대는 기능과 본질 중심의 '합리주의 건축'으로 구분한다. 적은 장식은 간결함이나 단순함만을 의미하는 것은 아니다. 인간 중심적 사고를 뜻한다. 삶을 담는 가옥이 화려하면 가옥 안에 사는 사람은 소외된다. 만일 화려한 장식이 있다면 사람은 그것이 망가지지 않기 위해서 늘 조심해야 한다. 가옥의 주인이 사람이 아니라 물건이 된다. 사람 중심의 가옥이란 가옥이 사용하기 편해야 한다는 의미다. 서양 사람은 이런 생각을 불과 200여 년 전에 했다. 우리 민족은 산자락에 터를 잡고 집을 지을 때부터 최우선으로 고려했던 사항이다.

이런 인본적 사고가 투영된 한옥에 대해 우리가 다시 관심을 갖고, 세계가 주목하는 것은 당연한 일이 아닐까.

2. 한옥은 산이 만든다

나라마다 자신의 국토를 표현하는 단어가 있다. 광활한 대륙의 나라, 중국은 산남해북山南海北이다. 산의 남쪽, 바다의 북쪽이란 의미다. 섬나라인 일본은 진진포포津津浦浦다. 즉 여러 개의 나루다. 산의 나라인 우리는 방방곡곡坊坊曲曲이다. 직역하면 골짜기 작은 동네쯤 될 것이다. 우리나라는 산이 많다. 평야도 좁다. 평야에서는 곡식을 재배해야 했다. 집은 지을 장소가 부족했다. 산골에 집을 짓고 살았다. 우리 속담에 "사람 살 곳은 골골이 있다"라고 했다. 산기슭이나 산허리다. 가옥 입지로는 최악이다. 한옥 짓기는 협소하고 비탈진 산자락이라는 문제해결에서부터 시작된다. 해답은 문제 속에 있다. 우리 선조는 좁은 땅에서 그 해답을 찾았다. 산이 원하는 대로 가옥을 지었다. 산과 소통하는 집이다. 자연에 순응하며 공생하는 주택이다. 한마디로 말하면 흙과 나무로 만든 '작은 집'이다. 뒤집어서 생각해보자. 산이 큰 집을 원했을까. 만일 산자락에 교가대원(교씨의 큰집)과 같은 큰 집을 짓는다면 어울리지 않는다. 교가대원은 공리가 주연을 맡은 영화 「홍등」의 배경이 된 대궐같이 큰 집이다. 쓰허위안(四合院)이 무려 9개나 이어져 있다. 만일 이 같은 큰 건물이 모여 있다면, 마치 산 한가운데 들어선 아파트단지처럼 보일 것이다. 꼴불견이다. 도시건축에서 말하는 랜드마크 역할을 하는 큰 집은 한 두 채는 있어야 하는 것이 아닐까. 필요 없다. 산이 바로 마을과 도시의 랜드마크다. 산이 마을(도시) 입지의 중심이라는 얘기다. 집을 짓는 데 최우선 고려사항은 산을 거슬리지 않는 것이었다. 가옥이 자연 일부라면 가옥이 자연을 닮은 게 이치에 맞다. 그것이 바로 '사람에게 이로운 가옥'을 만들려는 우리 조상의 생각이었다. 우리 조상은 산과 조화를 이루며 더불어 사는 데 지혜를 모았다. 그런 과정을 통해 얻은 지혜가 자연의 법칙에 따르는 것이다. 한옥이 '인간이 만든 자연'이 된 이유다.

　자연과 인간이 조화롭게 어울려 사는 삶의 지혜가 농축된 것이 풍수다. 풍수는 집터를 통해 자연을 바라보는 시선이다. 집은 생활을 담는 그릇이다. 집터는 그릇의 받침대다. 우리 선조는 집터에 삶의 의지를 돋우는 특별한 무엇이 있다고 믿었다. 집터를 잡거나 집을 살 때는 반드시 지세를 살폈다. 집터의 위치와 지형, 그리고 주변 경관을 보는 일이다. 집터 잡기는 대대손손 부귀영화를 누리길 바라는 염원이 담겨 있다.

　우리 조상은 기氣의 흐름을 통해 땅을 이해하고 파악했다. 기는 곧 한국인에게 관계를 맺는 본질적 요소다. 하늘과 우주, 땅과 자연, 사람과 사람, 그리고 조상과 자손을 연결하는 매개였다. 기를 살리는 게 곧 사람과 사회 그리고 자연을 살리는 것이다. 생활을 활기가 넘치게 하고 살림을 윤택하게 하는 길이었다. 이를 생기활동生氣活動 혹은 생발지기生發之氣라고 했다. 이런 관념은 자연과 인간의 조화를 꾀하게 했다. 그런 조화를 이루는 곳이 바로 배산임수의 지형이다. 배산임수는 산을 뒤에 두고 물을 앞에 대하고 있는 터다. 풍수지리에 따르면, 산을 따라 내리는 생기(氣)가 냇물을 만나는 배산임수를 이상적 집터, 즉 명당으로 여겼다. 일본이 물을, 중국이 바람의 방향을 중시했던 것과는 전혀 다르다.

배산임수가 시인을 만나며 더욱 드라마틱해진다. '옛이야기 지줄대는 실개천이 휘돌아나가는 곳'(정지용_향수)이 임수다. 임수는 양이다. 밝고 건조하다. 온도는 높다. '갈잎의 노래가 들리는 (뒤)뜰'은 배산이다. 음이다. 그늘지고 습한 곳이다. 온도가 낮다. 따뜻한 공기는 위로 올라가려는 성질이 있다. 대류현상에 의해 공기 순환이 이뤄진다. 원활한 공기 순환이 이뤄지는 곳이 배산임수다. 공기의 순환은 곧 바람의 흐름이다. 바람은 기의 움직임을 원활하게 하는 원동력이다.

'휘돌아가는 실개천'과 같이 집 앞으로 흐르는 물을 풍수에서 명당수라고 한다. 명당수는 서북에서 동남으로 가는 게 좋다고 여겼다. 궁궐 가옥의 경우, 인위적으로 명당수를 집 앞으로 끌어들였다. 지기를 모으는 용맥을 끌어들이기 위함이다. 집 대문을 지나는 물은 일명 금천禁川이다. 금천에는 다리 금천교禁川橋가 있다. 다리 건너에는 석분石盆(나무 대신 괴석을 심은 화분)을 두었다. 석분 기단의 네 모서리에 두꺼비가 활개를 펴고 있다. 두꺼비는 달의 신령이다. 월령은 석분이 월계수, 금천이 은하수임을 암시한다. 은하수를 건너면 곧 도인이 사는 집이다. 도인은 심산유곡에서 유유자적하며 산다. 도인 역시 자연의 일부였다. 명당수를 만드는 것 역시 가옥과 자연을 일체화시키고자 한 것이다.

배산임수는 지세를 형상화한 것이다. 형상의 반대개념은 질료(내용)이다. 배산임수의 내용은 집터와 사람이다. 다시 말하면 자연과 인간이 어떻게 조화를 이루며 사느냐의 문제다. 이어령은 인간과 자연이 만나 조화를 이루는 터를 '토포필리아(場所愛)'라고 명명했다. 그는 토포필리아를 '인간적 문화와 자연의 생명이 만나는 문명'이라고 의미 부여했다. 언론인 이규태도 한마디 거들었다. 배산임수 입지의 집터를 "정과 인심이 교합하는 지점"이라고 주장했다. 당연히 정이 통하는 곳은 조화와 안정, 그리고 번영이 약속된 장소임을 전제로 한다. 쉽게 말하면 사람이 살만한 곳이라는 뜻이다. 인간 문화와 자연 생명이 만남을 현대적으로 표현하면 에코시스템의 작동이다. 인간 편의 강구→자연 훼손→자연 정복→자연의 복수라는 악순환이 없는 세상이다. 자연과 인간이 공존하며 지속가능성을 만드는 세계다. 거기다가 인심이 넘친다면 더 말할 나위 없이 살기 좋은 곳이 될 것이다.

　　우리 조상은 결코 운명론적이지 않았다. 운명을 집터에만 맡기지 않았다. 좋은 집터는 가정의 평안과 후손 번영을 이루기 위한 필요조건일 뿐이다. 충분조건까지 충족하지 못한다. 충분조건은 풍수와 적선, 그리고 공부였다. '일운 이명 삼풍수 사적선 오독서─運 二命 三風水 四積善 五讀書'라는 풍수 속담이 있다. 운과 명은 인위적으로 바꿀 수 없다. 운은 운수다. 이를테면 교통사고를 당하느냐, 당첨될 복권을 사느냐와 같은 것이다. 명은 타고난 복이다. 큰 부잣집 딸로 태어나느냐와 같은 것이다. 명에 따라 복의 크기가 달라지는 것은 당연하다. 운명은 하늘의 뜻이다. 우리 조상은 하늘의 뜻도 바꿀 수 있다고 믿었다. 풍수가 운명을 바꾸는 강력한 수단이다. 물론 풍수 하나만으로 이뤄지지 않는다. 명당 선정 못지않게 적선과 공부(독서)가 중요하다. 조선시대의 최고 출세는 과거시험 합격이다. 공부의 중요성은 더 설명할 필요도 없을 것이다. 우리 조상은 공부보다 더 중요한 게 적선이라고 여겼다. 3대가 적선하면 천하의 명당을 얻는다고 믿고 이를 실천했다. '집을 사면 이웃을 본다'는 속담이 있다. 산세가 좋고 물길이 순탄한지와 함께 인심이 넉넉한지를 따졌다는 얘기다. 조선의 실학자인 이중환이 쓴 『택리지』에 '집을 살 때 마을 인심을 살피라'고 귀띔한 이유도 여기에 있다. 세상 어디에 가나 서로 도움을 주고받는 이웃이 있어야 살만하다는 뜻이다.

적선 중 으뜸은 조상을 위한 봉사다. 이는 곧 효다. 효행을 실천하지 않는 사람은 명당을 얻을 수 없다고 여겼다. 효 사상과 풍수가 결합한 게 바로 음택이다. 우리 조상은 무덤을 죽은 사람의 집, 즉 유택幽宅이라고 했다. 양택은 산 사람의 흥복과 관계가 있다. 음택은 조상의 유골이 후손에 감응한다. 묏자리와 묘 관리가 중요한 까닭이다. 조상 봉양을 게을리하고 이웃에게 적선을 베풀지 않으면 어떤 일이 일어날까. 설령 명당에 집터를 잡고 무덤을 썼더라고 좋은 기운이 미치지 않는다고 여겼다.

3. 한옥은 인간이 만든 자연이다

한옥은 '인간이 만든 자연'이라고 한다. 이 말은 두 가지의 의미를 담고 있다. 하나는 한옥 안에 자연이 살고 있다는 것이다. 또 다른 하나는 한옥은 자연스러움을 추구한다는 것이다.

한옥에 자연이 살고 있다고? 구례 화엄사의 암자인 구층암 승방을 봤다면 그런 반문을 하지 않을 것이다. 구층암 승방은 스님이 공부하고 정진하는 도량이다. 이 도량은 모과나무 기둥 두 개가 500년 동안 지붕을 받치고 있다. 다듬지 않은 원목이다. 큰 가지를 잘라낸 모양이 그대로다. 뒤틀린 나무와 나뭇결 그리고 옹이가 살아 있다. 껍데기만 벗기고 가지만 대충 제거한 듯하다. 심지어 자랄 때 박힌 돌도 그대로 두었다. 나무를 그대로 처마 밑에 옮겨심은 듯하다. 자연성의 극치

구례 화엄사 구층암

라고 해도 과언이 아니다. 가장 자연스러움이 파격을 낳는다. 파격은 한옥에 생동감을 준다. 나무 기둥이 살아 있는 듯하다. 수행하는 고매한 스님의 자태를 닮은 듯하다.

두 개의 모과나무 기둥은 그리스 신화에 나오는 바우시스와 발레몬을 연상시킨다. 바우시스와 발레몬은 나무가 되어 영생을 얻는 부부다. 아니 한국인은 실제로 옹이가 있고 휜 나무 기둥을 죽은 나무라고 생각하지 않았다. 한옥의 주인과 함께 산다고 생각했다. 자연목 모양을 그대로 살려 만든 기둥을 '도랑주(두리기둥)'라고 한다. 도랑주는 사찰, 서원, 정자 등에서 많이 사용되었다. 서산 개심사 심검당과 범종각, 안성 선운산 청룡사, 안동 병산서원 누하주, 완주 호산서원 등이 대표적 사례다. 특히 조선 후기에는 살림집에도 도랑주 기법이 유행했다.

그것만 아니다. 도랑주를 받치고 있는 주춧돌 역시 자연석이다. 주춧돌은 반듯한 각이 없다. 높이가 일정하지도 않다. 면도 고르지 않다. 그저 집 주변에서 흔히 볼 수 있는 큰 돌이다. 이런 돌을 '덤벙주초' 혹은 '호박돌'이라고 불렀다. 굳이 해석하자면, 덤벙덤벙 놓은 호박처럼 못생긴 주춧돌이라는 의미다. 이 주춧돌 위에 나무 기둥을 세웠다. 휘어 있으면 휜 대로, 옹이가 있으면 옹이가 있는 대로 썼다. 이때 기둥을 주춧돌 표면의 굴곡 높낮이에 맞춰 깎는 작업을 '그랭이질'이라고 한다. 이런 일련의 과정이 바로 '그랭이 공법'이다. 미학자인 진중권은 그랭이 공법을 "인간과 자연이 만날 때, 인간이 자연에게 양보하는 모습을 상징적으로 보여주는 한국인 특성"이라고 말했다. 비례와 대칭구조를 적용한 네모반듯한 중국의 쓰허위안과는 차이가 난다. 한치의 오차도 없이 맞춰진 레고 같은 일본 가옥, 마치야나 나가야에서 볼 수 없는 기법이다. 그렇다고 한옥이 쓰허위안이나 마치야와 나가야보다 기술적, 구조적, 미적 수준에서 못할까. 그렇지 않다. 각이 반듯한 기둥을 세운 집을 짓기가 쉽겠는가 아니면 휜 나무로 기둥을 쓴 집이 쉽겠는가. 삐뚤빼뚤한 기둥, 대들보, 서까래 등을 사용하는 한옥은 반듯한 서양 가옥보다 무게 중심을 잡기가 어렵다. 구조 안정을 위해서 정교함이 요구된다.

덤벙주초의 백미로 꼽히는 삼척 죽서루를 보자. 누각을 받친 기둥의 길이와 덤벙주초의 크기가 저마다 다르다. 돌의 크기에 기둥의 높이를 맞춘 것인지, 기둥이 길이에 돌의 높이를 맞춘 것인지는 알 수 없다. 어떻든 아름다운 누각의 멋을 한층 돋보이게 한다. 놀라울 뿐이다. 조지훈의 말처럼 굳이 처음부터 멋을 내지 않아도 저절로 드러나는 아름다움이다.

한옥의 돌담도 그렇다. 돌담을 쌓는 방법은 간단하다. 우선 큰 돌을 모양대로 쌓아 올린다. 돌 틈 사이를 작은 돌로 끼운다. 그 위에 황토를 덧입히면 그만이다. 황토에는 나뭇가지나 볏짚을 섞어 넣는다. 담이 무너지는 것을 방지하기 위해서다. 한옥에는 인공미의 핵심이라 할 수 있는 규칙성이나 주기성이 없다. 소박하기 이를 데 없다. 투박하기까지 하다. 하지만 소박함 속에는 비정형의 매력이 드러난다. 돌담이 주변 자연경관과 공명을 일으키는 이유다.

도랑주 기법과 덤벙주초 공법은 성리학적 자연애를 건축에 적용한 것이다. 기능성을 높이려고 깎고 다듬지 않았다. 변형시키기보다 있는 그대로에 쓸모에 맞춘 것이다. 실용성과 예술성을 매우 잘 조화시켜 자연미를 살렸다. 고상한 기품이 어린 한옥을 만드는 데 일조했

다. 이런 건축기법은 당시에 세계적으로 찾기 어려운 신기술이었다. 일본은 한반도에서 건축기술(사찰)이 전해지기 전까지 주춧돌조차 놓지 않고 건물을 올렸다. 우리 영향을 받지 않은 고건축물은 거의 남아 있지 않다. 기둥이 썩어 무너져 내렸다.

하지만 도랑주와 덤벙주초라는 놀라운 기술 속에는 서글픈 사연이 숨어 있다. 취약한 경제력이 만든 결과였다. 권문세가의 집을 보면 알 수 있다. 권문세가가 살던 한양의 고택에는 이런 기술이 적용된 한 옥이 많지 않다. 돈이 넉넉한 사대부는 굳이 휜 나무나 옹이가 박힌 나 무를 쓰지 않았다. 네모반듯하게 다듬질한 기둥을 세웠다. 기둥 둘레 를 보면 집주인의 재력을 파악할 수 있었다고 한다. 수십 년 된 나무 는 깊은 산속에서 구했을 것이다. 인부를 동원해 원목을 옮겼을 것이 다. 원목의 상당 부분은 손질 과정에서 버렸다. 돈이 많은 권문세가가 아니면 불가능한 일이다. 특히 도랑주 기법과 그랭이 공법이 임진왜란 이후부터 큰 유행을 했다는 것은 많은 시사점을 준다. 임진왜란 후 파 괴된 집을 수리하는 데 많은 노동력과 나무가 필요했을 것이다. 이런 자연주의적 기법에는 돈 없는 설움이 배어 있다.

하지만 허약한 경제력만이 휘고 못난 재료를 가옥에 쓴 이유는 아니다. 성리학적 세계관도 중요한 역할을 했다. 선비는 유교 이념을 구현하는 조선의 지배자였다. 그들은 사치와 호사를 부끄러워했다. 청 빈과 검약을 신조로 여겼다. 욕심을 부리지 않았다. 집도 마찬가지다. 큰 집보다 작은 집을 선호했다. 심지어 한자의 자획을 풀어서 큰 집에 사는 사람을 비난했다. 큰 집(屋)에 살면 송장(尸)에 빨리 이르고(至) 작은 집(舍)에 살면 사람(人)이 길(吉)하다는 게 그것이다. 당시 존경받는 선비 를 '헛가비 선비'라고 불렀다. 헛가비는 무게가 나가지 않는 가벼운 물 건이다. '헛가비 선비'는 휜 나무로 지은 집이라도 내 한 몸 누울 곳이 라면 만족을 느꼈다. 집이 크든 작든, 옹이가 박힌 휜 나무를 기둥으로 쓰든, 호박돌로 기둥을 받치든 상관하지 않았다. 세상이 곧 '나의 집' 이라고 생각했기 때문이다. 떠오르고 지는 해를 볼 수 있으면 그만이었다. 그런 곳에서 새소리, 바람 소리, 빗소리를 들으며 일상 행복을 느끼면 됐다. 그런 생각은 '내가 선 자리에서 보고, 내가 생각하는 게 자연'이라는 성리학의 가르침에서 비롯된 것이다. 시선의 초점이 집안이아니라 집 밖으로 향하고 있다. 한옥이 자연에 열린 공간이 된 이유다. 열린 자연을 대하고 살았던 우리 조상 역시 자연을 닮았다.

4. 한옥의 곡선이 파격을 낳다

흰 나무 기둥과 호박돌, 그리고 돌담은 자연을 닮은 한옥을 상징한다. 한옥은 자연스러움이 살아 있는 가옥이다. 자연스러움은 곡선에서 나온다.

한옥의 미를 대표한 것은 팔작지붕과 처마선이다. 팔작지붕과 처마선은 한옥의 첫인상이 된다. 그만큼 눈에 띄게 아름답기 때문이다. 한옥의 지붕은 무거운 기와를 이고 있다. 육중함이 느껴진다. 팔작지붕은 춤추는 여인이 버선발을 살짝 들어 올린 듯 가볍다. 한옥의 처마선은 생기발랄하다. 경쾌한 처마선이 지붕의 무게를 덜어준다. 묵직한 지붕이 완만한 처마 곡선을 만나서 생동감을 준다. 지붕은 정적인 안정감을, 처마는 동적인 유연함을 제공한다. 곡선의 마력이다. 한옥의 처마 곡선의 신비는 여기에 그치지 않는다.

드론을 띄워 한옥 지붕의 한가운데서 찍으면 네모반듯한 지붕 모양을 볼 수 있다. 일본 가옥은 맞배지붕(건물의 모서리에 추녀가 없는 지붕)이다. 곡선이 없어 반듯할 것 같지만 실제는 그렇지 않다. 삐뚤어진 사각

사랑채

형이 된다. 한옥보다 하늘로 치솟은 팔작지붕을 가진 중국 남부 지방의 사찰도 마찬가지다. 착시 현상 때문에 그렇다. 우리 조상은 눈에 보이지 않는 입면, 즉 '제5 입면'까지 이해하고 있었던 것일까.

곡선으로 직선을 만드는 지혜는 용마루를 잇는 지붕선에서도 발휘된다. 이쪽 용마루에서 저쪽 용마루로 뻗은 지붕선은 마치 직선처럼 곧게 뻗어 있다. 실제로는 그렇지 않다. 지붕선은 완만하게 오목한 곡선이다. 시각 정보의 부족에서 비롯된 착시 현상 때문에 곧게 보인다. 보통 가옥의 기둥에 적용되는 엔타시스 기법을 지붕선에 차용한 것이다. 엔타시스 기법은 흔히 배흘림기둥이라고 한다. 배흘림기둥은 눈에 보이지 않은 정도로 배불뚝이 모양을 하고 있다. 눈으로는 곧은 원통 모양으로 보인다. 엔타시스 기법은 우리나라 궁궐 등 저택에 적용됐다. 또 궁궐 가옥같이 큰 건물의 경우, 기둥을 안쪽으로 조금 기울게 세운다. 그래야 착시 현상으로 벌어진 듯이 보이는 것을 막을 수 있다. 어떻든 우리 조상은 직선을 정확히 이해하고 있음을 알 수 있다. 직선을 이해하지 못했다면 곡선을 직선으로 만들 수 없을 것이다.

　한국인은 직각과 직선을 정서적으로 선호하지 않는다. 칼로 자른 듯한 예리한 모서리, 과장되게 장식된 각진 기둥에서 아늑함이나 포근함을 느끼지 못한다. 왜 이런 감정이 생겼을까. 이는 직선과 직각을 자연적이라고 생각하지 않았기 때문이다. 아니 직선과 직각은 자연에 존재하지 않는다고 여겼는지도 모른다. 하지만 직선으로 곡선을 만든다는 것은 선을 정확하게 이해하고 있다는 증거다. 선에 관해 제대로 파악하지 못했다면 한옥의 아름다움은 반감됐을 것이다.

　얘기가 나온 김에 우리 선조가 선에 관한 이해도가 얼마나 높은지를 보여주는 사례를 하나 더 보자. 한옥이 아니라 한복 얘기다. 남성 한복 바지는 삼각형 혹은 마름모꼴 모양의 10개 천 조각을 이어서 만든다. 평면으로 입체적 곡선을 만든다는 얘기다. 우리 조상이 클라인병 원리를 알고 있어 가능했다. 클라인병은 안팎의 구분이 없는 병(입체)이다. 쉽게 설명하면 이불 홑청을 입힐 때 이 원리가 사용된다. 솜이불 위에 홑청을 넣고 만다. 이를 뒤집으면 홑청이 입혀진다. 한복 바지도 10조각을 꿰매 형태를 만들어 비튼 뒤 한쪽의 작은 구멍으로 옷을 뒤집는다. 그러면 직선이 곡선으로, 평면이 입체로 바뀐다.

주춧돌 위에 올린 기둥

5. 한옥은 여성 상위 가옥이라고?

한옥의 공간 구조가 완성된 것은 18세기경이다. 이 시기의 조선은 유교의 본산인 중국보다 더 유교적인 나라였다. 모든 사회적 규범은 가정에서 비롯된다는 게 유교의 가르침이다. 가정윤리의 핵심 중 하나가 남존여비와 남녀유별이다. 부부가 한 방을 사용하지 않았다. 남자아이는 일곱 살이 되면 엄마의 품을 떠나야 했다. 아버지가 남자아이의 훈육을 담당했다. 이런 규범은 조선 중기에 정착됐다. 조광조의 문하생인 묵재 이문건이 사별한 아들 대신 손자 이순봉을 키우는 과정을 일기 형식으로 적은 『양아록』에서 이를 확인할 수 있다.

유교 사상이 가옥에도 영향을 끼쳤다. 아니 한옥이 유교 문화의 대표적 산물이 됐다. 한옥 공간 배치가 이를 잘 보여준다. 공간은 가족의 서열과 남녀 구분을 쉽게 할 수 있는 형태로 발전했다. 일본처럼 한 채의 건물에 모든 가족이 살지 않았다. 여러 채의 건물을 따로 지었다. 성별로 여성의 공간인 안채와 남성의 공간인 사랑채로 분리했다. 기능에 따라 부속건물인 행랑채, 별당, 사당 등을 따로 지었다. 이들이 모여 하나의 집을 형성했다. 중국은 세대별로, 일본은 역할별로 공간 배치한 것과 큰 차이가 난다.

그 이유는 무엇일까. 앞에서 이런 한옥의 공간 구조를 갖춘 것은 조선 중기라고 말했다. 그렇다면 그 이전에는 어떤 구조였을까. 그 물음에 대한 답변을 다산 정약용 선생이 했다. 『아언각비』에서 "조선 초 안채 한구석에 붙어 있던 사랑방은 중기 이후 독립했다"라고 말했다. 실제로 조선 초기에 지어진 경주 양동마을의 서백당과 관가정, 안동

한옥의 안방과 대청

하회마을의 충효당과 양진당 등을 보면 독립된 사랑채가 없다. 안채에 붙은 사랑방만 있다. 사랑방도 사대부의 고택에서나 볼 수 있는 것이다. 고성 왕곡마을 함정균 가옥은 안채와 행랑채로 구성되어 있다. 사랑방도 없다. 사랑방이 사랑채로 독립된 것은 무엇보다 가부장의 권위가 그 이전보다 막강해진 것으로 볼 수 있다. 가부장 권위가 높아진 것은 임진왜란과 병자호란이란 국란을 겪은 뒤부터다. 이때부터 급격히 유교의 교조화가 진행됐다. 교조화란 글자대로 해석하고 그대로 믿는

한옥의 사랑채

것이다. 유교 윤리의 기저는 삼강三綱이다. 이를 압축하면 충·효·열이
다. 충효는 남성이, 열은 여성이 지켜야 할 덕목이다. 송시열은 "열은
오직 한 지아비를 섬기는 것"이라고 말했다. 정조, 정절, 지조를 지키
라는 주문이다. 이를 잘 지킨 여성에게는 '열녀', '열부', '의부', '절부'
등과 같은 좋은 이름을 다 붙여줬다. 이런 훌륭한 이름을 얻으려면 대
가를 지불해야 했다. 여성의 사회적 격리도 그중 하나다. 가옥의 가장
깊숙한 안채에 숨어 지내는 것이다. 부인을 지칭하는 '안사람'이라는

말도 그래서 생겨났다는 게 정설이다. 숨어 지내는 자의 사회적 입지와 지위는 약해지게 마련이다.

지위와 입지가 약한 사람은 보호받아야 할 대상이 된다. 이를 가옥에 대입하면 남성 공간인 사랑채가 여성 공간인 안채를 지켜줘야 한다. 안채 보호는 남성의 시선을 차단하는 데서부터 시작됐다. 안채를 향해 사랑채 창문을 내지 않았다. 나중에는 아예 안채와 사랑채 사이에 담을 쌓았다. 내외담이라는 차단벽이다. 내외담 사이에 중문을 두고 남편도 이 문을 통해 안채로 들어갔다. 부부 사이라도 이 내외담을 사이에 두고 만났다. 부부를 뜻하는 '내외'라는 단어도 여기서 생겼다는 게 통설이다. 중문의 크기도 점점 커졌다. 대문에 비견할만한 큰 중문도 있다. 흥선대원군이 살던 운영궁이 대표적 사례다. 그만큼 부부 사이의 벽이 높아지고 남녀의 간격이 벌어졌다고 할 수 있다.

사회가 공간을 만든다. 공간은 사회현상을 만든다. 조선 후기의 부부관계가 이를 잘 보여준다. 조선 후기에는 부부생활은 없고 부부관계만 있다고 해도 과언이 아니다. 양반 가옥의 구조상 부부의 생활은 은밀할 수밖에 없다. 합방은 두말할 필요도 없다. 하지만 실제로는 그렇지 않았다. 반공개적이었다. 사랑채 하인을 통해 안채의 사정을 탐문하는 게 상례였다. 안채 주인이 "잠자리를 보겠다"고 허락하면 안채의 하인은 중문을 슬쩍 열어둔다. 다만 바깥주인은 하인의 눈에도 띄지 않게 은밀하게 움직이는 게 보통이다. 하지만 바깥주인이 안채에 든 사실을 알 사람은 다 안다.

안채에 붙은 사랑방이 사랑채로 독립되기 이전 조선 전기는 어땠을까. 양반 여성의 사회적 지위는 남성과 조금도 차이가 없었다. 여성이라는 이유로 어떤 차별이나 불이익을 받지 않았다. 남녀 차별 없이 균등하게 재산을 상속받았다. 출가한 딸에게도 그 몫을 배분했다. 또 제사도 장자만이 봉사할 수 있는 게 아니었다. 딸뿐만 아니라 사위도 제사에 참여했다. 제사도 남녀 구분 없이 형제가 돌아가면서 모셨다.

여성의 지위와 위상 변화와 함께 한옥도 변한 것이다. 사랑채 독립은 조선이 남성 상위 체제로 바뀌었음을 의미한다. 조선 중기에 들어서면서 유교가 원리주의로 변했다. 신분적 위계질서는 강화됐다. 가부장의 권위는 더욱 막강해졌다. 그럼에도 불구하고 가옥 구조상 안채는 여전히 한옥의 중심이었다.

한옥은 높낮이가 있다. 이 때문에 보는 위치나 방향, 거리에 따라 다른 모습을 띤다. 한옥 감상의 맛을 더한다. 하지만 높낮이를 둬 설계한 목적은 멋진 외양이 아니다. 가족의 역할과 밀접한 관련이다. 높다는 것은 중심이라는 말과 통한다. 안주인이 거주하는 안채가 제일 높다. 가장이 머무는 사랑채보다 높다. 안채가 가옥에서 더 중시된 것이다. 세계적으로 가옥 구조상 여성 공간이 가옥의 중심이 된 사례는 없다. 일본은 독립된 여성만의 공간조차 존재하지 않는다. 부부 공유의 공간만 있을 뿐이다.

남존여비, 여필종부, 삼종지도가 여성의 도리였다. 여성은 아버지, 남편, 아들에게 예속되어 있었다. 이런 사회에서 여성이 거주하는 안채가 남성의 생활공간인 사랑채보다 높을 수 있는 것일까. 선뜻 납득 되지 않는다.

안채는 금남의 공간이 됐다. 공간의 분리는 자연스럽게 남녀의 역할 분리를 가져왔다. 남자가 할 일과 여자가 할 일이 구분됐다. 남성은 사회생활과 생업을, 여성은 집안일을 책임지게 됐다. 남성이 가계 수입을 맡았다. 여성은 가정 경제를 꾸린 곳간 주인이었다. 이런 성별 역할은 종교영역에도 적용된다. 이를테면 남자는 유교적 형식에 따른 제사를 전담했다. 반면 여성은 가신신앙 전승의 주체였다. 집안 살림을 책임진 여성은 집안 곳곳에 있는 가신을 모셨다. 조상숭배는 가문의 번영을 기원하고 가신 공양은 가족의 무사와 안녕을 비는 것이다. 가신신앙의 중심은 조상신과 성주신이다. 여성이 모신 조상신은 조상 중 어린 나이에 세상을 떠났거나 미혼으로 죽는 등 억울한 영혼이다. 한옥 권위자인 윤일이는 『한국의 사랑채』에서 "한옥에서 집안의 안채와 사랑채의 권위가 상호 견제하며 조화를 이뤄갔다"면서 "이것이 한옥 공간 문화의 법칙"이라고 주장했다.

　이 같은 조화와 균형을 깨고 안채가 우월한 위치를 차지한 이유는 따로 있다. 대청마루의 역할 때문이다. 가옥의 중심이 안채라면 대청마루는 안채의 중심이다. 이곳에서 가문의 가장 중요한 행사인 제사를 받들었다. 그뿐만 아니라 가신신앙에서 가장 중요한 조상신과 성주신을 모시는 곳이 대청마루다. 사랑채에는 툇마루나 누마루는 있지만 대청마루를 만들지 않았다.

　또 기술적 이유도 있다. 온돌 구조와 관계가 깊다. 방바닥을 데우기 위해 구들을 놓는다. 방바닥을 데우는 구들은 방바닥보다 낮은 곳에 놓는다. 구들도 놓고 연기 통로로 만들어야 했다. 꽤 넓은 공간이 필요하다. 이 때문에 기단을 쌓고 방과 마루를 만들었다. 당연히 대청마루를 방보다 높이 두는 게 공간 확보에 유리했다.

6. 유기적 건축의 시작을 알린 온돌

가옥은 기후에 민감하다. 가옥의 최우선 목표는 기후 극복이다. 기후로 야기된 문제를 해결할 수 없다면, 가옥은 존재 의미가 없다. 가옥의 입장에서 한반도는 열악한 기후조건을 갖고 있다. 한반도는 반도다. 대륙성 기후와 해양성 기후가 만난다. 계절별 기온 변화가 심하다. 혹한을 막아야 한다. 무더위도 이겨야 한다. 옛날에 냉방과 난방시스템을 동시에 갖춘 가옥이란 꿈이었다. 한옥이 그 꿈을 실현했다. 한옥은 추위와 더위를 극복한 세계 유일의 전통가옥이다. 난방장치는 온돌이다. 냉방장치는 마루다. 이 같은 설비를 무려 1,000년 전에 만들었다는 게 놀랍다. 800년 전에 쓰인 이인로의 『동문선』에 '욱실燠室'과 '양청涼廳'이라는 표현이 나온다. 욱실(매우 더운 방)은 난방을 위한 온돌을, 양청은 냉방을 위한 마루를 의미한다. 고려시대의 문인인 최자의 『보한집』은 "방 전체에 구들을 깔고 방 밖에 있는 아궁이에서 불을 땠다"라고 적고 있다.

온돌과 마루는 반도라는 지정학적 특수성을 상징한다. 온돌은 북방문화, 마루는 남방문화의 산물이다. 온돌을 사용하는 지역은 한국(온돌), 중국 동북3성(炕 침대형 온돌) 일부뿐이다. 한민족만이 실내 공간 전체를 돌로 깔아 복사, 대류, 전도라는 열전달 방식을 몽땅 동원한 난방방식을 채택했다. 마루는 더운 나라의 보편적 가옥 형태인 고상 가옥을 한반도에 맞게 변형한 것이다. 이처럼 이질적인 문화를 이종교배했다. 온돌과 마루를 한옥이라는 한 공간에 배치했다. 하나는 열기를 품고 다른 하나는 열을 뱉는다. 종전에 없던 냉·난방시스템이 공존하는 전

온돌

통가옥을 만들었다. 온돌이라는 폐쇄성과 마루의 개방성이라는 상반된 두 개의 문화를 뒤섞은 혼합문화가 아니다. 철저하게 한국적인 재해석을 거쳐 효율을 극대화시켜 만들었다. 통섭과 융합이라는 우리 문화유전자가 발현된 것이다.

이종교배가 완성되기까지 오랫동안 우여곡절을 겪었다. 온돌의 남방한계선과 마루의 북방한계선은 임진강이다. 임진강 전선을 앞에 두고 온돌과 마루가 팽팽한 접전을 벌였다. 추운 북부지방에서는 마루를 창고로 썼다. 긴 겨울 동안 마루는 별로 쓰임새가 없었기 때문이다. 반면 따뜻한 남부지방에서는 온돌을 특별한 목적으로 활용했다. 노인과 환자를 치료를 위해 온돌방을 증실(찜질방)으로 만들었다. 학업에 지친 성균관 유생을 위해선 휴게시설로 활용했다. 또 온돌을 이용해서 온실을 만들었다. 궁궐에서 소요되는 꽃을 재배하려고 그린하우스를 만든 것이다. 조선 초기 어의였던 진순의가 쓴 영농·요리서인 『산가요록』에 온실 만드는 법과 꽃 재배 요령이 꼼꼼히 기록되어 있다. 이 온실은 서양의 최초 온실(난로용 온실)보다 무려 170년이나 앞선 것이었다.

온돌과 마루의 대치전선이 무너진 것은 역사의 아이러니다. 온돌의 전국적 보급과 유행은 김자겸에 의해 시작됐다. 김자겸은 인조반정의 일등공신으로 역사적 평가가 엇갈리는 인물이다. 그가 한양 관청가인 오부에 온돌 설치를 제안했다. 산불 예방을 위해 솔잎을 제거하려는 이유에서다. 따뜻한 온기를 맛본 한양의 백성은 경쟁하듯 온돌을 깔았다. 결정적 계기가 이어졌다. 200만 명이나 죽은 경신대기근이다. 이 대참사의 원인이 바로 추위였다. 제주도까지 온돌이 전해졌다. 당시 조선의 지성이었던 실학자 대부분은 온돌 보급에 반대했다. 산림 훼손이 가장 큰 이유였다. 성호 이익은 "인간을 나약하게 만든다"라는 이유를 들기도 했다. 연암 박지원은 미흡한 구들 기술을 지적하면서 온돌의 상용화를 반대했다. 선각자의 반대에도 불구하고 온돌 열기는 식지 않았다. 전국으로 퍼져나갔다. 온돌과 마루는 장점을 수용하고 단점을 보완하면서 점차 지역에 맞는 형태로 정착됐다.

우리 조상은 그때까지 온돌의 과학적 우수성을 깨닫지 못했다. 난방시스템의 성패는 열효율에 의해 갈린다. 온돌은 지금까지도 최고의 열효율을 가진, 어느 나라에서도 찾아볼 수 없는 독특한 난방방식으로 인정받고 있다. 여름에 땅바닥에서 올라오는 습기는 구들 고래가 차단한다. 겨울에는 구들장이 열기를 저장한다. 온돌은 하나의 아궁이에서 여러 개의 방에 열을 공급할 수 있다. 취사도 가능했다.

열 공급방식도 과학적이다. 전도, 대류, 복사 등 열 전달방식이 총동원된다. 불을 아궁이에 때면 데워진 공기가 위로 올라가는 대류현상, 아랫목에서 윗목으로 뜨거운 열이 전달되는 전도현상, 방바닥은 오랫동안 열을 보관하는 복사현상 등 과학적 원리가 담겨 있다. 온돌은 저녁에 불을 때면 이튿날 새벽까지 온기가 남아 있을 정도로 열 축적 능력이 뛰어나다.

온돌의 우수성이 세상에 알려진 것은 일제강점기다. 조선에 온 선교사나 외교관에 의해서다. 그들은 한옥(초가집)을 '원시인의 움집', '헛간'이라고 비하했다. 온돌에 대해서는 달랐다. 칭찬 일색이었다. 프랑스 신부인 샤를르 딜레는『한국천주교회사』에서 "한국인은 우리보다 먼저 난방장치를 이용할 줄 알았다"라고 고백했다. 온돌의 지식소유권을 인정했다. 퍼시벌 조웰은『조선, 조용한 아침의 나라』에서 "온돌은 겨울철 방을 따뜻하게 하는 화로 역할을 한다"면서 "아이디어가 뛰어난 훌륭한 난방장치"라고 극찬했다.

건축 전문가의 평가는 어땠을까. 근대건축의 창시자인 프랭크 로이드 라이트는 온돌방을 경험한 뒤 "매직 룸!"이라고 감탄했다. 그는 온돌의 원리로 개발한 '히팅 패널'을 고든하우스에 적용했다. 오리건주에 있는 고든하우스는 유기적 건축의 상징이다. 재개발로 인근 공원으로 이전할 때 CNN에서 중계방송할 정도였다. 미국의 자랑이라는 얘기다. 그로부터 100여 년이 지난 오늘날, 온돌의 원리는 열사의 나라인 중동국가에까지 전해졌다. 온돌을 깐 아파트는 비싼 가격에도 불구하고 없어서 못 팔 정도로 인기다.

7. 자연과학으로 만든 마루

마루의 역사는 온돌보다 깊다. 그것은 한옥의 숙명이다. 한옥은 목조건물이다. 목조가옥은 약점이 많은 주택이다. 불은 말할 것도 없고 물에도 약하다. 특히 습기는 목조건축의 암이다. 나무가 습기를 머금으면 부식하는 것은 시간문제다. 우리나라 여름은 고온다습하다. 긴 장마도 있다. 한옥의 주재료인 소나무 역시 습기에 취약한 수종이다. 쉽게 부패까지 한다. 그런데 어떻게 그 많은 천년고찰이 긴 긴 세월을 이겨내고 건재할 수 있는 것일까. 결론부터 말하면 적정한 통풍만 유지하면 목조건물의 수명은 생각보다 길다. 석재건물보다 길다. 한옥은 통풍이 뛰어난 가옥이다. 그 역할에 중심에 한옥의 입지(배산임수)와 마루가 있다.

대청마루는 한옥 중앙에 자리 잡고 있다. 배산임수 입지로 지은 한옥의 대청마루는 뒤뜰의 바람이 마당으로 나가는 통로 역할을 한다. 여름 낮에는 산에 접한 뒤뜰이 아무래도 볕이 강력하게 내리쬐는 마당보다 기온이 낮다. 태양이 작열하는 여름날, 마당과 마루의 온도 차는 무려 4℃나 난다. 기온 차이는 공기 대류를 만든다. 바람 한 점 없는 날에도 마루에 산바람이 분다. 천연 에어컨이다. 가옥 구조도 바람을 막지 않는다. 마당과 마루, 그리고 뒤뜰은 일자형으로 되어 있다. 마당은

훤히 비어 있는 대청마루와 안마당　왕을 생산한 후궁을 모신 칠궁 내 한 전각이다.

비어 있다. 바람길을 막지 않으려고 큰 나무를 심지 않았다. 담장을 넘지 않는 화초를 주로 심었다. 그저 밋밋한 일자형 통로라면 자연풍 강도는 미미할 것이다. 대청마루 뒤쪽, 즉 뒤뜰 편에는 창을 만들거나 나무를 심었다. 완만하게 내려오던 산바람은 속도를 낸다. 창문이나 나무 등으로 좁아진 통로를 통과해야 하기 때문이다. 마루 밑바닥 비어 있다. 마루와 온돌방의 높이를 맞추려고 그렇게 만든다. 하지만 이 틈도 바람 통로다. 마루에 습기 차는 것을 막는 방습 역할을 한다. 마루는 시원하고 쾌적하다. 심지어 냉장고 역할도 했다. 여기에 곡물을 보관했다. 습기가 없어 저장 곡물이 상하는 일이 없다. 자연을 이해하고 그 원리를 적용하여 만든 통풍형 냉방장치인 셈이다.

냉방의 필요성에 따라 마루 크기, 개수, 배치를 달리했다. 아무래도 개방성이 요구되는 지방일수록 마루가 발달했다. 남부지방으로 갈수록 마루도 다양하다. 실내 광장이자 한옥의 제단인 대청, 가옥에 달린 정자인 누마루(고고히 솟은 누각처럼 다른 마루보다 높게 단을 둔 마루), 실내로 들어가는 첫 관문이자 실내와 실외의 경계인 툇마루(건물의 벽이나 기둥 안쪽 둘레에 다른 기둥을 세워 만든 칸살을 말하며 여기에 놓인 마루), 강아지와 고양이가 어울려 뒹구는 쪽마루(한두 조각의 통널을 가로 대어 좁게 깐 툇마루), 산들바람 찾아 옮겨 다니는 들마루(들어서 옮길 수 있는 마루) 등은 용도에 따른 분류다. 재료에 따라서는 장마루(송판을 통째로 대서 만든 마루), 널마루(넓고 판판하게 켠 나뭇조각으로 깐 마루)가 있다. 이름이 생소하기까지 하다.

우리 조상의 사고는 유연했다. 마루는 개방성이 특징이다. 마루의 개폐를 조절했다. 필요에 따라 적당하게 여닫았다. 마루에 달린 다양한 문이 그것을 가능하게 했다. 문설주에 단 여닫이문과 미닫이문은 누구나 아는 것이다. 거기에 그치지 않는다. 탈부착이나 개폐가 가능한 문을 달아서 실내온도를 조절하고 공기 순환을 도왔다. 돌쩌귀를 연결하여 접어서 문을 여는 분합문, 문을 위로 접어 들쇠(고리)에 거는 '들어열개문' 등이 있다. 심지어 문지방도 탈부착 형태를 가진 고택도 있다.

이들 문은 주로 대청과 누마루에 달았다. 겨울에는 닫고 여름에 연다. 필요에 따라 여닫을 수 있는 형태는 한옥만이 지닌 독특하고 과학적인 특징이라 할 수 있다. 쾌적한 주거공간을 만드는 생활의 지혜가 돋보인다. 아니 아이디어가 기발하다.

마루에 통풍 장치를 둔 목적은 냉방 이외에도 습기를 제거하려는 것이다. 더 구체적으로 말하면 가옥의 기둥이 썩거나 벌레 먹는 것을 막으려는 것이다. 한옥의 디자인은 기둥을 물에 젖지 않게 하는 데서부터 시작된다고 해도 과언이 아니다. 기둥을 보호하는 기물은 마루를 제외하고도 주춧돌, 기단, 처마와 추녀, 암키와와 수키와 등 헤아릴 수 없을 정도로 많다.

한옥 짓기는 기단 설치부터 시작된다. 기단은 터 위에 더 올린 구조물을 말한다. 기단 위에 주춧돌과 기둥을 세우고 지붕을 얹는다. 지붕 아래에 방과 마루를 둔다. 높은 기단 때문에 땅에서 올라오는 습기가 방과 마루까지 전달되지 않는다. 기단은 처마보다 안쪽에 둔다. 비가 들이쳐도 기둥은 젖지 않는다. 그런데 우리보다 습한 기후인 일본의 목조가옥 마치야에는 기단이 없다. 한반도의 영향을 받지 않은 일본의 고건축물은 대부분 무너져 사라졌다. 기둥 밑에 주춧돌과 기단을

한옥의 문 들어열개문

두지 않아서 기둥이 썩기 때문이다. 거기다가 주춧돌과 기단이 없어서 기둥이 지붕의 하중을 온전히 받았다. 주춧돌과 기단을 둠으로써 무너지거나 기우는 것을 예방하는 법을 사용하지 않은 탓이다. 한옥은 가옥의 무게 중심이 기단과 주춧돌 때문에 일본 가옥보다 위쪽에 있다. 이 때문에 썩거나 손상된 기둥도 갈아 끼울 수 있다.

한옥의 추녀

한옥의 처마는 서양의 건물에 없는 구조다. 지붕 끝에 서까래를 길게 뽑아 덧댄 처마는 볕이나 비를 막는 역할을 한다. 특히 지붕의 코너 부분의 처마를 추녀라고 한다. 추녀는 정면, 후면, 측면 처마보다 더 길게 뻗어 있다. 모퉁이의 기둥이 물기에 노출되는 것을 막으려는 것이다. 추녀가 늘어지면 햇볕이 방 내부에 들어오지 못한다. 습기와 채광에 불리한 이런 약점을 보완하려고 추녀를 들어 올려 보는 즐거움까지 더했다. 추녀가 올라가면서 채광과 습기라는 두 가지 문제를 일거에 해결했음은 두말할 필요도 없다. 그 과학성은 경복궁 사정전(임금 집무실)에서 눈으로 확인할 수 있다. 사정전 앞에 간이 집무실인 만춘전과 천추전이 있다. 임금은 봄에 만춘전을, 가을에 천추전을 주로 사용했다. 눈으로 보기에는 큰 차이가 없어 보이지만 만춘전과 천추전은 처마의 깊이와 추녀의 길이가 다르다. 봄과 가을의 햇볕의 양과 햇빛의 각도, 바람의 방향과 세기, 통풍의 정도를 계산해서 계절별로의 최적 직무 환경을 만든 것이다.

8. 한옥의 진가는 뒤뜰에 있다

영어로 정원을 가든Garden이라고 하는 건 누구나 알 것이다. Garden의 어원적 의미는 '울타리 속의 숲'이다. 정원의 탄생을 생각해 보면 '울타리 속의 숲'이라는 의미를 감지할 수 있다. 아주 먼 옛날 인류가 살았던 주거지는 숲이거나 숲 주변이었다. 숲에서 벗어나서 살게 되면서 숲을 삶의 공간으로 끌어들인 게 정원이다.

서양은 물론이고 중국과 일본도 이런 어원적 취지에 꼭 맞는 정원을 갖고 있다. 중국의 전통가옥을 쓰허위안이라고 한다. 정원을 둘러싼 네모난 집이라는 뜻이다. 정원이 중심이 되는 집이다. 중원이 없으면 쓰허위안이 아니다. 중국 중원에는 가산이 있는 게 특징이다. 가산은 기암괴석(태호석)과 나무로 만든 인공산이다. 인공 연못을 만들기도 한다. 산과 연못이 자연을 상징한다. 일본의 가옥 정원은 보통 인공 연못과 언덕을 만든다. 축소와 상징을 통해 절제된 아름다움을 표현한다. 이 때문에 '상징적 정원'이라고 말한다. 모래로 물을 표현하기도 한다. 모래에 물결을 그리면 그게 바다가 되는 식이다. 돌과 이끼로 산을 묘사한다. 또한 분재를 정원 가꾸기에 활용한 것은 일본의 독특한 특성이다.

한국은 중국이나 일본과는 전혀 다른 개념의 가옥 정원을 갖고 있다. 우선 보이지 않는 곳, 즉 뒤뜰에 정원을 뒀다. 가옥 뒤에 있다고 해서 후원이라고 했다. 세계 어느 나라도 감상 대상인 정원을 뒤뜰에 만들지 않는다.

그럼 후원의 풍경은 어떨까. 별스럽지 않다. 아니 정원이라고 이름 붙이기에는 민망하다. 매우 소박하다. 안채 뒤로는 구수한 장맛이 익어가는 장독대를 둔다. 다른 한편에는 앵두나무가 있고 그 곁에는 우물이 있다. 더운 기운인 붉은 앵두와 찬물의 조화를 꾀한 것이다. 나지막한 담장을 따라 계절 변화를 알 수 있는 나무와 화초를 심었다. 채송화, 봉선화, 맨드라미, 산수유, 목련 등이다. 붉은 꽃이 많다. 불행이나 화를 물리치고자 하는 기원이 담긴 꽃들이다. 담장 모퉁이에는 사시사철 푸르름을 잃지 않는 대나무 숲을 가꾸는 정도가 호사를 부린 것이다. 그러고도 자투리땅이 남으면 상추와 파, 쑥갓 등 채소를 심어 텃밭으로 활용했다. 그런데 한국 사람은 "한옥의 진면목은 뒷모습⟨뒤뜰⟩에 있다"라고 말한다. 그 이유는 무엇일까.

사실 일반적인 한옥의 후원을 보면 그 자체가 결코 감탄 소재는 되지 못한다. 일본이나 중국처럼 정형화된 조형 원리도 없다. 일관된 규칙성이 적용되지 않는다. 압축감도, 상징성도 없다. 일본이나 중국처럼 자연을 가옥 안으로 끌고 들어오지 않고 자연 그대로 둔 것일 뿐이다. 자연스럽다. 자연스러움이 한옥 정원의 특징이다.

나지막한 담장 안팎에는 담장보다 높이 자라는 나무를 심지 않았다. 시야를 차단하지 않기 위해서다. 담장 밖의 풍경을 담장 안의 정원

중국의 정원

처럼 즐기기 위해서다. 정원을 집 뒤에 둔 것은 담장 밖의 전경을 가옥 안으로 끌어들이기 위한 기술적 장치다. 한옥의 진가는 집에서 밖을 볼 때 나타난다. 혹자는 이를 두고 자연에 대한 겸손과 존중을 표현한 것이라고 한다.

　뒤뜰에 정원을 둔 이유는 무엇보다 가옥의 입지 및 구조와 깊은 관계가 있다. 산을 배경으로 들어선 집은 그 자체가 자연이다. 그중에서 가장 자연과 흡사한 게 뒤뜰이다. 뒤뜰은 산의 연장선에 있다. 일본이나 중국처럼 인공을 가미한 정원 꾸미기에 애쓸 필요가 없다. 그 자체가 정원이다. 자연을 빌려 즐기면 되는 것이다. 칼럼니스트 이규태는 『한옥』에서 "자연의 운치라고 하면 마당의 경계 너머에 광활하게 펼쳐져 있는 대자연의 풍광보다 나은 것이 없을 것"이라면서 "선조는 수려한 풍경을 정원의 일부로 생각하고 대자연의 법도를 생각하고 마음으로 느끼면서 자연의 운치를 집안으로 끌어들였는데, 이를 차경借景이라 했다"라고 말했다. 자연을 빌려 썼음을 알 수 있는 단어가 있다. '동산바치'다. 정원사의 순우리말이다. 정원을 가꾸는 일이 곧 뒤뜰과 이어진 산을 가꾸는 일로 여겼음을 알 수 있다.

한옥 정원이 뒤뜰로 간 또 다른 중요한 이유가 있다. 마당을 비우기 위해서다. 밝고 트인 마당을 만들려고 했다. 실학자 홍만선은 『산림경제』에서 "나무가 마루 앞에 있으면 질병이 끊이지 않는다", "집 뜰 가운데 나무를 심으면 한 달에 천금의 재물이 흩어진다"라고 경고했다. 조선 후기의 최고 석학 중 한 사람인 홍만선이 왜 그런 얘기를 했을까. 한옥의 넓은 마당은 후원과 유기적으로 연결되어 바람과 빛을 만들어낸다. 한여름 앞마당은 작열하는 태양의 열기를 머금는다. 반면 산을 등지고 있는 뒤뜰은 산바람을 직접 받는다. 마당과 뒤뜰에는 온도 차이가 생긴다. 공기는 찬 곳에서 뜨거운 곳으로 이동한다. 대청마루에서 시원함을 느끼는 이유다. 마당이 통풍에만 도움이 되는 게 아니다. 채광과 조도도 조절한다. 우리 조상은 마당에 흰 빛깔이 나는 박석을 깔았다. 이 박석은 빛을 반사한다. 반사된 빛이 대청마루와 방을 밝게 밝힌다. 남중고도가 높은 한여름에는 반사된 빛이 처마에 가려진다. 한겨울에는 안방 깊숙이까지 전달된다. 집 안에 정원을 뒀다면 정원이 모든 빛을 흡수해버릴 것이다. 또 마당에서 잔치를 벌이거나 농작물 손질하는 것 등을 상상도 할 수 없을 것이다. 유홍준은 『나의 문화답사기』에서 "마당은 서양인이 집과 대립적 요소로 사용한 정원과는 다르며 관상의 대상으로 이용되는 일본의 정원과는 차원을 달리한 다"라고 말했다. 홍만선의 말이 이해가 간다.

우리 조상이 난방장치로 온돌을 사용했기 때문에 군이 정원을 가옥 한가운데 두지 않아도 됐다. "세는 비와 굴뚝의 연기, 그리고 마누라의 잔소리는 막을 수 없다"라는 독일 속담이 있다. 밀폐된 공간에서 불을 피우는 서양의 난방체계에서 연기는 골칫거리였다. 그것을 해결한 게 가옥에 중심에 둔 정원이다. 서양 사람은 연기를 빼내려고 천장에 구멍을 뚫었다. 그 구멍이 점점 커지면서 마당이 생겼다. 빈공간에 중원을 됐다. 한옥은 연기가 나지 않는 구들로 난방하기에 군이 중원을 꾸밀 필요성도 없었다.

그러나 향촌 사대부의 고택 사랑채 마당에 조경을 하는 경우도 종종 있었다. 충남 논산 명재(윤증) 고택이 대표적이다. 사랑채 주변에 유교에서 최고 품격 있는 나무로 여기는 은행나무를 많이 심었다. 또 감, 밤, 대추 등 과실나무로 사랑채 마당 한쪽 구석을 채우기도 했다. 사랑채 마당이 과수원 역할을 했음을 알 수 있다. 제수 과일을 직접 기른 것이다. 대신 나뭇가지를 자르는 전지 나무는 절대 심지 않았다.

후원 이외에도 별장형 정원도 있다. 경치가 수련한 곳에 지어진 별서정원이 그것이다. 담양 소쇄원, 보길도 부용동원림, 강진 백운동정원, 밀양 월연정 등이 유명한 별서정원이다. 별서정원은 주로 당쟁을 피해서 은거하던 선비가 만들었다. 세속을 거부한 피신처였던 만큼 깊숙한 숲속의 분위기를 낸 게 특징이다. 지형을 고치거나 물길을 바꾸지 않았다. 계곡이면 계곡, 습지면 습지를 그대로 살렸다. 계곡과 습지에 잘 자라는 나무를 심는 게 다였다. 자연을 더 자연스럽게 만드는 게 정원 가꾸기의 핵심이었다. 당연히 후원보다 더 자연적이고 더 자연친화적이다. 한마디로 어디서부터가 정원이고 어디까지가 자연인지 알수 없다. 별서정원에서는 이름난 정자가 많다. 정자도 자연과 조화를 생각하고 위치 선정을 했다. 주로 연못이나 강가, 산자락에 세워 정원을 감상하는 장소로 삼았다.

III. 맛의 성찬 비빔밥

차경희 전주대학교 한식조리학과 교수

1. 우리 민족에게 밥은 삶이요 생명이다

밥을 뜻하는 한자어는 '반飯'이다. 반은 밥이나 식사를 나타내는 명사인 동시에 '먹다, 사육하다, 기르다'라는 뜻의 동사이다. 우리 민족에게 밥은 단순히 끼니를 떠나 정체성과 문화를 대변한다. 우리는 만남의 첫인사로 '밥은 먹었니?' 또는 '식사는 하셨습니까?'를 건넨다. 헤어질 때는 언제일지도 모를 '밥 한번 먹자'로 안녕을 이야기한다. '집밥'은 화려하지 않지만 편안하게 먹을 수 있는 한 끼인 동시에 나를 오롯이 걱정해주는 엄마다. '밥심으로 산다'나 '밥이 보약이다'에서 밥은 한 그릇의 탄수화물 덩어리를 넘어 건강한 생활을 영위할 수 있는 식사 전반을 아우른다. 세종世宗은 '임금의 하늘은 백성이요, 백성의 하늘은 밥이다'라고 하였다. 굶주린 백성 없는 부강한 나라를 만들고자 하는 세종의 염원을 담은 말이다.

밥은 생명 유지의 수단인 동시에 삶 자체를 의미한다. 우리 조상들은 생의 탄생과 마무리를 쌀과 함께하기 때문이다. 산모의 출산을 앞두고 삼신할미를 위한 상에 깨끗한 흰쌀 세 그릇을 올려 순산을 기원했고, 망자를 보낼 때는 깨끗한 쌀로 반함飯含하여 저승길의 허기를 달랬다. 사는 것이 넉넉한 사람을 보고 '밥술이나 뜬다' 또는 '밥이 얼굴에 덕지덕지 붙었다'라고 한다. 반대로 일자리를 잃거나 형편이 넉넉지 않을 때 우리는 '밥줄 끊어진다' 또는 '목구멍이 포도청'이라며 볼맨소리를 하게 된다.

우리는 가족을 식구食口 또는 식솔食率이라 부른다. 한솥밥을 먹는다는 의미이다. 유교의 이념으로 접빈객을 중요시한 조선시대에는 내 집을 찾아오는 손님을 맨입으로 돌려보내지 않았다. 반찬이 부족해도 반드시 뜨끈한 밥 한 그릇을 대접해야 예禮를 다했다고 생각했다. 하지만 손님상에 오를 밥은 따로 지었다. 첩이나 손님에게는 시앗솥에서 지은 밥을 주어 한솥밥을 먹지 않음으로써 가족과 무언의 경계를 두었다. 예를 다하지만 가족 공동체와는 철저히 분리하였던 것이다. 요즘에도 새 직장 동료에게 '한솥밥을 먹게 되었다'라는 말로 조직의 구성원이 되었음을 인정한다.

밥은 누구에게 올리느냐에 따라 그 명칭이 다양하다. 『명물기략名物紀畧』에는 "밥은 진어進於처럼 높여서 진지進支라 부른다"라고 하였다. 또 "임금께 올리는 진지를 수라水剌라 한다"라고 하였다. 밥을 차려 제공하는 대상에 따라 밥상, 진지상, 수라상이 된다. 밥상은 먹고, 진지상은 잡수시고, 수라상은 젓수신다. 먹는 행위 자체도 달리 표현했다. 제사상에 오르는 밥은 '메'이다. 유교 제례는 밥과 국인 일상식이 기준이 된다. 여러 조상님의 제를 한 번에 모실 때는 한 분에 메 한 그릇씩 각각의 메를 올려 제사를 받들었다.

2. 최고의 밥 짓는 기술을 보유하다

맛있는 음식을 조리하려면 좋은 식재료, 조리도구 그리고 조리기술을 가진 사람의 삼박자가 잘 맞아야 한다. 밥 짓기도 마찬가지다. 맛있는 밥 짓기를 위해서는 좋은 쌀과 물이 필요하고, 밥 짓는 도구와 불을 다루기를 능숙하게 하는 사람이 필요하다. 밥을 짓는 일을 취반炊飯이라 한다. 취炊는 자煮→증蒸→소燒가 결합된 조리법이다. 먼저 깨끗하게 씻은 쌀을 솥에 붓고 밥물을 맞추어 솥뚜껑을 닫아 강한 불로 끓인다. 밥물이 끓으면 쌀이 삶아지는데 이 과정이 자煮이다. 솥 안의 밥물이 모두 끓어 수증기가 되면 뜨거운 수증기는 쌀을 찌듯 익힌다. 이 과정은 증蒸이다. 마지막으로 솥 안의 물기가 어느 정도 잦아들면 이번에는 불을 약하게 줄여 바닥에 있는 쌀이 노릇하게 태워지듯 익으면 소燒로 완성된다.

우리나라의 밥 짓는 솜씨는 예로부터 명성이 자자했다. 청나라 장영張英은 『반유십이합설飯有十二合說』이라는 책을 쓸 만큼 밥맛에 일가견이 있었던 미식가였다. 그는 사신으로 조선을 다녀간 후 조선인들의 밥 짓는 기술을 대해 글을 남겼다. "조선 사람들은 밥 짓기를 잘한다. 밥알은 윤기가 있고 부드러우며 향긋하다. 밥솥 안의 밥은 고루 익어 기름지다. 밥 짓는 불은 약한 것이 좋고, 물은 적어야 이치에 맞는다. 아무렇게나 밥을 짓는다는 것은 하늘이 내려주신 곡식을 낭비하는 결과가 된다"라고 한 것이다.

조선 실학자의 서유구徐有榘는 "우리나라의 밥 짓기는 천하에 이름난 것이다. 밥 짓는 것이란 별다른 것이 아니라 쌀을 깨끗하게 씻어 뜨물을 말끔히 따라 버리고 솥에 넣고 새 물을 붓는다. 물이 쌀 위로 한 손바닥 두께쯤 오르게 붓고 불을 땐다. 진밥을 하려면 쌀이 익을 때쯤 불을 한 번 물렸다가 1~ 2경頃 뒤에 다시 때며, 된밥을 하려면 불을 꺼내지 않고 시종 만화慢火로 땐다"라고 하였다. 사대부가의 남자가 남긴 기록이지만 쌀 씻기, 밥물의 양, 기호에 따른 밥 짓기를 위한 불 조절 등이 매우 상세하고 정확하다. 즉, 밥 짓기를 한두 번 해보고 서술한 것이 아님을 알 수 있다.

서유구는 『임원경제지林園經濟志』 「정조지鼎俎志」에서 11가지 물의 종류를 설명했다. 이 중 밥 짓는 데 가장 좋은 물은 유혈수乳穴水라고 하였다. 유혈수는 바위구멍에서 솟는 물이다. "성질이 따뜻하고 맛은 달며 독이 없어 몸을 살찌우고 건강하게 하니, 유혈수로 밥을 짓고 술을 빚으면 매우 유익하다. 밥맛을 좋게 하여 몸에 윤기가 나고 늙지 않으므로 젖과 효능이 같다"라고 하였다. 우리 조상들은 약을 달이거나 차를 마실 때도 물을 까다롭게 골랐다. 심지어 매일 먹는 밥을 짓는 물은 더욱 그러하였다.

그럼 밥은 어디에 지으면 좋을까? 서유구의 형수인 빙허각 이씨의 『규합총서閨閤叢書』에서는 "밥과 죽은 돌솥이 으뜸이요, 오지탕관이 그 다음이다" 하였다. 『부인필지夫人必知』와 『조선무쌍신식요리제법朝鮮無雙新式料理製法』에서도 "밥과 죽에는 곱돌솥이 으뜸이요, 오지탕관이 그 다음이요, 무쇠솥이 셋째요, 통노구가 하등이다"라고 하였다. 역시 돌솥이 가장 좋다는 말이다. 돌솥은 뚜껑이 무거워 압력솥 효과가 있고, 밥물이 넘치는 것이 적다. 돌솥의 둥근 바닥은 고르게 전달된 열로 대류가 활발히 일어나 윤기 있고 찰진 밥이 되도록 한다. 요즈음은 전기압력밥솥이 가정마다 밥 짓기를 대신하고 있지만, 돌솥의 밥맛은 예나 지금이나 최고로 꼽았다. 조선시대에는 임금님의 수라를 곱돌솥이나 새옹에 지어 올렸다.

조선시대 궁중에서는 밥 짓는 일을 전문적으로 하는 사람이 있었는데 이를 반공飯工이라 하였다. 반공은 임금님의 어선御膳과 대궐 안의 빈객賓客에게 음식을 제공하는 일을 맡았다. 같은 사옹원司饔院 소속이면서 반찬飯饌과 그 밖의 음식물을 맡아보던 반감飯監과는 차별된다. 둘 다 궐내 자비인差備人 신분의 노비이지만, 반공은 밥 짓는 일만을 전적으로 맡아 담당했으니 밥을 짓고 반찬을 만드는 일에 각각 숙련공이 종사했다. 그래서인지 『세종실록』에는 명나라 선종宣宗이 6차례나 밥을 잘 짓는 다반茶飯을 보내줄 것을 요청하였다.

우리 민족은 주로 멥쌀을 지은 흰밥을 먹지만, 멥쌀에 보리, 조, 수수, 콩, 팥 등을 각각 섞기도 하고 몇 가지 잡곡을 함께 넣어 오곡밥을 짓기도 한다. 찹쌀을 넣어 지으면 찰기가 좋아진다. 밥을 지을 때 감자나, 콩나물, 곤드레나물, 김치 같은 부재료를 넣어 지으면 별미밥이 된다. 별미밥에 대표 비빔밥이 있다.

3. 골동반, 곡동반, 혼돈반, 부빔밥, 비빔밥

비빔밥의 사전적인 의미는 "고기나 나물 따위와 여러 가지 양념을 넣어 비벼 먹는 밥"으로, 골동반이라고도 한다. 골동은 한자어로 '骨董' 또는 '汨董'으로, '어지럽게 섞여 있다'는 뜻이다. 골동의 어원은 조선중기 김장생金長生의 『사계전서沙溪全書』 중 '소학小學의 독법'에 대한 부분에서 "골동汨董은 『성리대전性理大全』 보주補註에 의하면, 남방 사람들이 물고기와 살코기를 뒤섞어 밥 속에 두는 것을 골동갱汨董羹이라 한다. 즉 어지럽게 뒤섞여 분리되지 않은 일을 말한다"라고 하였다. 홍경모洪敬謨의 시문집인 『관암전서冠巖全書』에서도 "골동骨董에 대해서 『구지필기九池筆記』(소동파의 저작)에서 말하기를 '나부영로羅浮穎老가 음식을 마구 섞어 끓은 뒤 만든 국물을 이름하여 골동갱骨董羹이라 했다'하였다"라고 하였는데, 국물이 있는 음식인 '갱羹'의 표현에 밥이 들어간 것이 주목된다. 조선 후기 김간金幹의 시문집 『후재집厚齋集』에서도 꼭같은 내용이 확인된다. 더불어 한문과 한글을 혼용하여 '汩董, 잡되다'로 풀이하였고, 『퇴계집退溪集』에서도 '骨董, 혼잡混雜이다'라 하였다.

『명물기략名物紀略』 「음식부飮食部」에는 "골동반骨董飯은 밥에 여러 가지 음식을 섞어서 먹는 것이다. 세속에서는 '부빔밥拌排飯'이라고도 한다. 또 '곡동谷董'이라고도 부른다"라고 하였다. '곡동'이라는 표현은 『구지필기』에도 비빔밥을 '곡동반谷董飯'이라 표기했다.

비빔밥은 혼돈반混沌飯이라고도 했다. 『기재잡기寄齋雜記』에는 세조世祖 때의 공신 홍윤성洪允成의 비빔밥 일화가 실려 있고, 혼돈반으로 기록되어 있다. 홍윤성은 본인의 집을 탐한 도적을 잡은 포도대장 전림田霖을 초대하여 비빔밥을 대접했는데, 전림이 생선과 채소가 들어간 비빔밥과 술 3병을 한숨에 먹어치우자 그 호탕함에 끌려 선전관宣傳官으로 발탁했다고 하였다. 이렇게 비빔밥은 한자어 골동반, 곡동반, 혼돈반으로 불리다가 한글 부빔밥, 부빔밥, 비빔밥으로 진화되었다.

4. 비빔밥의 진화

16세기 중국의 명나라 진사원陳士元의 『이언집俚諺集』에는 "생선과 고기 등 온갖 재료를 밥 가운데 묻었는데 이것을 골동반이라 한다"라고 했다. 『동국세시기東國歲時記』에 기록된 골동반도 쌀에 채소나 고기 같은 부재료를 함께 넣어 밥을 짓는 형태이다. 하지만 중국 강남 사람들의 이야기이니 우리나라의 비빔밥 만드는 법을 살펴보자.

서유구는 『임원경제지』 「정조지」에서 중국 남송시대 『동경몽화록東京夢華錄』에 기록된 추사반秋社飯을 소개하며, 1800년대 초 당시의 골동반과 비교하였다. 즉, 사반社飯 만드는 방법은 '골동반'과 비슷한데 특별한 것은 고기가 많고, 나물이 적은 것이라 구분했다.

> "『동경몽화록』에 이르기를 8월 추사秋社에 각각 제사떡이나 제삿술을 서로 귀한 친인척에게 선물한다. 궁궐 내에서는 돼지고기, 양고기, 유방, 위장, 허파, 오리고기, 떡, 오이, 생강 등을 바둑 크기의 편으로 썰어 섞고 맛을 내어 밥 위에 펴는데 이를 '사반'이라 한다. 지금 사람들은 나물과 고기에 기름, 간장을 넣어 볶아 익혀 흰 밥에 섞는데 속칭 '골동반'이라 한다."
>
> _『임원경제지』

현재까지 밝혀진 비빔밥의 최초 한글 기록은 1800년대 말엽의 『시의전서是議全書』이다. '汨董飯'이라 되어 있고 아래 한글로 '부빔밥'이라 부기되어 있다. 여러 가지 재료를 밥과 미리 비벼 섞고 고춧가루,

『시의전서』 비빔밥
사진 출처:『시의전서』 이효지 외 편역, 신광출판사, 2004.

깨소금, 기름을 미리 넣어 양념하여 따로 비빔장이 필요 없다. 함께 먹
는 잡탕국은 소고기와 부산물이 넉넉히 들어가고, 미나리초대와 달걀
지단을 부쳐 썰어 넣은 고급음식이다.

　"밥을 깨끗이 짓고 고기 재워 볶아 넣는다. 간납 부쳐 썰어 넣으며
　각색 채소를 볶아 넣고 좋은 다시마튀각을 튀겨 부숴 넣는다. 고춧
　가루, 깨소금, 기름을 많이 넣고 비벼 그릇에 담는다. 위에는 잡탕거
　리처럼 계란 부쳐 골패짝 만큼 썰어 얹고, 완자는 고기 곱게 다져 잘
　재워 구슬만큼 비벼 밀가루를 약간 묻혀 계란 씌워 부쳐 얹는다. 비
　빔밥상에 장국은 잡탕국을 해서 놓는다.
　잡탕국은 양지머리와 갈비 삶는 국에 허파, 창자 손질한 것과 통무,
　다시마를 넣은 다음 물을 많이 부어 푹 삶아 건져 썬다. 허파, 창자,

양, 다시마 등은 다 골패 모양으로 썰어 삶은 국에 한데 섞는다. 고비와 도라지와 파, 미나리는 다 가늘게 째서 가루 약간 묻혀 계란 씌워 얇게 부쳐 국건더기와 한 모양으로 썰어 넣고 계란도 얇게 부쳐 모나게 썬다. 완자를 만들어 위에 넣어 쓴다.”

_『시의전서』

방신영方信榮의『조선요리제법朝鮮料理製法』1921년 판본의 ‘부빔밥’에는 나물의 종류가 구체적이다. 역시 미리 준비한 나물과 전을 넣어 비빈 따뜻한 밥을 담았다. 미나리는 초대로 부치지 않고 나물로 무쳐서 이용했다. 고춧가루와 깨소금은 고명처럼 위에 뿌렸다. 또 여름철엔 호박나물이나 오이나물로 겨울철의 무나물을 대체할 수 있음도 밝혔다.

“먼저 밥을 되직하게 지어 큼직한 그릇에 퍼 놓고 무나물, 콩나물, 숙주나물, 도라지나물, 미나리나물, 고사리나물들을 만든다. 먼저 무나물과 콩나물을 솥에 넣고 그 위에 밥을 쏟아 넣은 후 불을 조금씩 때어 따뜻하게 한다. 느르미와 산적과 전유어를 잘게 썰어 넣고 또 각색 나물들을 다 넣은 후 기름, 깨소금을 치고 젓가락으로 슬슬 저어 비벼서 각각 주발에 퍼 담는다. 그 후에 느르미, 산적, 전유어를 잘게 썰어 가장자리로 돌려 얹고 또 그 위에 튀각을 부숴뜨리고 삶은 달걀을 잘게 썰어 얹은 후 알고명을 잘게 썰어 얹고 고춧가루와 깨소금을 뿌려 놓는다. 그러나 이것은 겨울에나 봄에 먹는 것인데, 혹은 여름에도 이와 같이 하기는 하지만 호박과 오이를 잘게 채 쳐

기름에 볶아서 위에 얹는다."

_『조선요리제법』

　이용기李用基의『조선무쌍신식요리제법』1936년 판본에서 비빔밥
은 목차에 '밥 짓는 법'이 아닌 '잡록雜錄'으로 분류되어 있다. 음식명은
'부빔밥'으로, 바로 아래에 [ ]을 이용하여 '골동반骨董飯'을 한글과 한
자로 부기하였다. 만드는 법은 『조선요리제법』과 대동소이하나, 아마
도 열무김치로 생각되는 풋김치를 넣은 비빔밥이 별미이고, 뜨겁고 기
름이 좋아야 맛이 좋다고 강조하였다.

　손정규의『우리음식』1948판본의 '비빔밥'부터는 재료의 분량이
기록되어 있다. 서양의 계량 단위인 리터(ℓ)와 그램(g)을 사용하여 계량
화하였다. 준비한 여러 가지 나물과 고기를 넣고 고춧가루로 맛을 내
어 미리 비빈 밥이다. 마지막에 다시마 튀긴 것을 넣으면 더 좋으나,
일부러 만들 필요는 없고 튀긴 것이 있으면 넣는다고 하였다. 그릇에
담을 때는 위에 고기와 채소를 보기 좋게 늘어놓고 달걀을 얇게 부쳐
가늘게 썰어 놓는 것도 좋다. 그러나 보통 집에서 해먹을 때에는 위에
고명을 놓지 않아도 속에 충분히 섞여 있으므로 괜찮다고 하여 대중적
인 외식 음식으로 인식되고 있음을 알수 있다.

　방신영의『우리음식 만드는 법』1954년 판본에는 '비빔밥'만드는
법에서 산적이나 전유어는 들어가지 않았다. 여전히 고춧가루를 넣어
조미했다. 밥에 재료를 섞지 않고, 흰밥을 담은 후 준비한 재료를 색 맞
추어 담는 오늘날의 장식으로 변화했다. 재료 분량이 6사발인 것으로
보아 6인분에 해당하는 양으로 판단된다. 조리법은 이야기 형식이 아

닌 개조식으로 번호를 이용하여 보다 쉽게 조리순서를 설명하고 있다. 조리법 마지막에 비빔밥을 맛있게 먹으려면 반드시 장국을 뜨겁게 끓이고 고춧가루를 타서 비빔밥에 조금씩 넣어가며 먹을 것을 강조하였다.

황혜성은『한국요리백과사전』궁중음식편에 '비빔'을 소개하였다. 재료의 분량은 5인분 기준이었다. 오이를 반달 모양으로 써는 것이 특징이며, 표고나물이 비빔밥 재료로 처음 등장했다. 준비한 재료를 밥과 간이 잘 배도록 비벼서 담지만, 음식점에서 판매하는 비빔밥은 흰밥 위에 나물과 고기를 담는다고 하여 집에서 먹는 밥과 외식메뉴로 판매되는 비빔밥의 형태가 달라지고 있음을 시사하였다. 또한 골동의 유래와 함께 영양성과 편이성을 갖춘 음식임을 강조하였다. 특히 비빔밥은 섣날 그믐날 저녁에는 남은 음식물을 해를 넘기지 않고 먹는 음식으로 설명하였다. 같은 책 향토음식편에는 '전주비빔밥'이 소개되어 있다. 오늘날과 같은 전주비빔밥의 형태가 비로소 나타나기 시작한다. 고슬고슬하게 지은 밥에 콩나물, 숙주, 시금치, 고사리나물과 청포묵무침, 소고기 볶은 것을 함께 비벼서 고들빼기와 맑은장국을 곁들여야 한다고 했다.

류계완의『한국의 맛, 계절과 식탁』에 소개한 '오색비빔밥과 콩나물탕'은 고비, 당근, 무, 당근, 양파, 나물로 하여 밥이 뜸이 돌 때 밥 위에 골고루 올려 오래 뜸을 들이고 풀 때 미나리나물을 마저 올려 섞어 그릇에 담고 튀각과 달걀지단을 올리는 독특한 방법이 있었다. 비빔밥에 콩나물국을 곁들이는 것은 이즈음부터로 보인다.

강인희는『한국의 맛』에서 밥 위에 볶은 고기와 표고, 오이, 무, 도라지, 고사리, 미나리나물을 얹는데 배를 채 썰어 넣고 약고추장을 올

전주비빔밥
사진 출처: 전주 가족회관

린다고 하였다. 비로소 고추장을 비빔장으로 사용하게 된 것이다. 밥
은 양지머리 곧 맑은 국물로 고슬고슬하게 짓고, 밥과 나물이나 고기
를 따로 담아낼 수도 있다고 했다. 콩나물이 들어간 전주비빔밥과 숙
주나물이 많이 들어간 진주비빔밥이 각각 지역의 향토음식이며, 주재
료에 따라 쇠고기비빔밥, 육회비빔밥, 콩나물비빔밥으로 다양하게 만
들 수 있다고 하였다.

요즈음의 전주비빔밥은 사골육수로 밥을 짓고, 나물 위에 소고기
육회를 얹고 황포묵을 곁들인다. 묵을 쑬 때 녹말에 치자물을 섞기 때
문이다. 쇠고기는 육회 또는 볶아서 쓰고, 서목태(쥐눈이콩)로 키운 콩나
물, 미나리, 애호박, 도라지, 고사리, 건표고, 무, 오이, 당근, 황포묵, 달

걀, 다시마튀각, 찹쌀고추장을 재료로 사용한다. 사골육수로 지은 밥을 그릇에 담고 준비한 나물을 고루 돌려 담은 다음 고기와 고추장을 얹는다. 기호에 맞게 날달걀을 얹고 은행이나 잣 등을 올려 장식한다.

5. 비빔밥은 언제 먹었을까

옛 문헌에 비빔밥은 제사를 마치고 먹는 음복飮福 음식이자 세시歲時 음식이었다. 이덕무李德懋는 『청장관전서靑莊館全書』에서 친척의 제사에 참석하였다가 새벽에 비빔밥을 먹고 7~8차례나 변소에 드나들었다며 낮에 해야 할 일을 늦추었다. 우리 민족은 명절이나 잔칫날, 그리고 각종 제삿날이면 많은 음식을 장만하고, 행사가 끝나면 준비한 음식을 함께 비벼서 먹는 풍습이 있다. 제사를 드리고 후손이 함께 준비한 제수를 비벼서 먹는 제사용 비빔밥은 신과 인간이 함께 먹는 신인공식神人共食의 의미가 있다.

오늘날 경상북도 안동의 향토음식이 된 헛제삿밥은 이 전통의 소산이다. 안동은 예로부터 양반 고장으로 이름이 나 있다. 양반댁이 많으니 거의 매일 저녁 제사가 있었다. 제사를 마치면 제수를 고루 챙겨 관아의 수령에게도 보냈고, 이 수령은 저녁마다 이집 저집에서 제삿밥을 얻어먹는 것이 낙이 되었다. 그러나 제아무리 양반댁이 많아도 일년 내내 제사가 있을 수는 없는 법이다. 제사가 없는 날이면 제삿밥을 기다리던 수령은 아전의 게으름을 탓했다. 당혹스러운 아전은 꾀를 내어 미리 고을의 제사를 파악하기 시작했고, 제사가 없는 날 가짜 제삿

안동 헛제삿밥
사진 출처: 정낙원 외, 『향토음식』, 교문사, 2019.

밥을 만들어 올렸다. 그러나 미식가 수령은 바로 가짜임을 알아차렸다. 제사를 지낼 때 피운 향의 냄새가 밥에 배이지 않았기 때문이다.

　그런데 이 음식은 최영년崔永年의 『해동죽지海東竹枝』에서 대구의 명물로 소개되어 있다. 대구부大邱府 내 시장 가게에서 팔던 허제반虛祭飯이 누름적, 취나물, 다시마, 고깃국에 두부, 완자 등이 어우러져 그 색채가 골동반과 같다고 하였다. 지방자치제가 활성화되며 유교적 색채가 강한 안동시가 특화시켜 오늘에 이르고 있는 것이다.

비빔밥은 입춘立春과 동짓달의 세시음식이었다. 유만공柳晚恭의 『세시풍요歲時風謠』에서는 추운 겨울이 지나고 돌아온 새봄에 새싹비빔밥을 즐기는 기쁨을

"파 싹은 푸르고, 겨자는 노라니
여러 가지 나물을 진설하매 한 소반이 향기롭다.
밥은 골동반을 이루어 쓴맛을 더하니
술을 드리매 의당 백엽주로 할 것이다."

라고 노래했다. 홍석모洪錫謨의 『동국세시기東國歲時記』 동짓달 월내의 풍속에는 골동면骨董麪, 골동갱骨董羹, 골동반骨董飯 세 가지의 기록이 등장한다. 먼저 골동면은 잡채와 배, 밤, 소고기, 돼지고기 썬 것과 기름과 간장을 메밀국수에 섞은 것으로, 메밀국수를 무김치와 배추김치에 말고 돼지고기를 섞은 냉면冷麪과 구분 지었다.

골동갱은 "나부영羅浮穎이 늙어서 음식을 먹을 때 여러 가지를 한꺼번에 섞어서 삶은 것으로, 골동骨董은 뒤섞는다는 뜻이라 하고 지금의 잡면雜麪이 이와 같다" 하였다. 마지막으로 골동반은 "강남 사람들은 반유반盤遊飯 만들기를 좋아하는데, 젓갈(鮓), 포脯, 회膾, 구이(炙) 등을 밥 속에 넣은 것이다. 이것이 즉 밥(飯)의 골동骨董이다"라 했다. 이 표현만으로 당시의 골동반을 정확히 예측하기는 어렵지만, 오늘날의 비빔밥과는 다소 차이가 있어 보인다.

6. 팔도비빔밥 명물

이덕무의 손자 이규경李圭景은 『오주연문장전산고五洲衍文長箋散稿』
「만물편萬物篇」에서 평양의 명물로 감홍로紺紅露, 냉면冷麪, 비빔밥骨董飯
을 꼽았다. 그리고 「인사편人事篇」에서 12가지 비빔밥을 소개하였다.[1]
채소비빔밥이 평양비빔밥 중 별미이고, 숭어회·갈치회·준치회에다
겨자를 넣은 비빔밥, 새우알비빔밥, 전어구이비빔밥, 말린 새우와 새우
가루를 넣은 비빔밥, 황주의 특산물인 새우젓비빔밥, 게장비빔밥, 마늘
비빔밥, 생오이비빔밥, 기름장으로 구운 김을 가루로 낸 김비빔밥, 맛
있는 산초장으로 비비는 비빔밥, 콩을 볶아 넣어 비비는 비빔밥 등 참
으로 다양하다.

『해동죽지海東竹枝』 음식 명물편에는 황해도 해주의 비빔밥이 맛
있다고 하였다. 해주비빔밥은 '교반交飯'이라고도 하는데, 밥 위에 고기
와 여러 가지 채소를 나물로 하여 얹는다. 이때 수양산首陽山 고사리와
황해도 특산물인 김을 구워 듬뿍 올리는 것이 특징이다.

일제강점기 때 잡지 『별건곤別乾坤』에서 다룬 팔도명식물예찬 '경
상도 명물 진주晉州비빔밥'은 외식 판매용으로 미리 비비지 않은 육회
비빔밥이라고 소개했다.[2] 이 비빔밥에는 고추장을 얹어 맛을 돋우었고,

1　人事篇○服食類／諸膳 山廚滋味辨證說：骨董飯。菜蔬骨董飯。以平壤爲珍品。如雜骨董
　飯、鯔膾鱉膾鰣膾芥醬骨董飯、鯸魚新出炙骨董飯、乾大鰕屑蝦米屑骨董飯、黃州細蝦醯
　骨董飯、蝦卵骨董飯、蟹醬骨董飯、蒜骨董飯、生胡瓜骨董飯、油鹽炙海衣屑骨董飯、美椒
　醬骨董飯、炒黃豆骨董飯。人皆嗜爲珍美。
2　『별건곤』제24호 1929년 12월 1일자 기사.

10전錢으로 가격마저 저렴하다 하였다. 『개벽』에서도 팔도음식 자랑에서 경상도 대표 음식으로 진주비빔밥을 손꼽았으니 그 명성이 짐작되고도 남는다.[3]

진주비빔밥은 그 색이 화려하다 하여 '화반花飯'이라고도 불렀다. 콩나물 대신 숙주나물과 해초류로 만든 나물을 넉넉히 넣고 소고기 육회를 듬뿍 얹는다. 비빌 때 해물보탕국을 끼얹어 비비고 선짓국을 함께 낸다.

비빔밥은 이래야만 한다는 정답은 없다. 정답이 없으니 오답도 없다. 밥에 그때그때 있는 재료를 섞어 비비면 그만인 것이다. 지역이나 계절의 변화에 따라 자유자재로 만들어 먹을 수 있다. 산간지역에서는 채소를 위주로 만들고, 해안지역에서는 해산물이 재료가 된다. 산채비빔밥은 산나물이 많은 강원도나 충청북도에서 발달한 음식이다. 취나물, 고사리, 고비, 표고, 느타리버섯 등을 나물로 볶거나 무쳐서 비벼 먹는다. 산채비빔밥은 채식주의자들에게 가장 이상적인 음식으로 스님들의 사찰음식이기도 하다. 경상남도 통영이나 거제, 제주도 같은 해안이나 섬 지역에서는 싱싱한 수산물을 다양하게 넣은 비빔밥을 즐긴다. 거제 멍게비빔밥, 통영의 해초비빔밥, 제주도의 전복돌솥비빔밥 등이 대표적이다. 계절이 변하면 재료도 계절을 따라 제철에 나는 것들이 들어간다. 계절이 변화하는 대로 어떤 재료를 넣어도 독특한 맛이 나기 때문에 사시사철 다른 형태로 즐길 수 있는 것도 특징 중의 하나이다.

....

3 『개벽』제61호. 1925년 7월 1일자 기사.

오늘날 세계인에게 전주비빔밥은 한식의 대표주자가 되었다. 국가의 위상이 높아지며 전 세계인이 한식을 주목하였고, 색과 맛이 화려한 비빔밥에 단연 매료되었다. 전주비빔밥 맛의 최고 비결은 천혜의 지리적 조건에서 생산되는 질 좋은 국내산 농산물의 신선함과 오래 묵힌 장맛이고, 또 뛰어난 요리 솜씨였다. 전주를 중심으로 동쪽은 무주·진안·장수지역은 산지로 임산물이 생산된다. 서쪽은 만경강과 동진강을 끼고 한반도 최대의 곡창지대인 김제 호남평야가 펼쳐져 있다. 서쪽으로 더 가면 부안과 군산의 바닷가에선 언제나 수산물이 풍부하다. 더구나 전라도 감영이 있어 정치, 경제, 문화의 중심도시였다. 조선의 6대 시장 중 하나인 남밖장도 조선 물류유통의 중심지였다. 여기에 예향을 즐기는 문화가 더해져 음식과 술이 이에 걸맞게 발달했다. 그래서 예로부터 전주에 가면 수령보다 아전이 낫고, 아전보다 기생이 낫고, 기생보다 소리가 낫고, 소리보다 음식이 낫다고 하였다.

그런데 전주비빔밥에 대한 기록은 일제강점기 이전에는 찾아볼 수가 없다. 호암胡巖 문일평文一平이 조선의 3대 매식으로, 개성탕반과 평양냉면, 전주비빔밥을 꼽았다. 즉, 전주비빔밥의 명성은 외식화의 성공에서 비롯되었다고 볼 수 있다. 『별건곤』 잡지의 기사처럼 전라도 여자들의 뛰어난 음식 솜씨와 산업화에 따른 외식산업 마케팅이 이뤄낸 결과이다.[4] 전주에서 성업했던 중앙회관은 1965년에부터 서울로 진출하여 전주중앙회관으로 개업을 하며 전주비빔밥을 알리는 데 공헌했다. 전국 식당 이름 중 지명이 들어간 상호는 '전주식당'이 제일 많다.

....

4 『별건곤』제16·17호 八道女子 살님사리評判記 137쪽.

7. 다양한 재료의 하모니

비빔밥의 가장 큰 특징은 조화로움이자 다양함이다. 밥에 비비는 재료가 하나여도 좋고, 여럿이어도 좋다. 여름철 열무비빔밥은 잘 익은 열무김치에 고추장만 있으면 된다. 밥은 흰밥이어도 좋고 보리밥이어도 씹는 재미가 좋다. 학교급식으로 인기 있는 참치비빔밥은 흰밥에 통조림에 든 참치살, 상추, 고추장이면 그만이다. 여기에 십대들의 열정과 우정이 함께 비벼지니 두고두고 추억의 맛이 된다. 반대로 전주비빔밥은 30여 가지의 재료가 들어간다. 색색의 나물에 고기, 달걀, 볶은 은행이며 잣, 호두, 대추꽃까지 올라가야 명실공히 전주비빔밥이라 할 수 있다. 전주의 모 음식점은 고소하게 볶은 깨소금을 한 숟가락 고명으로 소복이 올려주기도 한다.

비빔밥 재료의 주인공은 나물이다. 비만 방지와 건강이 화두가 되는 요즈음 세계 유명 셰프들은 한식의 나물에 주목하고 있다. 서양은 거의 대부분 샐러드의 형태로 날 채소를 먹는다. 중국은 공심채 같은 채소를 기름에 볶는 음식이 있지만, 한국처럼 다양한 식물의 잎, 줄기, 뿌리를 데치거나 볶거나 또는 생으로 양념해서 채소음식을 즐기는 곳은 거의 없다. 채소는 익히면 생으로 먹을 때보다 훨씬 많은 양을 섭취할 수 있다. 예를 들어 시금치 한 단을 데치고 무쳐 나물로 만들어 나오는 양과 시금치를 생으로 샐러드를 만든 양을 상상해보라. 숙채로 만들 때 채소의 섭취량은 엄청나게 증가하게 된다. 그래서 한식을 채소와 육식의 8 : 2 비율을 가진 건강식이라고 이야기한다.

우리 조상들의 계절마다 산과 들에 나는 채소를 활용하여 건강한 나물밥상을 즐겼다. 비빔밥은 그 연장선 상에 있다. 오이, 애호박, 취나물, 무, 콩나물, 숙주나물, 고사리, 도라지, 표고, 당근 등을 다양하게 이용한다. 채소는 간을 심심하게 하여 생채나 숙채로 나물이 만들어져야 비빔밥 그릇 안으로 입장할 수 있다. 고기도 마찬가지다. 양념간장이나 고추장 양념으로 먼저 간이 되어야 한다. 맛있는 나물이나 고기만으로도 비빔밥은 충분히 맛있지만, 비빔장이 들어가면 또 다른 맛이 시작된다. 고추장에 참기름만 한 바퀴 쓱 둘러 비비면 되지만, 약고추장, 초고추장, 양념간장 등 취향 따라 비빔장은 다양도 하다. 어떤 이는 맵게, 어떤 이는 담백하게 즐긴다. 즉, 개개인의 개성이 발휘되는 음식이다. 일견 단순하지만 무한한 다양성을 열어둔 음식이다. 이렇듯 각자의 기호에 따라 선택된 재료를 넣고 비빈 비빔밥은 나물들을 따로 먹을 때와는 전혀 딴판인 새로운 맛을 제공한다. 한입 가득 먹었을 때 입 안에서 느껴지는 다양한 맛과 조직감의 조화는 세계 어느 나라 음식에서도 찾아볼 수 없는 오묘한 맛이다.

비빔밥을 어디에 비벼 먹느냐에 따라 맛이 달라진다. 전통적인 비빔밥은 밥과 나물을 넣어 비빌 수 있는 큰 그릇이면 놋그릇도 좋고 도자기 그릇이어도 좋다. 그런데 우리에겐 밥맛에 일가견을 내는 돌솥이 있다. 돌솥비빔밥은 비빔밥을 곱돌솥에 응용한 것이다. 뜨거운 돌솥 덕분에 비빔밥을 따뜻하게 먹을 수 있는 장점이 있다. 비빔밥의 화려함에 동공이 커지고, 달궈진 돌솥에서 지글지글 익는 소리에 귀가 열리니 절로 군침이 돈다. 돌솥비빔밥에는 두 가지 형태가 있다. 하나는 돌솥에 밥을 담고 여러 가지 나물과 고기를 색스럽게 담은 후 참기름을 한 번 두른다. 이것을 불에 올려 돌솥을 뜨겁게 가열한다. 열기에 밥이 딱딱 눌러붙는 소리가 나면 먹을 수 있다는 신호이니 상에 내면 된다. 이미 완성된 각각의 재료를 돌솥에 담아 다시 열을 가함으로써 각각의 기량이 훌륭한 성악가들이 모여 대합창곡을 부르는 듯하다.

다른 하나는 돌솥에 쌀과 버섯이나 우엉, 나물 등을 담아 밥을 짓는 것이다. 조리되지 않은 식재료들이 모여 새로운 음식으로 탄생한다. 돌솥밥이 완성되면 대개는 그릇에 밥을 퍼서 담고 향기로운 양념장을 올려 비벼서 먹는다. 밥을 퍼낸 돌솥에 따뜻한 물을 부어 놓으면 비빈 밥을 다 먹은 후 구수한 숭늉으로 마무리할 수 있다.

돌솥비빔밥은 주방에서 조리를 시작하여 식탁에서 마무리하는 조리사와 고객의 혼연일치 음식이다. 뜨겁게 낸 돌솥비빔밥은 먹는 사람의 비비는 시간과 방법에 따라 다른 맛을 줄 수 있기 때문에 조리의 완성은 조리사가 아니라 음식을 먹게 되는 고객이므로 함께 조리에 참여하는 체험형 음식이 된다. 이런 이유로 일본에서 비빔밥은 전통비빔밥보다 돌솥비빔밥이 더 인기를 누린 바 있다. 특히 곱돌솥을 이용한 비빔밥은 더 맛이 좋다. 곱돌솥 밥 짓기에 대해선 이미 앞에서 서술한 바가 있다.

드라마에선 주인공이 실연을 당하거나 스트레스를 받으면 한참을 울고 나서 냉장고 문을 연다. 큼직한 그릇에 모든 반찬을 한꺼번에 쓸어 담고 밥과 고추장 한술을 얹어 마구 비벼 먹는다. 일종의 치유의 식처럼 비빈 밥을 다 먹고 나면 진정이 된다. 실제로 비빔밥은 건강차원에서 뿐만 아니라 심리치료에서도 좋다고 한다. 즉 밥, 국, 반찬 등을 갖추어 밥상을 차리는 일상의 질서와 통념을 깨뜨린다는 신선함이 있다. 모든 재료를 뒤섞어 마구 비빈다는 행위에서 스트레스는 날아간다. 숟가락과 젓가락 예절을 생각하며 반찬을 하나씩 집어야 할 필요도 없다. 쓱쓱 비빈 비빔밥을 크게 한 숟가락 떠서 입으로 가져가 씹는 순간 응어리진 마음이 한 올 한 올 풀리며 위로가 된다.

8. 비빔밥에 담긴 철학

한식의 철학을 논할 때 약식동원藥食同源과 음양오행陰陽五行을 이야기한다. 약식동원은 먹는 음식으로 몸을 보하여 질병에 대한 예방과 치료를 한다는 식치食治의 의미이다. 약식동원을 추구하는 방법이 음양오행이다. 이 음양오행과 약식동원의 정신을 한 가지 음식으로 표현하면 바로 비빔밥이다. 비빔밥은 채소와 고기를 비롯해서 다양한 재료와 밥으로 이뤄져 맛도 좋고 보임새도 부족함이 없다. 여러 가지 나물과 고기, 고명이 어우러져 오방색을 두루 갖출 뿐만 아니라 채소와 육류의 적절한 비율과 고명으로 올리는 은행, 호두, 잣, 밤 등의 견과가 더해져 영양적으로도 손색없는 음식이다.

비빔밥의 재료는 식물성이 주를 이루지만, 오행五行에 맞는 푸른색, 적색, 황색, 백색, 흑색 다섯 가지 색상의 조화를 이루고 있다. 맛역시 신맛, 쓴맛, 단맛, 매운맛, 짠맛의 다섯 가지 맛을 모두 포함하여 오행을 실천하고 있다. 이렇게 오행에 충실한 비빔밥이 사람의 몸에 이로운 것은 당연하다.

색깔(오행)	식재료
녹색(靑)	애호박, 오이, 시금치, 미나리 등
붉은색(赤)	소고기, 당근, 고추장, 대추 등
노란색(黃)	콩나물, 달걀, 잣, 황포묵, 참기름 등
흰색(白)	무, 숙주, 도라지, 밤 등
검은색(黑)	표고, 고사리, 간장 등

9. 영양 가득한 한 그릇 음식, 비빔밥

농촌진흥청 국립농업과학원의 자료에 의하면 비빔밥 한그릇은 561.2~691.1Kcal로, 성인 한 사람의 한 끼 영양권장량의 67.3~82.9% 달하는 열량을 가지고 있다. 또한 비빔밥에 들어가는 각종 채소로부터 피토케미컬 성분들의 항산화작용은 건강에 좋은 영향을 주는 것으로 보고되었다.

한국식품연구원은 '한식 우수성·기능성 연구사업'을 통해 한식이 인체 내에서 실제 이용되는 열량 기준으로 서양식에 비해 저열량 식품임을 과학적으로 입증하였다. 실험 결과 비빔밥 1인분의 에너지 전환계수 값은 실제 전산상의 열량보다 13.6% 낮게 보고되었다. 서양 음식은 탄수화물과 지방 성분이 많아 사람이 먹은 후 실제 체내 흡수되는 열량이 10% 정도 높은 것에 비해, 비빔밥을 비롯한 한식은 다양한 식재료를 사용하는 데다 식이섬유가 탄수화물과 지방의 인체 흡수를 줄이는 역할을 하여 10% 가량 낮은 결과를 나타낸 것이다.

또 전북대학교 기능성식품 임상시험지원센터에서는 비빔밥 및 김밥 등 한식 섭취군이 서양식 섭취군에 비해 인슐린지수insulin index가 낮아 당뇨병 환자에게도 좋고, 혈중 중성지방 수치가 낮아 대사성 증후군 위험군의 건강식이라고 보고하였다. 비빔밥은 식이섬유가 하루 권장량보다 높은 16.6g으로 변비를 개선하고, 생리주기 불규칙성을 낮출 수 있는 장점이 있다.

비빔밥은 환경보호에도 기여한다. 외식업체에서 가장 많이 팔리고 있는 한식 메뉴의 잔반률을 조사한 결과 비빔밥의 잔반률이 6.6%로 설렁탕, 육개장, 된장찌개, 김치찌개에 비해 낮은 것으로 조사되었다.

10. 글로벌 한식의 대표, 비빔밥

비빔밥이 글로벌 유명세를 타기 시작한 것은 이미 고인이 된 미국 팝가수 마이클 잭슨 덕이 크다. 1998년 2월 김대중 대통령 취임 축하를 위해 내한한 마이클 잭슨은 비빔밥에 매료되었는데, 채식을 주로 했던 그가 나물이 듬뿍 들어간 비빔밥에 반했던 것이다. 조리법과 식자재 구입 방법까지 알아가서 그의 전속 조리사에게 전했다고 하니 얼마나 좋아했는지 짐작이 간다. 당시 숙소였던 신라호텔은 마이클 잭슨이 즐긴 비빔밥을 그의 이름을 따서 'MJ 비빔밥'으로 선보였다고 한다.

비빔밥 사랑이라 하면 할리우드 여배우 기네스 펠트로를 뺄 수 없다. 기네스 펠트로는 자신의 웹사이트를 통해 비빔밥을 조리하는 동영상을 올려서 화제가 되었다. 그녀는 비빔밥을 자신이 가장 좋아하는 음식 중 하나라고 소개했다. 비빔밥은 이제 한국인만의 음식이 아니다. 해외 한식당의 대표 메뉴는 비빔밥과 갈비이다.

식품가공기술의 발달로 비빔밥은 기내식 비빔밥과 우주비빔밥으로 개발되었다. 대한항공은 1990년대 초반 일등석 승객을 대상으로 비빔밥을 기내식으로 제공하였다. 기내식 비빔밥에 대한 높은 호응으로 1997년부터는 전 좌석 승객을 대상으로 기내식 비빔밥 제공을 확대하였다. 청정 채소를 이용한 품질 개선 노력을 지속하여 1998년에는 국제기내식협회ITCA의 인정을 받아 최고의 기내식에 선정되어 머큐리상을 수상하는 쾌거를 이루었다. 지금은 대한항공뿐만 아니라 우리나라에서 이륙하는 델타항공과 루프트한자, 에어프랑스 비행기의 기내식으로도 제공되고 있다. 벌써 10여 년 전 필자는 미주행 일본항공JAL을 탔을 때 제공된 기내식 메뉴판에 'Korean style Bibimbap'으로 소개된 메뉴를 본 적이 있다. 물론 당시 제공된 식사는 비빔밥이라기보다 덮밥에 가까웠지만 '비빔밥'이라는 고유명사가 세계인에게 통용되고 있음을 의미한다. 이제는 즉석밥의 가공기술 발달로 이코노믹클래스에 앉아서도 비빔밥을 맛볼 수 있으니 비빔밥은 기내식의 스테디셀러이다.

우주비빔밥은 2010년 원자력연구원에서 개발하여 러시아연방국립과학센터의 생의학연구소로부터 영양, 독성, 미생물학적 안정성, 저장기간 등의 평가를 거쳐 우주식품으로 인증받았다. 2008년 김치, 된장국, 고추장, 수정과에 이어 비빔밥, 불고기, 오디 음료, 미역국, 잡채 등이 우주식품 적합 판정을 받은 것이다. 비빔밥 등은 2030년 화성 탐사 모의시험에 참여하는 우주인들에게 제공될 계획이라 한다. 우주비빔밥은 먼저 불고기, 당근나물, 호박나물, 도라지나물, 고추장, 참기름 등 9가지 재료를 혼합한다. 이 혼합물은 수분함량 6% 이하로 급속 냉동 건조하여 블록 형태로 진공포장한다. 포장물은 30kGy 방사선을 조사하여 멸균처리하면 완성된다. 먹을 때는 물을 부으면 70℃로 발열반응이 일어나는데 15분이면 방금 한 밥처럼 따듯하게 데워진다. 이 우주비빔밥은 재난대비용과 스포츠레저용으로 개발되어 일반인들에게도 상품화되었다.

11. 문화콘텐츠산업의 융합 코드, 비빔밥

비빔밥과 골동은 음식뿐만 아니라 정치, 경제, 사회, 생활 전반에서 어지럽게 혼재되는 양상을 설명하거나 화합이 필요한 자리의 상징으로 거론되었다. 윤치호尹致昊 부부는 한 잡지에 실린 좌담회에서 그들의 생활방식을 조선식과 서양식을 결합한 비빔밥식이라 했다.[5] '비빔밥 외교', '비빔밥 정치'와 같이 비빔밥은 스포츠에서도 스타플레이어는 없지만 선수들의 조직력을 극대화시킨 '비빔밥 축구'를 슬로건으로 내세워 눈길을 끌었다.[6] 현대는 섞임의 시대이다. 융합 상생의 세상이다. 혼자서는 아무 것도 이룰 수 없다.

....

5 『삼천리』제8권 제1호 85쪽, 1936년 1월 1일, 「夫婦座談會, 朝鮮第一로 和睦하신 尹致昊 夫妻」.
6 『일간스포츠』, 2012.3.4, 「비빔밥 축구가 'BBQ 축구' 이겼다」.

백남준은 1960년대 초부터 TV모니터와 예술을 결합한 퍼포먼스를 벌인 선구자였다. 그는 '전자와 예술과 비빔밥'이라는 수필에서 모든 것이 혼합되어 새로운 맛을 낸다는 점에서 전자예술이 사용하는 혼합 매체를 비빔밥이라고 표현했다. "미술은 비빔밥이며, 비빔밥은 참여예술이다. 비빔밥 정신이 바로 멀티미디어이다. 한국에 비빔밥 정신이 있는 한 멀티미디어 시대에 자신감을 가질 수 있다"라고 하였으니, 매체의 융복합을 이룬 상징적 예술행위를 대변하는 단어로 비빔밥을 사용하였다.

지역의 경쟁력을 높이고 많은 관광객을 유치하려면 유형의 자산만으로는 부족하다. 현대는 산업 전반에 예술을 결합시킨 문화관광산업에 대한 기대가 크다. 1990년대 후반 '난타'에 이어 '점프'가 서울을 찾은 관광객에게 글로벌 마케팅 수단으로 성공을 입증하였고, 그 다음으로 음식과 공연이 만난 뮤지컬 '비밥'Bibap이 탄생되었다. 비밥은 비빔밥Bibimbap, 비트박스Beat box, 비보이B-boy를 줄인 말로, 대사 없이 몸짓만으로도 신나는 비언어극의 제맛을 보여주었다. 비밥은 음식과 문화가 만난 첫 시도로 2009년 시작되어 2010년 에딘버러페스티벌에 참가 연속 매진을 기록하며 전 세계에 비빔밥을 알리는 계기가 되기도 하였다. 식재료를 씻고 썰고 볶는 비빔밥을 만드는 소리가 비트박스와 아카펠라로, 비빔밥을 만드는 모습은 비보잉, 아크로바틱, 마샬아츠 등 역동적인 춤으로 펼쳐지며 모든 요소가 비빔밥의 재료처럼 조화롭게 어우러졌다. 그리고 공연 중 비빔밥을 시식하는 시간도 있었다. 현재는 뮤지컬 'bibap'이 업그레이드되어 뮤지컬 'Chef'로 공연 중이다.

비빔밥의 고장 전주에서는 매년 가을 '전주비빔밥축제'가 개최되

대형 비빔밥 퍼포먼스　사진 출처: 전주가족회관

고 있다. 2007년 처음 시작하여 현재 유네스코 음식창의도시 전주를
대표하는 글로벌 미식축제로 성장하고 있다. 축제는 전주 한옥마을 일
원에서 국내외 음식전문가와 전주 음식업소, 일반시민을 대상으로 진
행된다. 비빔밥과 다양한 전주 음식, 공연, 체험이 함께 어우러져 맛,
멋, 흥이 함께하는 음식축제이다. 전주비빔밥축제의 시그니처 프로그
램은 대형 비빔밥 행사이다. 수천 명분의 비빔밥 재료를 준비하고, 사
람들이 한꺼번에 먹을 수 있도록 대형 비빔밥을 비비는 퍼포먼스를 한
후 이를 함께 나누어 먹는다. 각각의 조리를 마친 나물과 고기를 한 그
릇에 담아 비벼서 비빔밥으로 완성하고 다시 여러 사람이 골고루 나누
어 먹어 상생과 융합의 의미를 되새긴다.

IV. 우리 땅의 발견 진경산수화

이태호 명지대학교 석좌교수, 다산숲 아카데미원장

1. 무릉도원을 기리며

진경산수화眞景山水畵는 조선 후기 우리의 산하에서 아름다운 명승名勝을 즐겨 화폭에 담았던 예술 사조를 일컫는다. 실재하는 풍경을 그렸기에 붙여진 명칭이자, 한국 회화사에서 커다란 업적으로 주목받는다. 조선의 화가가 조선 땅을 그림은 당연한 일임에도, 역사적 의미를 부여하는 이유는 중국 송宋-명明 시기의 수묵산수水墨山水 화풍을 따르던 관념미에서 벗어나 우리 땅의 진경에 눈을 돌린 탓이다.[1] 이는 풍속화나 초상화 등과 더불어 조선풍과 사실정신을 중요시했던 조선 후기의 문예 경향과 함께한다.

중국에서 시작된 수묵산수화는 눈에 보이는 경치를 다채로운 대상 색보다 단색조로 재해석한 먹그림을 말한다. 수묵화는 당나라 시인이자 화가인 왕유王維를 원류로 삼아, 그 이후 문인 관료층의 취향과 어울려 융성했다. 산수화는 잘 알다시피 유교나 도가 사상을 추구한 한·중·일 동아시아의 문인들이 산림에 낙향하거나 은둔처를 마련한 풍류의식과 같이 발전했다. 그들은 맑은 심성을 기르고 즐거운 삶을 꾸리려

---

1 이 글은 이태호, 『옛 화가들은 우리 땅을 어떻게 그렸나』(마로니에북스, 2015) 책머리 총론인 「조선시대 산수화와 진경산수화-도원(桃源)을 꿈꾸다 조선의 아름다운 땅을 만나다」와 이태호, 『이야기 한국미술사』(마로니에 북스, 2019)의 10강 「조선 후기 진경산수화」를 수정해 재정리한 것이다.

살림터 가까이 풍치 좋은 곳에 별장을 두었다. 주거공간에 정원을 꾸미거나 암석으로 가산假山을 두듯이, 방 안에 산수화를 치장하기도 했다.

죽림칠현竹林七賢, 도연명陶淵明의 귀거래歸去來와 무릉도원武陵桃源, 왕유王維의 망천輞川, 소동파蘇東坡의 서호西湖와 적벽赤壁, 주희朱熹의 무이구곡武夷九曲, 이적李迪이 처음 그렸다는 소상팔경瀟湘八景 등에 산수 이념이 고스란하다. 이상향을 꿈꾸거나 자연과 벗하고자 하던 문인들의 삶과 사유가 녹아 있는 수묵산수화는 중국은 물론이려니와 그 영향권 아래 한국과 일본 중세 문예의 꽃으로 꼽힌다. 서구 유럽보다 근 6~7세기 앞서 독립된 영역의 풍경화가 동아시아에서 유행했다는 점에서도 그러하다.

한국의 수묵산수화는 송·명대에 구축된 회화의 영향을 받아 조선 초기부터 발달하였다. 조선이 개국한 지 50여 년 밖에 안 된 시점인, 1447년 4월에 화원 안견安堅이 왕자 안평대군安平大君 요청으로 그린, 「몽유도원도夢遊桃源圖」가 동아시아 수묵산수화의 이념과 형식을 완벽하게 구현했다.

개국 초에 이같이 수준 높은 기량의 산수화 출현은 고려 후기 성리학의 유입과 함께 송·원대 문예의 영향이 뿌리를 내렸기에 가능하였을 터이다.

안평대군이 도원桃源을 꿈꾸고 안견이 그 꿈을 형상화한 과정은 당대 왕실과 사대부층의 정치적 문화지형을 여실히 보여준다. 안평대군과 집현전 학사들의 화제시畵題詩에 권력 의지가 뚜렷하며, 동시에 소박한 은둔자의 열망이 뒤섞여 있다. 도원을 품었던 안평대군과 집현전 학사들의 기도는 세조가 된 수양대군首陽大君의 무력에 의해 좌절

되었지만, 이들의 꿈은 조선 500년 성리학적 사회와 문화를 꾸리는 데 큰 디딤돌이었다.

「몽유도원도」의 기괴한 산 계곡은 중국 화북 지방의 험준한 지세처럼, 뭉게구름 형태의 운두준법雲頭皴法으로 환상적 분위기를 자아낸다. 날카로운 나뭇가지를 게 발톱과 유사하게 그린 해조묘蟹爪描와 더불어 북송의 문인화가 이성李成과 화원 곽희郭熙를 배운 흔적이다. 또 조선 초기에는 남송의 화원 마원馬遠과 하규夏珪 화풍, 곧 바위 언덕을 도끼로 찍은 듯이 표현하는 부벽준법斧劈皴法, 그리고 안개 처리된 여백이 넓어 풍경을 화면의 한쪽에 치우쳐 배치하는 편파구도偏頗構圖 등 강남 산수를 그리던 방식도 수용되어 있었다.

2. 중국화풍 관념산수에서 진경산수화로

우리 옛 화가들은 언제부터 자신이 거주하는 강산을 그리기 시작했을까. 벌써 고려시대 이녕李寧이 그렸다는 '예성강도禮成江圖'나 '천수사남문도千壽寺南門圖', 고려 말기~조선 초기인 14~15세기에 그려졌던 '금강산도金剛山圖' 등이 기록에 적지 않게 전한다. 하지만 현존하는 작품은 아직 알려진 게 없다.

15~17세기 조선 전기의 산수화를 보면, 안견의 「몽유도원도」 이후 중국 송·명대 화풍에 매료되어 있었다. 조선 땅을 코앞에 두고 중국의 산수를 떠올렸고, 그 표현방식에 의존하다시피 했다. 조선 전기의 산수도는 자연히 눈에 익은 풍경과 다른, 중국 회화나 서적을 통해 머리에 그리던 풍경, 곧 관념산수가 주축을 이루었다.

15세기 후반~16세기 중엽에 유행한 소상팔경도류와 계회산수도契會山水圖에서는 편파구도 화법이 절충된 안견화풍이 구사되었다. 계회산수도는 주로 한강이나 관아에서 벌인 중간층 관료들의 연회와 관련되어 있다. 그런데 특히 한강 강변의 연회를 담은 계회산수에는 실경을 매치시키려는 의도가 없었던 게 대세였다. 16세기 화가들도 우리 땅 그리기에 적극적이지 않았으며, 행사장 경치보다 소상팔경도 화풍을 따른 점은 당대 문인들이 이상을 어디에 두었는지 잘 보여준다.

조선 중기에는 명대 화원 출신인 대진戴進을 종주로 삼은 절파折派 화가들의 화풍이 유입되었다. 오위吳偉·장로張路·주단朱端 등으로 이어진, 남송대 산수 형식을 계승한 절파화풍은 16세기 후반~17세기를 풍미할 만큼 조선 화단에 큰 영향을 미쳤다. 왕족 문인화가인 학림정鶴林

正 이경윤李慶胤(1545~1611), 화원인 나옹懶翁 이정李楨(1578~1607)이나 연담蓮潭 김명국金明國(1600~?) 등의 산수인물화들은 당시의 조선적 절파풍을 대표한다.

17세기 조선 진경에 눈 뜨고

17세기 전반 산수화풍의 양상도 앞 시기와 큰 차이를 보이지 않는다. 하지만 지리산 자락 방응현房應賢의 은거지를 배경으로 한 작가 미상의 1609년 작 「사계정사도沙溪精舍圖」(고려대학교 박물관), 이신흠李信欽(1570~1631)의 용문산 아래 이호민李好敏·이경엄李景嚴 부자의 별장을 담은 1617년 작 「사천장팔경도斜川莊八景圖」(삼성미술관 리움), 허주虛舟 이징李澄(1581~?)이 1643년에 지리산 자락 섬진강변 정여창鄭汝昌의 옛터를 상상해 그린 「화개현구장도花開懸舊莊圖」(국립중앙박물관) 등 진경에 눈 뜬 사례들이 적지 않게 전한다. 「사계정사도」는 실견하지 않은 화가에게 청탁한 관념의 그림이고, 「사천장팔경도」는 부감해서 펼쳐놓은 회화식 지도 형식으로 역시 이전 산수화의 전통을 크게 벗지 못한 상태이다.

「화개현구장도」의 하단에 글을 남긴 동회東淮 신익성申翊聖(1588~1644)은 자신과 교분이 두터운 '이징이 지리산을 보지 않고 기록에 의존해 그리니 진면목을 담을 수 있겠는가?'라고 반문했다. 이 주장은 당대 산수화의 관념성에 대한 비판을 담고 있어서 주목된다. 신익성은 선조의 부마이자 시서詩書에 뛰어난 문인화가로, 1640년경의 『백운루시첩』(개인 소장)에 「백운루도白雲樓圖」를 그렸다.

신익성, 「백운루도」
1639년경 종이에 수묵담채, 26.4×35.5cm, 개인소장

현존하는 조선시대의 첫 실경화인 격으로, 백운루는 남한강과 북한강이 만나는 두물머리 선조에게 하사받은 터에 지은 누각이다. 그림의 강변은 경치는 절파풍에 근사한 산수 표현을 보여준다. 별장 저택과 정자 연못, 그리고 노승과 대화를 나누는 모습 등으로 꾸민 화면에는 풍속화다운 삶터의 분위기가 상당하다.

17세기 후반에는 진경산수화 작업이 진척되었다. 현종 5년(1664) 함경도에서 과거시험을 치르고 합격자를 발표하는 장면을 담은『북새선은도권北塞宣恩圖卷』(국립중앙박물관)의 「길주과시도吉州科試圖」와 「함흥방방도咸興榜放圖」, 그리고 중앙의 시험관들과 지방 관료들의 여행 시화

첩 『북관수창록北關酬唱錄』(국립중앙박물관)에 그려 넣은 「조일헌도朝日軒圖」,
「칠보산도七寶山圖」 등이 그 좋은 예이다.

이들은 화원 한시각韓時覺이 그린 청록산수靑綠山水의 기록화와 실
경화로, 안견 화법의 잔영이면서도 한층 사생화법에 근사해져 있다.
특히 「칠보산도」를 비롯한 길주와 함흥 북관지역의 칠보산을 담은 그
림들은 진경산수화로 손색없을 정도이다.

암산 풍광이 지닌 명승이 좋은 그림을 만든 것으로, 정선의 금강
산 그림과도 연계된다.

조세걸曺世杰이 1682년에 김수증金壽增의 은거지를 그린 『곡운구곡
도谷雲九曲圖』(국립중앙박물관)도 주목되는 서화첩이다. 강원도 화천 북한강
의 곡운구곡은 퇴계退溪 이황李滉의 도산십이곡陶山十二曲, 율곡栗谷 이이
李珥의 고산구곡高山九曲, 우암尤庵 송시열宋時烈의 화양구곡華陽九曲에 이
어 주희의 '무이구곡'을 쫓아 차지한 명소이다.

김수증이 '화가 조세걸을 초빙하여 손을 이끌고 한 곳 한 곳을 가
리켜가며 그리도록 했다'라고 밝힌 대로 그림 각 폭에는 사생의 맛이
묻어난다. 어눌하긴 하지만, 단조로운 화면 구성이나 조심스런 필묵법
이 전통을 벗어 새롭다. 신익성의 「백운루도白雲樓圖」나 한시각의 「칠
보산도七寶山圖」 이후, 「첩석대」를 비롯한 『곡운구곡도』의 9폭 실경도
는 소상팔경이나 무이구곡을 선망하던 조선의 화가와 문인들이 자신
들의 생활 터전인 조선 땅 명승에서 학문과 예술을 구현하려는 자세를
읽게 해준다.

한시각, 「칠보산도」, 『북관수창록』
1664년, 비단에 수묵과 채색, 29.6×23.5cm, 국립중앙박물관

18세기 정선과 김홍도, 진경산수화풍을 완성하고

　　17세기 중후반 몇몇 실경화는 당시의 관념산수화에 비해 회화적으로 미숙한 편이다. 그 이유는 손에 익었던 안견일파 화법이나 절파계 화풍이 우리 지세와 걸맞지 않은 데서 나온 현상으로 여겨진다. 그러나 17세기 문인들이 조선 풍경에 눈을 돌려 그린 자신의 은거지 그림이나 유람 그림은 18세기 진경산수화의 선례로서 높이 살만하다.

　　17세기 중반은 전란의 상처를 딛고 일어선 시기였으며, 명明에서 청淸으로 교체에 따른 변화도 영향을 미쳤다. 대륙이 만주족의 지배 아래 놓이자 숭명崇明 의식이 강했던 조선의 문인들에게 충격이었고, 일

조세걸, 「첩석대」, 『곡운구곡도첩』
1682년, 종이에 수묵과 엷은 담채, 42.5×64cm, 국립중앙박물관

부에서는 북벌론이 제기될 정도였다. 조선 사회는 '조선중화' 내지 '주
자종본주의朱子宗本主義' 등의 용어가 쓰일 정도로 성리학의 학통을 고
수하려 했다고 본다. 17~18세기 들어 송강 정철을 비롯해 조선의 문
인들은 조선의 명승을 유람하는 풍류 문화를 즐겼고, 기행문학을 발전
시켰다. 이 유행은 진경산수화 융성의 밑거름이기도 했다. 중국 땅에
서 이상향을 찾거나, 중국 산수화풍에 의존하던 단계에서 벗어났음을
의미한다.

　18세기 영조~정조 연간에 가장 발달한 진경산수화는 18세기 전
반 영조 시절 겸재 정선에 의해 완성되었다. 정선은 그 이전에 뿌리내
린 송·명대 산수화풍의 관념적 형식을 토대로, 조선 명승을 선택해

진경산수화의 형식을 개성적으로 창출하였다. 「몽유도원도」 이후 근 300년 만에 이루어진 일이다. 겸재 정선에 이어 18세기 후반 정조 시절에 활약한 단원 김홍도가 진경산수화의 새 지평을 열었다. 대상 실경이 주는 느낌을 강조하고 과장과 변형으로 일관한 정선식 산수 표현과 달리, 단원 김홍도는 눈에 보이는 대로 그리는 진경산수화풍을 이루었다. 정선보다 김홍도의 '진경眞景'은 현실 경치가 곧 '이상경理想景'임을 표현한 것이다.

이처럼 실경을 그리는 방식은 크게 두 가지로 나뉜다. 현장 사생처럼 눈앞의 대상 이미지를 그리거나, 마음에 와닿는 느낌을 강조하며 기억으로 표현하는 방식이 있다. 정선의 스타일이 '마음 그림'이라면, 김홍도의 화법은 '눈 그림'에 해당된다. 이들이 다듬어낸 진경산수화의 양식 변화와 예술적 업적은 조선 후기 문예사조의 으뜸 자랑이다. 두 거장의 진경 작품들은 우리 산세가 자아내는 감명, 곧 대지의 미모를 사랑하게 해주기 때문이다.

3. 겸재 정선,
마음에 품은 이상향을 쏟아내고

조선 후기 진경산수화의 예술적 성과는 겸재謙齋 정선鄭敾(1676~1759)에게 집중된다. 조선의 아름다운 강산을 그리는 일이 정선 이후 시대사조로 자리 잡혔다. 문인 관료 출신인 정선은 자신의 생활 터전이었던 인왕산, 백악, 남산 등 도성의 경치, 지방관으로 근무하며 만났던 영남지방(하양현감, 청하현감)과 한강(양천현령)의 풍광, 그리고 기행 탐승했던 조선의 절경 금강산 등을 예술적 대상으로 삼았다. 후배 화가들도 정선을 공감하고 따라 그린 진경은 그대로 주요 명소가 되었다.

정선은 실경 현장에서 받은 인상을 우선시하고, 대상을 과장 또는 변형해 조선의 절경 명승과 합당한 독창적 형식을 창출했다. 부감해 경관을 포착했고, 다시점多視點과 합성 기법을 활용했다. 정선의 작품과 실경이 대부분 닮지 않은 이유이다. 이는 현실 경치보다 더 나은 신선경神仙景을 찾고자 했던 정선의 취향이자, 조선 땅에서 성리학적 이상을 구축하고자 했던 당대 문인 사대부들의 시대정신이자 학술문예와 어울려 있다.

정선의 개성적 필묵법은 다채롭다. 붓을 곧추세워 죽죽 내리그은 난시준亂柴皴 혹은 열마준裂麻皴과 유사한 수직준법, 부벽준법의 변형으로 농묵 붓자욱을 중첩한 적묵법積墨法, 붓 끝을 반복해서 찍는 미점준법米點皴法, 연한 담먹의 부드러운 피마준법披麻皴法과 태점苔點, 붓을 옆으로 뉘여 '丁'모양으로 측필側筆을 반복한 솔밭 표현, 그리고 한 손에 붓을 두 자루 쥐고 그리는 양필법兩筆法 등을 꼽는다. 이들은 송·명대 전통적인 화원의 북종화풍과 피마준과 미점의 남종문인화풍을 조선 풍광에 맞게 개발한 것이다. 조선의 풍경을 예술적으로 성취한 업적은 겸재 정선을 조선 후기 진경산수화의 완성자이자 한국 미술사의 최고 거장으로 만들었다.

경관에 대한 새로운 해석으로 변형하고, 합성하고

정선은 부감법, 곧 새가 되어 조망한 조감도鳥瞰圖 시점으로 풍경을 합성하는 구성방식을 시도했다. 특히 금강산을 그릴 때 주로 적용했다. 정선이 풍경을 부감시로 재해석하는 전형은 「단발령망금강산斷髮嶺望金剛山」에서 확인된다.

1711년 첫 금강산 유람 때 제작한 『신묘년풍악도첩辛卯年楓嶽圖帖』

정선, 「단발령망금강산」, 『신묘년풍악도첩』
1711년, 비단에 수묵과 엷은 담채, 36.1×37.6cm, 국립중앙박물관

(국립중앙박물관 소장)의 작품 중 하나이다. '단발령에서 바라본 금강산'이라는 제목처럼 자신의 위치인 단발령과 그곳에서 바라본 금강산의 전경을 한 화면에 담았다. 아래에서 올려다본 근경의 단발령 고개는 진한 농묵濃墨의 미점산수米點山水로 웅장하게 묘사했다. 정선 일행이 단발령에서 조망한 내금강은 원경에 배치했다. 뾰족뾰족한 암산 경치는 붓끝을 세워 그리면서, 40대 이후에 구사한 양필법은 활용하지 않은 상태이다. 단발령과 금강산경의 원근감은 산과 고개 사이에 깔린 안개구름 연운煙雲으로 조율해 놓았다.

정선은 1740년대 후반 내금강의 늦가을~겨울 풍경을 담은 「금강전도金剛全圖」(삼성미술관 리움)를 완성했다. 화면 가득 배치된 봉우리들의 원형 구도는 동시기 백자 달항아리를 연상시킨다. 산 주변을 담청색으로 칠해 하얀 눈이 쌓인 개골산皆骨山(바위들 모두 뼈를 드러낸 듯한 겨울의 금강산)의 모습이 도드라진다.

「금강전도」는 크게 토산 구역과 암산 구역으로 나뉘고, 옆에서 본 형상의 산봉우리들은 저마다의 개성이 드러나 있다. 왼편의 계곡을 따라 장안사·표훈사·정양사가 자리 잡은 토산은 붓을 옆으로 눕혀 찍은 미점米點으로, 암봉이 빽빽한 오른편 구역은 붓을 죽죽 내리그은 수직준垂直皴으로 묘사해 음양을 대비시켰다.

합성된 풍경이기는 하나, 「금강전도」는 실제 현장을 다니며 본 모습을 재구성한 것이어서 개별 명소들이 실경과 유사한 부분도 눈에 띈다. 혈망봉, 만폭동, 금강대, 향로봉, 보덕굴, 묘길상 등은 물론이려니와, 백운대에서 중향성 너머 비로봉을 포착한 실경 사진을 그림과 비교하면 거의 일치한다. 정선의 시점 이동이나 부감법이 금강산 속속들

萬二千峯皆骨山何人用
意寫真顏泉香浮
鳥扶乘外
積氣雄蟠
世界
咸朵
涧
笑嶽心素
柏偃玄洞継今脚
墻須今遍多似枕遶者不惺

金剛全圖
謙齋

甲寅
冬至

정선, 「금강전도」
1740년대, 종이에 수묵과 엷은 담채, 94.1×130.7cm, 국보제217호, 삼성미술관 리움

1998년에 필자가 찍은 장안사 입구 다리(상)
1930년대 장안사 전경(중)
1998년에 필자가 장안사에서 찍은 내금강 입구(하)

정선, 「장안사 비홍교」, 『해악전신첩』

1747년, 비단에 수묵과 엷은 담채, 32×24.8cm, 보물 제1949호, 간송미술관

정선, 「성류굴」
1730~40년대, 종이에 수묵과 엷은 담채, 27.3×28.5cm, 간송미술관

1980년대 필자가 찍은 울진 성류굴 실경

이 발품을 팔아 조합한 구성방식임을 말해준다. 금강산의 주인 격인 비로봉을 봉긋하게 강조한 점은 정선식 과장법이다.

시점 이동에 따른 합성방식은 1747년의 『해악전신첩』(간송미술관)에 포함된 「장안사 비홍교長安寺飛虹橋」를 실경과 비교해 보면 확연하게 드러난다. 현장을 사진 찍으며 정선의 동선을 따라가 보자. 가장 먼저 장안사 경내에 들어서면 비홍교를 만난다. 그 비홍교를 건너며 다리 위에서 장안사 전경을 마주하고, 마지막으로 장안사 경내에서 내금강 경관을 조망하게 된다. 「장안사 비홍교」는 정선이 움직이면서 본 세 가지 시점의 경관을 합성한 결과물이다.

마치 현대의 디지털아트 같다는 생각마저 들 정도이다.

1740년대에 그린 울진 「성류굴聖留窟」(간송미술관)은 실경의 모습과 차이가 클 정도로 변형방식을 보인다. 실제로는 성류굴이 있는 암산과 토산이 한 덩어리를 이루나, 정선은 암산과 토산을 분리해 그렸다.

성류굴은 음陰의 상징으로 설정하고, 암산은 우뚝 솟아오른 남근 형상으로 양陽의 이미지를 시각화했다. 풍수이론이나 주역에 밝았던 정선이 대상을 음양의 원리로 재해석한 방법론 중 하나이다.

이상경을 추구한 화법, 닮지 않게 혹은 닮게

수직준법과 미점을 속도감 있게 어울려낸 금강산 그림들과 달리, 1750년대의 「박연폭도朴淵瀑圖」(개인 소장)는 폭포의 과장법과 짙은 농묵이 강렬한 걸작이다.

개성의 명승으로 웅장한 폭포수의 여름 풍경을 담은 이 작품은

정선, 「박연폭포」 1750년대, 종이에 수묵, 119.1×52cm, 개인소장

우선 박연폭포 실경과 거리가 멀다.

수직으로 쏟아지는 폭포의 길이, 흰 줄기의 폭포와 강한 대비를 이루는 검은 벼랑, 그리고 특정 바위들과 범사정 역시 현장과 크게 다르다. 하지만 시커먼 바위 절벽을 타고 쏟아지는 폭포의 길이를 두 배로 늘려, 박연폭포가 자아내는 우레 같은 굉음을 실감 나게 표현하였다. 결과적으로 정선이 폭포에서 느낀 소리의 이미지를 생동감 넘치게 전달하는 데 성공한 셈이다.

정선은 30m가 넘는 벼랑을 타고 시원하게 떨어지는 폭포 소리의 리얼리티를 표현하려고, 이처럼 과장법을 사용했다. 정선식 변형화

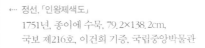

··· 정선, 「인왕제색도」
1751년, 종이에 수묵, 79.2×138.2cm,
국보 제216호, 이건희 기증, 국립중앙박물관

··· 2022년 5월에 필자가 찍은 인왕산 전경,
청와대 앞에서

법이 이루어낸, 대상의 '마음'을 적절히 읽어낸 결과라 여겨진다. 이런 실경 재해석은 동아시아 산수화의 형식과 화론을 완성한 북송대 곽희의 산수화론을 따른 것이다. 정선은 "좋은 경치를 감상하고 그릴 때는 사람의 마음으로 보아서는 아니 되며, '숲과 샘의 마음', 곧 '산수자연의 순수한 마음'으로 대하여야 한다."라며 곽희의 '임천지심林泉之心'을 강조하곤 했다.

「인왕제색도仁王霽色圖」(국보 제216호, 고 이건희 기증, 국립중앙박물관)는 1751년 윤5월 하순, 만 75세의 정선이 노익장을 과시하는 최고 명작이다.

'비가 그친 직 맑게 갠 인왕산'을 뜻하는 제목처럼 물안개가 산자락에 넓게 깔려 있다. 장마에 젖은 인왕산의 둥그런 주봉이 화면을 압도한다. 바위벼랑의 중량감은 진한 먹을 겹쌓은 적묵법積墨法으로 표현했다. 근경의 소나무와 느티나무, 버드나무 등이 우거진 구름 언덕 아래의 기와집은 정선이 인왕산을 조망한 위치, 곧 정선의 집일 가능성이 있다.

주봉은 물론 주변에 있는 바위의 모양까지, 전체적인 경관이 실경과 합치해서 그의 진경산수화 중 별격에 해당한다. 산세 능선이나 형태도 대체로 정확해서 특정 바위가 어디쯤 있는지 짚어낼 정도이다.

70여 년 동안 인왕산 동편 기슭에 살면서 늘 마주한 산이었기에 명확하게 기억했을 법하다. 인생 말년에 이르러서는 실제 풍경에서 신선경을 찾으려했던 듯, 이상화시킨 풍경 대신 산세를 닮게 그렸는지도 모르겠다. 그런 만큼 인왕산의 주봉 바위벼랑이 듬직하게 잘 생겼다.

정선의 진경 작품은 그 현장을 답사하다 보면, 「인왕제색도」를 제외하고는 과연 그가 실견하였나 의심이 들 정도이다. 심지어 가까이 살던 장동팔경壯洞八景을 그린 작품도 실경과 심한 차이를 보인다. 이런 정선의 실경 작품은 중국 산수화풍의 관념미에서 조선 땅의 현실미로 전환하는 과도기적 현상이랄 수 있겠다.

정선의 실경을 닮지 않은 표현은 '진경'의 의미를 다시 생각하게 한다. 실재하는 경치라는 '진경'과 더불어, 참된 경치 '진경'에는 신선경이나 이상향의 '선경仙境'의 의미가 내포되었다고 해석된다. 다시 말해서 실제 눈에 보이는 풍광은 '허상虛像'일 수 있다는 개념에 반한 '실상實相'으로서 진경인 셈이다. 이로 보면 정선이 실제 풍경을 통해 현실미보다 성리학적 이상을 그리려 했던 것으로 파악된다. '신사神似'나 '사의寫意'의 정신성을 강조한 문인화론으로 접근할 수도 있겠다.

정선 이후 전국 각지의 명승명소를 탐방하며 경관을 사생하는 화가들이 늘어나면서 진경산수화는 조선 후기 회화의 중심이 되었다. 정선의 영향을 받은 김희겸金喜謙, 장시흥張始興, 김윤겸金允謙, 정황鄭榥, 김응환金應煥, 김유성金有聲, 정수영鄭遂榮, 신학권申學權 등 화원과 문인화가가 참여한 정선일파의 작가군이 형성되었다. 과장과 변형을 즐기는 이들과 달리 경관을 눈에 드는 대로 사생하는 또 다른 경향이 부상한다. 정선일파에서 사실주의 시각을 지닌 김윤겸 같은 화가도 있었고, 표암豹庵 강세황姜世晃(1713~1791)이나 현재玄齋 심사정沈師正(1707~1769) 등 문인화가의 영향 아래 단원 김홍도의 활약으로, 현장의 사실감을 중시한 진경산수화의 신조류를 형성했다.

4. 단원 김홍도, 눈에 보이는 대로
경치를 끌어앉고

조선 후기 회화는 눈에 보이는 대로 그리기 또한 대세였다. 눈
그림은 전반적으로 조선 후기 회화의 사실주의 성장에 힘입은 바 크
다. 그 선구자로 숙종 시절 남인계 문인화가인 공재恭齋 윤두서尹斗緖
(1668~1715)와 관아재觀我齋 조영석趙榮祏(1686~1761)을 들 수 있다. 이들
은 김홍도나 신윤복에 앞서 조선 후기 풍속화 유행을 선도했다. 윤두
서는 대상을 정밀히 관찰하여 그림을 그리거나 모델을 세우고 그렸다

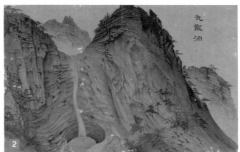

1 정선, 「구룡폭」
　　1740년대, 비단에 수묵과 엷은 담채, 29.5×23.5cm, 성 베네딕도회 왜관 수도원
2 김홍도, 「구룡연」　1788년경, 종이에 수묵, 28.4×43.3cm, 간송미술관
3 외금강 구룡폭　필자가 1999년에 찍은 실경 사진

는 '실득實得'의 창작 태도를 견지했고, 이에 걸맞는 사실적 자화상과 말 그림, 인물풍속화 등을 남겼다. 영조 시절 정선과 이웃하여 절친했던 조영석은 '즉물사진卽物寫眞', 곧 '실제 대상을 눈앞에 두고 그려야 살아 있는 그림이 된다'라며 인물풍속이나 동물들을 사생하였다.

강세황은 문인화가 겸 감평인으로 당시 문화계에서 상당한 영향력을 행사했다. 강세황은 '산천을 초상화처럼 닮게 그려야 산천의 신령도 좋아할 것'이라며 '금강산을 보지 못한 사람에게 실제 산에 든 느낌이 들도록 표현해야 한다'라는 주장을 펼쳤다. 개성과 금강산, 부안

김홍도, 「총석정도」
1795년, 종이에 수묵과 엷은 담채, 27.3×23.2cm, 개인 소장

등지의 명승을 담은 강세황의 화첩들이 전하며, 김홍도의 스승으로도 유명하다.

이들 문인화가의 뒤를 이어 영조~순조 시절 도화서에서는 김두량金斗樑, 변상벽卞相璧, 김홍도金弘道, 이인문李寅文, 이명기李命基, 김득신金得臣, 신윤복申潤福 등 사실적 묘사 기량이 특출한 화원들이 배출되었다. 서양화의 입체화법과 원근법을 수용하여 화원들의 묘사력이 증진되었고, 심지어 카메라 옵스쿠라 같은 광학기구가 도입되어 초상화와 풍경화가 정밀하게 그려지기도 했다.

실제감을 중시한 사실주의 시점

단원檀園 김홍도金弘道(1745~1806년경)는 정조 시절 진경산수화의 꽃을 피운 인물로, 18세기 화단에서 영조 시절의 정선과 쌍벽을 이루었다. 도화서 화원 출신으로 임금의 초상화를 그린 어진화사御眞畵師이자 풍속화가로 유명한 김홍도이지만, 실제로는 강세황과 심사정, 그리고 정선의 영향 아래 산수화에서 더욱 높은 예술적 성과를 이루었다. 1788년, 김홍도는 정조의 어명으로 선배 화원 김응환金應煥(1742~1789)과 함께 금강산과 관동 지역을 돌아보는 스케치 여행을 하였다. 그 후 여러 점의 화첩이나 병풍 금강산도를 그리면서 정선과 구별되는 신감각의 진경산수화를 선보였다.

정선과 김홍도 두 사람이 각각 외금강 구룡폭포를 담은 그림을 비교하면, 시점과 화법의 다름이 선명하게 드러난다. 정선의 「구룡폭九龍瀑」(『겸재화첩』, 성 베네딕도회 왜관수도원)은 폭포를 수직과 수평구도로 단면

⋮ 김홍도, 「옥순봉」, 『병진년화첩』
1796년, 종이에 수묵과 엷은 담채, 26.7×31.6cm, 보물 제782호, 삼성미술관 리움

⋮ 2021년 4월 필자가 찍은 옥순봉 실경

화하고, 상하 시점을 합성해서 표현했다.

물이 고이는 소沼는 위에서, 폭포의 물줄기는 옆에서 본 모습을 합성했다. 폭포의 상부 능선은 아래에서 올려다본 시점이어서 능선 너머 구정봉이 생략되어 있다. 실제 구룡폭포 건너편에서 사진을 찍으면, 구정봉이 카메라 렌즈에 잡힌다. 김홍도는 1788년 『해산도첩』의 근사치인 「구룡연九龍淵」(간송미술관)이 보여주듯이, 현장 사진과 비슷할 정도로 하나의 시점으로 폭포 전경을 담으면서 구정봉을 꼼꼼하게 그렸다.

1795년 가을에 그린 「총석정叢石亭」은 김홍도의 수묵담채 감각과 필력이 빛을 발하는 50대의 대표작이다. 화면 왼쪽 여백에 "을묘중추 사 증 김경림乙卯仲秋寫贈金景林"이라고 밝혀 놓은 대로 김홍도가 을묘년 가을에 김경림, 즉 김한태金漢泰에게 그려준 『을묘년화첩』(개인 소장)의 진경 작품이다. 역관이자 염상鹽商인 김한태는 한양에서 제일가는 갑부였다고 전한다. 「총석정」은 경제력을 기반으로 부상한 김한태 같은 중인 교양층이 미술계의 새로운 후원자로 등장했음을 말해준다.

통천通川의 총석정은 관동팔경의 최고 절경으로, 조선시대나 근대 화가들이 즐겨 그린 명소이다. 김홍도 역시 여러 폭을 남겼다. 이 「총석정」 그림은 바위 질감과 입체감을 살리고, 진한 붓질로 악센트를 주어 경물의 특징을 적절히 살려낸 일품이다.

안개에 묻힌 수평선과 일렁이는 물결, 날아오르는 물새, 바위에 부서지는 용수철 선묘의 파도까지, 현장감 나는 정취가 선명하다. 총석정의 왼쪽 해변으로 늘어선 주상절리 바위기둥은 농담 변화를 주어서 원근감이 느껴지게끔 묘사했다.

김홍도가 대상을 얼마나 닮게 그렸는가는 1796년의 「옥순봉玉筍峯」 그림이 잘 증명한다. 「옥순봉」은 「총석정」을 그린 다음 해에 제작한 『병진년화첩丙辰年畵帖』(보물 제782호, 삼성미술관 리움)에 실린 20폭 중 한 점이다. 김홍도가 여백에 '병진춘사丙辰春寫'라고 써놓은 대로 단양 옥순봉의 봄 풍경을 그렸다.

조선 후기 화가들의 진경산수 현장을 다녀보면, 김홍도의 실경 그림은 유난히 카메라에 포착되는 구도를 지닌다. 「옥순봉」 역시 카메라 앵글에 잡힌 풍경과 그림이 거의 일치한다. 현재 옥순봉은 충주댐이 건설되는 바람에 절반가량이 물에 잠긴 상태지만, 수면 위로 솟은 바위 봉우리의 형태가 그림과 제법 흡사하다.

수묵의 미묘한 농담 변화를 활용해 파릇해지는 봄 풍취까지 섬세하게 살려낸 명품이다.

일상의 풍경이 신선경 되고

1796년 작 『병진년화첩』에는 「옥순봉」, 「도담삼봉」, 「사인암」 등과 함께 「소림명월도疎林明月圖」가 포함되어 눈길을 끈다. 김홍도가 완성한 진경산수화의 위대한 면모를 확인시켜주는 대표 걸작이다. 봄물이 막 오른 개울가, 소림疎林을 이룬 몇 그루 잡목들 가지 사이에 보름달이 걸려 있고, 달빛이 화면에 가득하다. 여태 살펴본 진경산수화가 하나같이 명승 혹은 고적을 대상으로 삼은 것과 달리, 「소림명월도」는 어디서나 흔히 대할 법한 담장 밖 풍경이다.

당대인들의 생활상을 담은 풍속화의 거장 김홍도였기에 가능한,

김홍도, 「소림명월도」, 『병진년화첩』
1796년, 종이에 수묵과 엷은 채색, 26.7×31.6cm, 보물 제782호, 삼성미술관 리움

일상에서 찾은 소재이다.

잔가지들의 짧은 붓 터치들이 먹의 농담 변화로 인해 리드미컬하다. 칠한 듯 만 듯, 엷은 먹 자국으로 표현한 맑고 청정한 달빛 공기감이 흐른다. 미세하고 예민한 실경 감성이 풍부해 김홍도가 일상에서 인식한 신선경에 근사하다. 또 「소림명월도」는 근경에 나무 경관을 화면에 꽉 채워 넣은 점이 흥미롭다. 유럽의 투시원근법 개념을 따른 것이고, 19세기 인상주의 회화와 닮은 구성법이어서 그렇다.

조선 후기 진경산수화는 정선과 양대 화맥으로 평가될 만큼 19세기 진경산수화에 미친 김홍도의 영향력은 대단했다. 1825년 8월 이풍익李豊翼(1804~1887)이 금강산을 유람하고 쓴 기행시문의 『동유첩東遊帖』(성균관대학교 박물관)에 포함된, 작가 미상의 금강산 그림들은 김홍도의 구도와 필법을 빼닮아 있다. 이를 비롯해 김득신金得臣, 엄치욱嚴致郁, 김하종金夏鍾, 조정규趙廷奎 등의 실경 작품에는 김홍도식 화풍이 두드러진다. 이들 단원일파 이후에 19세기 말까지 금강산이나 관동팔경 같은 유람 화첩 제작과 민화풍의 병풍 그림이 대거 유행했으며, 진경산수의 대중화가 열리기도 했다.

5. 마음 그림에서 눈 그림으로

조선 후기 진경산수화는 산악이 많은 우리 명승을 발굴하고, 그 참모습을 드러내었다. 전체적으로 대상을 닮지 않게 그리는 정선식 변형화법 '마음 그림'에서 대상을 닮게 그리는 김홍도식 사실주의 화법 '눈 그림'으로 변화하는 흐름을 보인다. 이는 성리학 후기 사회의 두 가지 경향성을 대변하기도 한다. 정선의 진경산수화는 조선 땅에서 성리학적 이상을 꿈꾼 영조 때 서인-노론계 집권세력인 문인 사대부층의 이념과 어울려 있다. 또 한편 사실적인 화법의 김홍도식 진경산수화는 분명 새로운 변화이다. 정조 때 연암燕巖 박지원朴趾源, 다산茶山 정약용丁若鏞 등 당시 부상한 실사구시 학파와 어깨를 겨룬다.

김홍도의 진경산수화법은 다른 화가들에 비하여 대상의 실제를 닮게 인식하는 '진경'의 의미로 근대성에 접근해 있다. 인간의 눈에 비친 풍경을 정확하게 그리려 했다는 점이 그러하다. 마치 유럽의 19세기 인상주의를 연상케 할 정도로 근대화법에 근사해 있다. 우리 19세기 회화가 김홍도 화법을 한 단계 발전시켰더라면 하는 가정을 떠오르게 할만큼 아쉬운 대목이기도 하다.

그런데 김홍도와 그 일파 이후에는 추사秋史 김정희金正喜(1786~1856)의 「세한도」(손창근 구장. 국립중앙박물관 소장)로 대표되듯이, 눈에 어리는 대상보다 심상心象을 표출해야 한다는 서권기書卷氣·문자향文字香의 남종문인화풍으로 흘렀기 때문이다. 이는 조선 사회의 몰락기 현상이기도 하며, 18세기의 문예사조가 주저앉은 풍토에서 나온 결과로 생각된다.

진경산수화와 더불어 조선 후기 땅에 대한 새로운 인식은 지도 제작을 통해서도 드러난다. 땅의 아름다움을 예술적으로 접근했던 동시기에 지도 제작의 발달은 조선 후기 문화를 융성하게 한 저력이라 여겨진다. 정선식 진경산수화풍을 따른 회화식 지도의 발달은 물론이려니와, 윤두서 이후 정상기鄭尙驥, 신경준申景濬, 정철조鄭喆祚, 김정호金正浩 등의 18~19세기 전국지도나 도별지도, 군현지도 역시 지리정보에 회화성이 접목되어 시각적 아름다움을 구가한다. 이 또한 우리 땅 산세의 개성미에 합당한, 독창적 형식이랄 수 있겠다.

V. 책이 있는 그림 책거리

한문희 고전연구 및 저술가. 한국고전번역원 수석연구위원

책거리冊巨里는 책이 있는 서가書架를 그린 그림으로, 18~19세기 우리나라에서 꽃핀 독특한 예술 영역을 가리키는 말이다. 전 세계적으로 150여 점 정도가 남아 있다고 한다. 처음에는 책가도冊架圖로 불리다가 점차 책거리와 함께 쓰였고, 서가가 빠진 민화풍 그림으로 변형된 이후에는 책가도보다는 책거리가 더 보편적인 용어가 되었다. 최근에는 주로 책과 문방류가 함께 그려진 점 때문에 문방책가도文房冊架圖의 범주로 부르기도 한다. 책거리의 어원에 대해서는 '볼거리', '읽을 거리'처럼 '책'이라는 명사에 의존명사 '거리'가 합성한 것으로 보기도 하지만, 한편에서는 물건을 얹어 놓기 위하여 방이나 마루 벽에 두 개의 긴 나무를 가로질러 선반처럼 만든 '시렁 가架'에서 유래를 찾기도 한다. 예를 들면 '옷걸이' '벽걸이' 등이다.

1. 책가도의 등장

임금이 앉는 어좌 뒤에는 통상 「일월오봉도日月五峰圖」 병풍을 배치했다. 낮과 밤을 상징하는 해와 달과 다섯 산봉우리를 함께 그려서 「일월오악도日月五嶽圖」라고도 하는데, 하늘의 뜻을 펴는 임금의 권위를 상징했다. 또 다섯 봉우리 사이에 폭포와 소나무도 있어서 임금이 어좌에 앉았을 때 배경을 이루어 독특한 느낌을 풍긴다. 경복궁의 근

「일월오봉도 병풍」 국립고궁박물관 소장

정전, 창덕궁의 인정전 등 궁궐 정전의 어좌 뒤에는 이 그림이 있었다. 우리나라 1만 원권 화폐에도 들어 있을 정도로 임금을 상징하는 대표적인 그림이다.

그런데 조선의 제22대 임금 정조正祖(1752~1800)는 1791년 어느 날, 이 「일월오봉도」 병풍을 치우고 대신 책이 있는 서가를 그린 병풍을 그 자리에 세워 놓았다. 책가도가 본격 등장하는 장면이다. 정조의 개인 문집인 『홍재전서弘齋全書』에는 이날의 상황을 이렇게 기록하고 있다.

정조는 어좌 뒤 서가를 돌아보며 입시한 대신에게 말했다.

"경도 보이는가?"

대신이 "보입니다"라고 대답하자, 웃으며 다음과 같이 말했다.

"경이 어찌 진짜 책이라고 생각하겠는가? 이것은 책이 아니라 그림일 뿐이다. 예전에 정자程子(중국 송나라 때 정호와 정이 형제를 높여 부르는 말)가 이르기를, '비록 책을 읽을 수 없다 하더라도 서실書室에 들어가 책을 어루만지기만 해도 오히려 기분이 좋아진다'하였다. 나는 이 말의 의미를 이 그림으로 인해서 알게 되었다. 책 끝의 표제는 모두 내가 평소 좋아하는 경·사·자·집經史子集을 썼고 제자백가 중에서는 오직 『장자莊子』만을 썼다."

그러고는 탄식하며 다음과 같이 말했다.

"요즈음 사람들은 글의 취향이 완전히 나와 상반되니, 그들이 즐겨보는 것은 모두 후세의 병든 글이다. 어떻게 하면 이를 바로잡을 수있단 말인가? 내가 이 그림을 제작한 것은 대체로 그 사이에 이와 같은 뜻을 담아두기 위한 것도 있다."

_『홍재전서』 권162 「일득록日得錄」 중

정조는 책과 학문을 사랑한 호학군주였다. 유학을 최고의 가치로 하는 문치주의文治主義를 적극적으로 표방했다. 『정조실록』에는 임금과 신하들이 함께 주로 유학의 경서와 역사서를 놓고 공부하는 경연經筵 기사가 매우 길고 상세한데, 그 질문과 답변을 살펴보면 수준 높은 문답이 오갔음을 알 수 있다. 이런 문답은 곧잘 당시의 정치인 시정時政

에 미치기 마련이어서 경전을 빌려 임금과 신하가 정치적 문답을 주고받았던 셈이다. 따라서 이를 다른 말로 '경연정치'라고도 한다. 그리고 그 중심에 책이 있었다. 따라서 책가도는 정조의 정치 이상을 보여주기에 가장 어울리는 그림이었던 것이다. 책가도는 중국에 다녀온 사신들의 입소문을 타고 영조 때부터 민간에서 많이 제작되었는데, 정조는 이를 자신이 표방한 문치주의 정치 이상을 표상하는 장치로 전면에 등장시킨 것이다.

17, 18세기 조선에는 통속적인 대중소설이 크게 유행했다. 패관문학이라고 한다. 문체도 고문의 순정純正한 문체 대신 패관문학의 소품체小品體 문체로 바뀌었다. 이러한 문체는 중국 명나라, 청나라 문인들의 문집에서 영향을 받은 것으로, 중국인이 일상에서 쓰는 말투와 입말이 특징이었다. 우리나라에서는 연암燕巖 박지원朴趾源 (1737~1805)이 쓴 청나라 견문기『열하일기熱河日記』가 대표적이다. 이 책은 곧바로 사람들의 열렬한 지지를 받아 당대의 베스트셀러가 되었다. 그러나 정조는 이러한 풍조가 못마땅했다. 그 때문에 박지원은 정조에게 '연암의 문체가 젊은이들을 다 버려놓는다'라는 타박을 들을 정도였다. 그런가하면 뒷날 세도정치를 이끌었던 김조순金祖淳(1765~1832)은 궁중에서 숙직하며 통속 소설인『평산냉연平山冷燕』을 읽다가 정조에게 발각된 일도 있었다.

통속적인 소설과 문체의 유행은 정조의 탄식을 불렀다. 과거 답안지에 이러한 문체를 못 쓰게 했다. 또 반성문을 쓰게도 했다. 정조는 신하들에게 고문의 엄정하고 바른 문체를 쓰도록 했는데, 이러한 일련의 움직임을 역사에서는 문체반정文體反正이라고 한다. 통속적인 소품체 문체를 옛날의 문체로 되돌리려고 한 것이다. 이러한 문체반정의 근저에는 당시 유행하던 통속류의 책이나 문체가 유교주의의 근간을 훼손한다고 본 정조의 인식이 자리하고 있었다. 그러니 '그들이 즐겨 보는 것은 모두 후세의 병든 글이다'라는 탄식은 책가도가 등장한 배경이다.

2. 책가도의 아이디어

당시 중국에 파견되는 사신인 연행사가 북경에서 꼭 들르는 장소가 있었다. 남천주당이었다. 북경에는 동서남북 네 곳에 천주당이 있었다고 하는데, 그중 남쪽에 있는 곳이 남천주당이다. 외교 사신들이 남천주당을 방문한 목적은 당시 이곳에 파견되어 있던 서양의 예수회 선교사들을 만나보려는 목적이 컸다. 이들 서양 선교사들은 천문, 역법 등 서양의 학문적 지식을 겸비하고 있어서 조선 사신들은 이들에게 임금의 치도에 유용한 서양의 천문, 역법 등에 관한 지식을 얻고자 했다. 이미 병자호란 때 볼모로 청나라에 잡혀온 소현세자昭顯世子(1612~1645)가 이곳을 방문하여 독일 출신의 예수회 신부인 아담 샬 Johann Adam Schall von Bell(중국명 탕약망湯若望, 1591~1666)의 환대를 받았다. 이후로도 남천주당은 조선에서 온 사신 일행의 필수 코스였다.

이곳에는 이색적인 볼거리가 많았다. 특히 이 남천주당에는 눈속임(착시) 기법으로 그린 이채로운 서양 그림들이 단연 이목을 끌었다. 과학에 조예가 깊었던 실학자 담헌湛軒 홍대용洪大容(1731~1783)도 35세

때인 1765년에 이곳을 방문하여 서양 선교사들과 만났는데, 이때 눈속임 기법으로 그린 서양화를 보고 실물로 착각했을 정도였다. 청나라에 다녀온 사신들의 귀국 보고 때 임금에게 이러한 정황을 보고했을 것이다. 화원들을 연행 사행에 동행시켜 서양 그림을 견문케 한 이유였다.

그중 북경 남천주당의 「다보각경도多寶閣景圖」는 더욱 이채로웠다. 책가도의 원형으로 알려진 그림이다. 이 그림은 예수회 선교사로 중국에 와 있던 화가인 주세페 카스틸리오네Giuseppe Castiglione(중국명 낭세녕郎世寧, 1688~1766)가 그렸다고 한다. 아래 그림이다.

다보각多寶閣은 청나라 상류층에서 유행하던 가구의 양식을 말한다. 다보각은 실물 크기, 이를 축소한 것을 다보격多寶格이라고 하는데, 모두 진기한 물품을 보관하는 가구였다. 다보각은 문인들의 고상하

주세페 카스틸리오네 「다보각경도(多寶閣景圖)」 개인 소장

고 아취가 있는 박물적 취향을 반영하여 박고격博古格이라고도 불렸다. 「다보각경도」는 바로 이 가구를 그린 그림이다. 「다보각경도」에는 책과 문방구류 외에, 청동기나 도자기 등 귀중품이 놓여 있어서 마치 하나의 작은 전시장 같았다. 더구나 짙은 채색의 서가가 명암 대비로 책과 기물의 이미지를 도드라져 보이게 했고, 소실점이 그림 안으로 한 점으로 모인 입체적 그림이었다. 기존의 우리나라 그림들과는 달랐다. 실물인 양 사람 눈을 속였다. 착시 현상이었다.

3. 정조가 원한 책가도

정조는 앞서 궁중 화원 중 엄선하여 특별히 자비대령화원差備待令畵員을 임명했다. 일종의 엘리트 화원 제도였다. 그들에게는 정기 시험인 녹취재祿取才를 치르도록 했는데, 그 과목 중 하나가 책이 있는 서가, 즉 책거리였다. 그러나 근경, 중경, 원경의 삼원적 전통화법에 익숙한 화원에게 서양화법으로 그린 책가도 그림은 어려운 과제였다.

이는 단지 기법상의 문제만은 아니었다. 화법의 기본 철학이 달랐던 것이다. 당시 자비대령화원 중에는 책가도 그림을 안 그려서 귀양을 간 사람도 있을 정도였다. 풍속화로 유명한 신윤복申潤福(1758~1814경)의 아버지 신한평申漢枰도 이때 귀양을 간 사람 중 한 사람이었다. 화원 중에서 책가도를 가장 잘 그린 사람이 단원檀園 김홍도金弘道(1745~미상)였다. 그 때문에 후대 책가도의 대가로 불린 장한종이나 이형록 등은 김홍도의 영향을 받았다.

그러나 정조가 김홍도나 화원들에게 그리게 했을 책가도^(책거리)는 서가에 가득 책이 꽂혀 있는 그림이었다. 19세기 후반에 그려진 작가 미상 책가도^(국립고궁박물관 소장)는 비록 화법이나 만든 꾸밈새는 다르지만 정조가 원했던 초기 책가도의 모습을 짐작해 볼 수 있다. 『홍재전서』 기사를 보면 책마다 무슨 책인지 알 수 있도록 식별하는 표제가 붙어 있었을 것이다.

책가도에 놓이는 책은 주로 서갑書甲 또는 포갑包匣을 두른 중국 수입본이 많다. 한국본과 중국본을 서양식의 양장본洋裝本과 구분하여 동장본東裝本이라고 부르는데, 중국본은 한국본에 비해 조금 판형이 작은 게 특징이다. 이는 이미 상업 출판이 발달한 중국 상황과 관련이 있었다. 즉, 한국본은 국가 수요에 맞추어 소량 제작되었던 반면, 중국은 상업용 출판이 발달하여 크기를 작게 만들고 시리즈별로 포장하여 유통하기 편하도록 했던 것이다.

중국 서적 수요 측면에서 제일 중요한 것은 정조가 주도한 국가

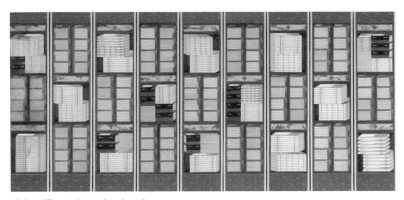

책가도 병풍　국립고궁박물관 소장

적 수요였다. 정조는 창덕궁에 국가도서관격인 규장각奎章閣을 설치하고 각신閣臣을 두어 중요 서적의 편찬 작업을 진두지휘하였다. 또『고금도서집성古今圖書集成』과『사고전서四庫全書』등 중국에서 편찬된 거질巨帙 서책을 수입하려고 노력하는 등 중국본 수입의 큰 고객이었다. 『정조실록』에 따르면, 1777년(정조 1)에는 북경에서『사고전서』의 저본이라 할 수 있는『고금도서집성』전질 5,020권을 은자 2,150냥에 구입해 온 기록이 있다. 당시 여러 기록을 종합해 보면, 1냥을 요즘 시세로 100만 원으로 환산할 수 있기 때문에 대략 21억 5,000만 원에 해당하는 거금이다.

중국에서 이러한 국가 편찬 사업을 주도한 것은 제4대 황제인 강희제康熙帝(1654~1722)였다. 앞서 여진족 정복왕조인 청나라의 등장은 중국과 조선 사회를 일시 혼란에 빠뜨렸지만, 영·정조 시대에 청나라의 세계질서 체제는 이미 공고한 것이었다. 강희제로부터 건륭제에 이르는 근 100여 년간 이어진 청나라 성세盛世의 원동력은 국가가 주도한 대규모 학술 편찬사업과 포용적인 대외정책이었다.

또 고증학, 금석학 등 참고 서적이 많이 필요한 학문 경향도 한 몫했다. 수만 권 이상을 보유한 민간 장서가藏書家도 출현하였고, 서적 유통업자인 서쾌書儈도 꾸준히 증가했다. 이들은 책에 대한 수요를 자극하는 요인이었다. 북경에 사신으로 다녀오는 연행 길에 대량으로 중국 서적이 수입되어 사회적 문제가 되자 1786년에는 이에 대한 금령이 내려지기도 했다.

중국에서도 북경에 유리창琉璃廠이라는 거대 서적시장이 형성되어 책 공급이 가능해졌다. 유리창은 원래 유리기와를 제작하는 곳에서 이름이 유래하지만, 당시에는 이미 유명 골동품상과 서점들이 밀집한 번화가였다. 유리창을 서성이며 구입할 책의 목록을 넘겨보는 갓 쓴 조선 사람의 모습을 심심찮게 볼 수 있었다고 한다.

4. 상류층으로 확산된 책거리

정조의 책 사랑으로 촉발된 책가도가 점차 상류층으로 번지기 시작했다. 책가도를 잘 그리는 화원들은 퇴근하기 무섭게 이집 저집 세도가에게 불려가 책가도를 그리느라 밤새 씨름했을 것이다. 책가도에 놓이는 기물(오브제)도 「다보각경도」에서 보이는 것처럼, 도자기나 청동기 등 진기한 완물玩物로 대체되어갔다.

정조의 책가도가 상류층으로 확산되면서 서가에 놓이는 기물도 점차 값 비싼 수입품으로 채워지며 고급 소비 지향성을 보여 주었다. 책가도가 소장자의 세계관, 취향, 호기심, 자긍심, 욕망을 보여주는 장치로 기능하고 있음을 말해준다. 17, 18세기에는 '애호품을 가까이 하면 뜻을 상실한다'는 완물상지玩物喪志를 경계하였던 조선 지식인들의 의식도 고급 소비문화에 대해 관대한 쪽으로 바뀌고 있었다.

이 시기 책가도의 기물을 정리해 보면, 책·문방구·골동품 외에도 채색자기·공작 깃털·산호·옥기·회중시계·수선화·잉어모양 옥장식품·부채 등도 보인다. 각기 의미가 있어서 배치되는 기물인데, 저마다 상징성이 있다. 예를 들어 시계는 절제를 의미하고, 공작 깃털은 벼슬의 현달, 수선화는 고결함 등을 상징하는 따위였다. 소장자의 취

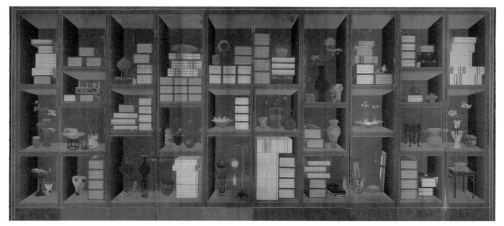

향을 드러내는 데 중점이 있는 것이다.

　19세기 책가도의 대가는 이형록李亨祿(1808~1883)이었다. 그가 그렸다고 전하는 책가도는 서가에 배치되는 기물에서도 상류층 가문의 취향을 그대로 반영하고 있다. 또 장중한 색채, 서책과 기물과의 대비, 위·중앙·아래의 3단 서가 구성, 소실점이 안쪽으로 모아진 입체적인 표현 등 서양화풍 책가도의 전형을 따랐다. 이형록의 할아버지는 책가도로 유명한 김홍도의 동료였다.

　책가도가 상류층의 취향을 반영한 것은 조선만의 현상은 아니다. 서양에서는 이미 앞선 르네상스 시기부터 귀족 가문을 중심으로 스튜디올로studiolo의 박물적 수집 열풍이 있었고, 청나라에서도 경제적 번영을 바탕으로 진기한 골동품 수집 유행이 있어서 다보각이라는 가구

장한종 책가도　경기도박물관 소장

가 출현하였기 때문이다. 조선에서도 18세기에는 서울 북촌을 중심으로 이른바 번화한 한양과 그 인근에 거주하는 사족을 일컫는 경화세족京華世族이 본격 출현하여 고동서화古董書畵의 소비문화를 자극하고 있었다. 이러한 변화는 동서양간 사회경제적 여건에 따라 일정한 시차를 두고 나타나고 있을 뿐이다.

　　지금 남아 있는 책가도 중 가장 이른 시기에 제작된 것은 장한종張漢宗(1768~1815)의 책가도이다. 8폭 병풍으로 된 장한종의 책가도에서 또 주목되는 것은 서가를 둘러친 쌍 희囍 자 문양의 휘장이다. 전주 경기전에 봉안된 태조 이성계의 어진이나 종묘 등의 신주 주위로 휘장을 둘러친 것은 그 비장성祕藏性이나 권위를 상징한다. 다만, 이러한 휘장이 서양 그림에도 보여서 동양만의 고유한 특성이라고 단정하기는 어

호피장막도　리움소장

렵다.

　　장한종의 책가도에는 서책 이외에 문방구, 도자기, 옥기, 청동기, 화훼 등이 그려졌는데, 기물의 상당 부문이 중국산 자기류, 옥기 등 수입품이다. 이는 당시 상류층의 유행을 반영한 것일 테지만, 장한종 책가도는 그만의 개성이 넘쳐서 다소 전형적인 책가도를 그린 이형록과는 다른 멋을 풍긴다. 자신의 이름을 새긴 도장을 그려 넣어서 누구의 작품인지를 알 수 있게 하거나, 물고기와 새우 그림인 '어해도魚蟹圖'를 그려서 자신의 장기를 드러내거나, 아래쪽 책장의 문갑을 일부러 열어서 슬며시 안쪽을 보여주는 등 장한종 개인의 독특한 취향과 위트를 가미한 탓에 보는 재미가 있다.

　　책가도 중 파격적인 것은 경기도박물관에 소장된 「호피장막도」이다. 8폭 병풍 전체를 장막이 덮고 있고, 제3, 4폭만 일부 열려 있다.

최근 이 작품을 연구한 논문에 의하면, 서안書案 위 펼쳐진 책에 등장하는 시가 다산茶山 정약용丁若鏞의 미발표 시로 알려지고 있다. 따라서 이 병풍의 제작 시기를 19세기 이후로 추정할 수 있는 단서가 된다. 그런데 이 그림에서 주목되는 것은 서안 뒤의 공간이다. 단순히 서가를 덮고 있는 휘장 그림이 아니라, 서안과 쌓인 책들로 보건대 서실書室을 가리는 장막에 가깝다. 장막의 문양도 긴 띠 형태의 호피虎皮 문양이 아니라 둥근 형태의 표피豹皮 문양이다. 따라서 이 작품을 호피장막도라고 부르기에는 어폐가 있다. 아예 장막만을 그린 작품도 전하는데, 호기심을 자극하는 흥미로운 작품이다.

5. 민화풍으로의 변형

책가도는 민화와 만나면서 기물이나 양식에서 큰 변화를 겪는다. 아래는 작자 미상 민화풍 책거리 그림이다.

10폭 병풍 그림에서 서가가 빠지고 책과 기물만 나열되어 있다. 따라서 이 그림을 책가도라고 부르기보다는 책거리라는 용어가 더 적당해 보인다. 이러한 변용은 책가도가 서양화풍에서 다시 전통화풍으로 회귀하는 과정이지만, 이러한 변화가 왜 일어났는지는 자세히 알 수 없다. 다만 추측건대, 우리의 주거 환경을 고려했을 때 이질적인 서양화풍 책가도 그림보다는 서민 친화적인 민화풍 책거리에 대한 수요가 점점 더 컸으리라 짐작된다.

색감도 짙은 청록 계열보다는 친근한 전통 오방색 계열의 민화풍

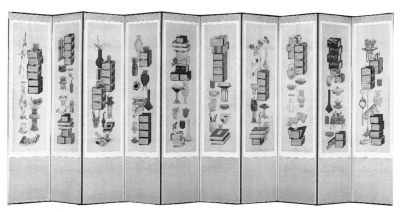

민화풍 책거리 병풍   국립중앙박물관 소장

색감으로 대체되고 있다. 서가에 배치되는 기물도 처음에는 기존의 책
가도와 큰 차이가 없다가 점차 장수長壽, 다산多産 등 현실 기복적 기물
로 바뀌어간다. 또 민화풍 책가도를 그린 작가도 궁중의 엘리트 화원
보다는 민화 작가가 서서히 책거리 그림의 작가로 등장하고 있다. 특
히, 19세기 책가도의 대가 이형록은 이응록李膺祿, 이택균李宅均이라는
이름으로 개명했는데, 이택균이라는 이름으로 남긴 민화풍 책거리 병
풍이 존재하여 민화풍 책거리 병풍에 대한 민간의 수요가 크게 작용했
으리라 짐작된다.

　민화풍 책거리 병풍은 규모가 더 줄어 책을 중심으로 한 정물화
풍 책거리 그림이 유행하게 된다. 그림에 놓이는 기물도 붓·벼루·
연적 등의 문방구류, 매화·연꽃·국화 등의 화초류, 수박·포도·복숭
아·오이·참외·가지 등의 과실류, 자명종·해시계·장죽·병풍·거울

정물화풍 책거리 그림　국립중앙박물관 소장

등의 실용품류, 악기류, 투호·바둑 등 놀이기구, 괴석, 산호 등으로 다
양하게 등장한다.

　　민화풍 책거리 그림은 점차 대세가 되었지만, 같은 시기에도 전형
적인 책가도 병풍이 꾸준히 제작되었던 것 같다. 또 초기의 전형적인
모양과 달리 가리개 등 실용적인 요구에 맞춘 책가도도 등장하고 있다.

책가도 2폭 병풍(가리개용)　서울역사박물관 소장

6. 책거리 화법의 차이

서양화풍 책가도와 민화풍 책거리로의 변화는 양식적인 면에서 그 차이가 두드러진다. 정조의 책가도는 분명 서양화법의 일소실점 3차원 채색 원근화법을 따른 것이다. 그러나 근경, 중경, 원경의 삼원적 표현에 익숙한 전통화법의 화원들로서는 단시간 내에 서양화법을 익

다보각경도의 시점 _ 일시점

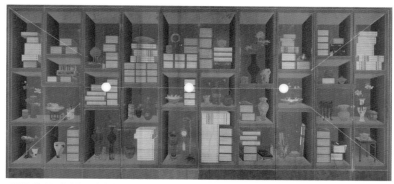

이형록 책가도의 시점 _ 다시점

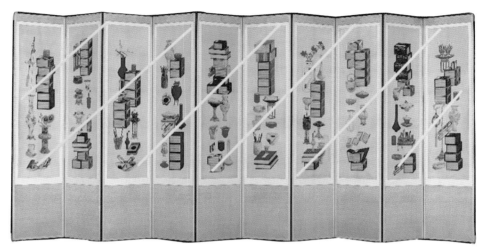

민화풍 책거리 병풍의 평행투시도법

히기에는 어려움이 있었을 것이다. 또 서양화의 일시점 투사 방식으로는 깊이가 얕고 가로로 넓은 병풍인 책가도 표현에 한계가 있었다.

책가도는 종축縱軸으로 봤을 때, 관람자의 눈높이에 따라 1단은 아래, 2단은 중앙, 3단은 위로 시각선이 정리되기 때문에 대개의 책가도 서가가 3단이 표준이다. 반면 횡축橫軸은 다르다. 「다보각경도」와 달리, 책가도는 병풍 그림의 특성상 횡축의 시점視點이 가운데 한 점으로 모아지지 않는다. 서양화 원근법의 소실점 원리를 따랐다가는 이상한 왜곡이 발생하기 때문이다. 따라서 책가도 병풍은 횡축을 따라 다시점多視點으로 표현하는 것이 자연스럽다. 후대로 갈수록 횡축을 따라 시점이 넓게 분산되는 경향은 이 때문이다. 이는 책가도의 제작 시기를 추정하는 데도 도움이 된다. 초기의 양식 수용기에서 나타나는 문제

정물화풍 책거리 그림의 역투시도법

를 점차 절충하기 때문에 바뀌는 것으로 자연스러운 현상이다.

민화풍 책거리는 평행투시도법의 책거리라고 할 수 있다. 앞쪽 그림처럼 그림 안 한 점으로 소실점이 모이지 않고, 허공에 평행하여 마치 각각 독립된 듯 보인다. 서가만 제외한 채 기존의 책가도 양식을 따랐다가는 이상한 모양이 될 것이다. 색감도 짙은 청록계열에서 전통 색조로 복귀하고 있다. 이러한 변화는 책가도에서 민화풍 책거리로, 다시 정물화풍으로 이어지는 일련의 변화 과정을 보여준다.

더 파격적인 변화는 정물화풍의 민화 책거리 그림에서 나타난다. 서양의 원근법과는 정반대로 앞면보다 뒷면이 더 큰 역투시도逆透視圖 그림이 출현하며, 또 입체적 사실감은 해체되어 평면적 그림으로 바뀐다. 이러한 양식상의 변화는 민화풍 책거리 그림의 소비층이 서민층으로까지 확대되면서 나타나는 현상으로 보인다. 책가도 병풍이 놓이는 자리가 서민층 주거, 규방 중심으로 변화된 것이다.

7. 창작의 원천 책거리

책거리 그림은 현대 작가들도 주목하여 창작의 원천으로서 다양하게 활용하고 있다. 디자이너 이상봉 선생은 2017년에 책가도를 주제로 패션쇼를 기획하여, 문화 한류의 새로운 흐름을 개척하였고, 서울 인사동의 동덕아트갤러리에서 25명의 현대 작가들이 2019년에 '책거리 Today전'을 개최하여 책거리를 주제로 전통과 현대의 하모니를 연출하였다. 우리 전통 궁중화와 민화의 대표격인 책거리 그림의 현주소를 한눈에 보여주는 새로운 개념의 기획 전시였다. 그런가하면 사진작가 임수식 선생은 책과 사람을 주제로 우리가 일상생활에서 꾸미는 서가와 책가도를 연결함으로써, 새로운 흐름의 연작을 선보이고 있다. 이 작품들은 서재의 로망 한가운데로 우리를 이끈다.

책가도를 모티프로 꾸준하게 작품 활동을 이어온 이는 정성옥 선생이다. 전통적인 책가도의 전형을 따르면서도 색감이나 스타일을 현대적으로 소화하여 멋스러움을 더하고 있다. 정성옥 선생은 2008년 서울 경인미술관에서 첫 개인전으로 '소망이 깃든 책거리전'을 연 이후로 책거리 그림을 소재로 꾸준히 민화의 현대적 해석을 화폭에 담아서 전시회를 열고 있다.

또 예술의전당 서예박물관과 경기도박물관 등에서는 책가도를 주제로 기획전을 열어 주목을 끌었다. 외국의 미술품 애호가들 사이에서는 대작의 책가도가 고가로 낙찰되기도 하였다. 책거리 그림은 문화 교류의 중요한 아이템이 되고 있다.

정조의 책 사랑과 문치주의적 지향이 책가도라는 형식을 낳은 원동력이 되었음은 분명하다. 책가도는 소장자의 세계관과 취향을 반영한 그림으로서 상류층의 사랑방을 장식하다가, 서민의 기복적 욕망을 담은 민화풍 책거리로 변신하며 생명력을 이어온 우리 문화의 독특한 장르다. 책가도, 책거리 그림은 지금도 다양하게 변주되고 있으며, 창작자에게 영감의 원천이 되고 있다. 책을 사랑하는 우리 민족 정서와 상상력의 만남, 책가도와 책거리가 지금도 꾸준히 사랑받는 이유가 아닐까. 새로움은 전통 속에 있다.

VI. 한글로 피어나다

정재환 방송인, 한글문화연대 공동대표, 문학박사

1. 문자가 없어요

　'세상에서 가장 좋은 알파벳, 역사상 유례가 없는 문자학적 사치, 간단하고 꾸밈없고 효율적인 문자'는 무엇일까요? 삼척동자도 짐작하겠지만 다름 아닌 한글입니다. 한국인들은 한글이 우리 '고유문자이고 과학적인 문자'라고 이야기합니다. 고유문자란 '한 나라나 민족이 만들어 써 온 독특한 글자'를 가리키니 의심할 바 없겠지만, 과학적인 문자라는 평가에 대해서는 '과연 그런가?'하는 의문을 가질 수 있습니다.

　저는 언어학자도 아니고 국어학자도 아니어서 함부로 입을 놀릴 수 없습니다만, 앞서 소개한 이야기는 네덜란드 레이덴대학의 포스F. Vos 교수, 미국 컬럼비아대학의 게리 레드야드Gary K. Ledyard 교수, 미국 메릴랜드대학의 로버트 램지Robert Ramsey 교수 등이 한 말입니다.[1] 일본 학자인 노마 히데키(野間秀樹)는 한글의 탄생이 '지적 혁명'이라며 한글이 문자로서 우수하다는 평가 이상의 견해를 내비치기도 했습니다.

　한글은 15세기에 태어났습니다. 한자나 영어 알파벳은 물론 러시아의 키릴, 일본의 가나와 같은 문자에 견주어도 한참 뒤늦게 나왔으니, 출생으로 따지면 막내라고 해야겠습니다만, 야구경기에서 3대 0으로 지고 있는 팀이 9회 말 투아웃에 주자 만루를 만들어 놓고, 경기를

1　김정대, 「외국 학자들의 한글에 대한 평가 연구」, 『국어학』43, 국어학회, 2004.

뒤집느냐 그대로 주저앉느냐 하는 극적인 순간에 터트린 홈런이라는 생각이 듭니다.

'알이 먼저였는지 닭이 먼저였는지'는 과학적으로도 확답할 수 없는 난제입니다만, '말이 먼저고 글자가 나중'이라는 것은 누구든 납득할 거라 생각합니다. 사람들은 의미 없는 소리가 아닌 말을 하기 시작했고, 자신들의 말을 기록으로 남기기 시작했습니다. 처음에는 그림을 그렸고 점차 문자로 발전했는데, 스페인의 알타미라 동굴 벽화, 울산 반구대 암각화, 이집트의 로제타스톤이나 수메르의 점토판, 중국의 상 왕조 사람들이 남긴 갑골문에서 이런 흔적을 확인할 수 있습니다.

기원전 1,000년경 페니키아인들이 쓰던 페니키아문자는 그리스 문자로 발전했고, 이는 라틴문자와 키릴문자로 정립되었습니다. 현재 영미인들이 영어와 알파벳을, 중국인들이 중국어와 한자를, 아랍인들이 아랍어와 아랍문자를 사용하듯 대부분 언어와 문자를 갖고 있습니다. 하지만 남아메리카에 사는 아이마라부족처럼 여전히 문자 없이 사는 사람들이 있습니다. 그들도 말을 하고 대화도 하지만 그것을 기록할 문자는 없습니다.[2]

한반도에도 사람이 살았고 그들도 문자의 필요성을 느꼈으리라 생각합니다. 그런데 이상한 것은 한반도에 살던 사람들이 독자적으로 사용했다는 문자가 없습니다. '환단고기' 같은 책에서는 단군시대에 가림토문자가 있었다고 하지만, 나무판이나 죽간은커녕 금석문 하나 남아 있지 않습니다. 거짓말이 많은 책이라는 것이 역사학계의 판단이

....
2   앤드류 로빈슨, 『문자 이야기』, 사계절, 2003.

듯이 가림토문자가 있었다는 증거가 없습니다.

만일 있었다면 중국의 한자를 빌려 쓸 이유가 있었을까요? 물론 가림토가 있었다 해도 양쪽이 교류하면서 한자가 유입될 수 있고, 국한문이나 일한문 혼용처럼 함께 쓰일 수도 있습니다. 가림토가 있었다면 갑골문이 남아 있듯이 존재를 증명할 무언가가, 즉 목간이나 금석문 같은 것이 하나라도 발견되지 않았을까요? 그나마 일본인들이 고대 일본에 신대문자가 있었다는 것을 증명하려고 케케묵은 목판에 요상한 글자를 새기거나 비석 같은 것을 날조한 것처럼 하지 않은 것은 무척 다행스러운 일이라 생각합니다.

2. 나도 글을 쓰고 싶어요

한반도에 한자가 들어온 시기를 못 박는 기록은 없습니다. 중국 왕조들과 교류하던 고조선 때 이미 한자가 들어왔을 것이라 추정하지만, 기원전 108년에 한나라와의 전쟁에서 패한 고조선이 멸망한 자리에 낙랑·임둔·진번·현도 등 한사군이 설치되고, 관리를 비롯한 한인들이 건너오면서 한자 문화가 널리 퍼졌을 겁니다.

한인들이 한자를 사용하는 것은 당연하고 자연스러운 것이었겠지만, 한반도 사람들에게 한자는 쉽지 않았을 겁니다. 한국어에 맞지 않은 한자로 한국어를 표기해야 하는 것은 정인지의 말마따나 모난 자루를 둥근 구멍에 끼우는 격으로 어려움도 불편함도 많았을 겁니다. 그래도 애써 상상해 보면 한국어 아버지는 한자 父(부), 어머니는 母(모),

아들은 子(자) 자를 썼을 겁니다.

그런데 이렇게 한자로 적으면 비록 뜻은 통해도 소리가 '부, 모, 자'로 달라집니다. '나는 아버지와 어머니를 사랑해요'를 '我愛父母'라고 쓰고 '아애부모'라고 읽었을 겁니다. 물론 '我愛父母'라고 쓰고도 '나는 아버지와 어머니를 사랑해요'라고 읽었을 가능성도 있습니다.

'밝은 달'은 '明月(명월)'이라고 쓸 수 있습니다만, 명월을 반복적으로 사용하다 보니, 자연스럽게 '밝은 달'을 뜻하는 한자어 '明月'이 우리말 속에 자리를 잡았습니다. 외국어인 중국어 명월이 외래어가 된 것이지요. 한편으로는 뜻은 통하지 않지만 소리가 비슷한 한자를 찾아 '發近達(발근달)'이라고 쓰는 것도 가능했을 겁니다.

본디 한국어	한자어
밝은 달	① 明月
	② 發近達

이런 것들을 고문헌에서 발견할 수 있습니다. 신라의 시조인 '박혁거세'는 삼국사기나 삼국유사에 이름이 한자로 표기돼 있습니다. 朴赫居世(박혁거세)라는 이름은 '세상을 밝게 한다' 또는 '세상을 밝게 하는 사람'이라고 합니다. 世는 세상, 赫은 '밝다' 또는 '빛나다'이고 앞에 붙은 朴(박)은 그가 알에서 태어났는데, 알이 흥부전에 나오는 박처럼 컸기에 '큰 알'을 뜻하는 '朴'을 썼답니다. 박혁거세는 '큰 알에서 태어나 세상을 밝게 한 사람'입니다. 흥미로운 것은 본명이 '弗矩內'인데요, 한자로 표기돼 있지만, '불구내'는 고대 한국어로서 '불은 붉다=밝다, 내는 누리=세상'을 뜻하는 말입니다.[3]

이런 표기 방식을 현대 중국어의 외래어에서도 발견할 수 있습니다. 熱狗-핫도그, 氷淇淋-아이스크림 등은 '① 명월'처럼 소리는 다르지만 뜻이 통하는 한자를 사용한 것인데, 영어 hotdog를 '뜨거운(熱) 개(狗)'라고 한 것이 재미있습니다. 巧克力qiao ke li(초컬릿), 莎士比亞sha shi bi ya(셰익스피어), 阿迪達斯a di da si(아디다스) 같은 단어는 '② 발근달'처럼 뜻은 통하지 않지만 소리가 비슷한 한자를 사용하고 있습니다.

　일본어에서는 지금도 소리로 읽는 음독과 뜻으로 읽는 훈독을 같이 사용하는데요, 일본을 상징하는 후지산(富士山)의 '산'은 백두산이나 한라산처럼 한자 山을 음독한 것이지만, 교토에 있는 아라시야마(嵐山)의 경우에는 같은 山 자이지만 '야마'라고 읽습니다. 그러니까 서라벌의 시조 이름을 소리가 비슷한 한자로 표기한 '불구내'와 뜻이 통하는 한자로 쓴 '혁거세'를 보면 고대에는 우리도 음독과 훈독을 모두 사용했음을 알 수 있습니다.

　그런데 일본인과 달리 한국인은 시간이 흐르면서 점차 한자를 음독했습니다. 그 결과, 본디 그 글자의 뜻에 해당하는 순수한 한국어를 상당수 잃어버렸다고 하면 과언일까요? 반면 음독과 훈독을 함께 써온 일본인은 그 탓에 한자 독음이 너무 많아지기도 했지만, 그 덕에 고대 일본어를 상당수 보존하고 있는 듯 보입니다.

　5060세대는 '온 동네 떠나갈 듯 울어 젖히는 소리, 내가 세상에 태어났단다. 바로 오늘이란다'라고 시작하는 노래 '생일'을 부른 가수가 '가람과 뫼'였다는 것을 기억할 겁니다. 불과 30여 년 전에는 강을

3　박영준 외, 『우리말의 수수께끼』, 김영사, 40~41쪽.

뜻하는 '가람'과 산을 뜻하는 '뫼'라는 순우리말을 들을 수 있었습니다만, 아쉽게도 더는 일상에서 '가람'이나 '뫼'를 쓰는 한국인은 없는 것 같아, 아쉽기 짝이 없습니다.

역사책을 읽다가 이런 의문을 품은 적이 있습니다. 일본에 한자를 전해 주었다는 왕인王人 박사는 성이 '왕'이고 이름은 '인'인가 보다. 그런데 일본 법륭사의 금당벽화를 그린 고구려인 담징曇徵이나 백제 성왕 때 일본에 불교를 전했다는 스님 '노리사치계怒利斯致契'는 아무래도 고개를 갸우뚱거리게 하는 이름이었습니다.

曇(담)은 흐리다는 뜻이고, 徵(징)은 부르다는 뜻이니, '흐린 날을 부른다'라든가 아니면 '구름을 부르는 사람'이라고 억지로 해석할 수 있겠지만, 맑은 하늘이나 흰 구름을 부르는 이름이라면 모를까, 아무래도 부정적인 이미지로 표기된 담징은 몹시 어색합니다. 노리사치계는 5글자나 됩니다. 한국인들은 2, 3글자로 된 이름과 남궁옥분, 독고영재 등 4글자로 된 이름까지는 익숙하지만, 5글자는 몹시 어색한 데다가 화를 낸다는 怒, 날카롭다는 利, 사물을 가리키는 어조사 斯, 이르다거나 도달하다는 致, 약속이나 언약을 뜻하는 契라는 글자가 모여 무엇을 뜻하는지 도무지 알 수 없었습니다.

노리사치계는 '발근달'처럼 뜻이 아닌 소리가 비슷한 한자로 표기한 이름인 듯한데요, '일본서기'에서는 노리사치계가 '백제 서부西部의 희씨姬氏로서 관계는 달솔達率이었다'라고 합니다.[4] 그렇다면 전체 이름은 '희노리사치계'였을까요? 지금 우리가 쓰는 성명 제도는 삼국시대

....
4 한국민족문화대백과사전

에 중국에서 들어와 고려 때 정착되었습니다. 시계를 거꾸로 돌리면 본디 삼국 사람들은 중국인들과 전혀 다른 성명을 쓰고 있었던 거지요.

문득 케빈 코스트너가 주연했던 영화 '늑대와 춤을'에 등장했던 '늑대와 춤을' '주먹 쥐고 일어서' 같은 인디언들의 이름이 생각납니다. 그러니까 우리에게도 담징이든 노리사치계든 얼마든지 한반도 식의 그런 이름들이 있었을 텐데, 한자가 퍼지고 중국식 성명이 도입되는 바람에 오히려 고유한 이름을 잃은 것이 명백해 보입니다.

3. 사랑해요, 죽지랑

넋두리는 그만하고 고대 한반도 사람들이 한자 때문에 얼마나 애를 먹었나 보겠습니다. 삼국시대 말엽에 발생하여 통일신라시대 때 성행했던 향가는 '소리로도 적고 뜻으로도 적은 것'입니다. 중국어를 표기한 한문도 아니고 고대 우리말도 아니어서 한학의 대가들도 진땀을 흘렸다는데요, 그중 하나인 '모죽지랑가慕竹旨郎歌'입니다.

풀이를 봐도 머리가 어질어질한데요, 첫 문장 '去隱春皆理米'에서 '去隱春'까지가 '간 봄'에 해당합니다. 좀 까다롭습니다만 '去隱'을 '가'를 적기 위해 '去'를 썼고, 'ㄴ'을 적기 위해 '隱'을 썼으니, 결국 '去隱'은 '간'을 뜻하고 '春(춘)'은 소리로 읽으면 '춘'이지만, 뜻으로 '봄'이라 읽어 '간 봄'이 됩니다.[5] 해석도 어렵지만 한자로 우리말을 표기해야 했던 사람들의 고충은 감히 상상조차 어렵습니다.

去隱春皆理米, 毛冬居叱沙哭屋尸以憂音, 阿冬音乃叱好支賜烏隱, 皃史年數就音墮支行齊, 目煙廻於尸七史伊衣, 逢烏支惡知乎下是, 郎也慕理尸心未行乎尸道尸, 蓬次叱巷中宿尸夜音有叱下是.	지나간 봄 돌아오지 못하니 살아 계시지 못하여 우올 이 시름 전각(殿閣)을 밝히오신 모습이 해가 갈수록 헐어 가도다. 눈의 돌음 없이 저를 만나보기 어찌 이루리. 낭(郎) 그리는 마음의 모습이 가는 길 다복 굴헝에서 잘 밤 있으리.

(현대어역: 김완진)

4. 임신서기석은 육아수첩이었나

1934년 5월 경북 월성군 현곡면 금장리 석장사터 부근에서 한자가 빼곡히 적힌 비석이 하나 발견되었어요. 길이는 약 34cm, 너비는 12.5cm, 두께는 약 2cm인 자그마한 자연석인데, '임신년에 맹세하여 기록했다'고 해서 '임신서기석壬申誓記石'이라는 이름을 갖게 되었지요. 임신년은 552년(진흥왕 13) 또는 612년(진평왕 34)으로 추정하는데, 모두 5행으로 74자가 적혀 있습니다.

壬申年六月十六日 二人幷誓記 天前誓 今自三年以後 忠道執持 過失无誓 若此事失 天大罪得誓 若國不安大亂世 可容行誓之 又別先辛未年 七月廿二日 大誓 詩尙書禮傳倫得誓三年

....

5 박영준 외, 『우리말의 수수께끼』, 김영사, 2002, 68~69쪽.

→ 임신년 6월 16일에 두 사람이 함께 맹세하여 기록한다. 하늘 앞에 맹세한다. 지금으로부터 3년 이후에 충도를 집지하고 과실이 없기를 맹세한다. 만약 이 일(맹세)을 잃으면 하늘로부터 큰 죄를 얻을 것을 맹세한다. 만약 나라가 불안하고 세상이 크게 어지러워지면 가히 행할 것을 받아들임을 맹세한다. 또 따로 먼저 신미년 7월 22일에 크게 맹세하였다. 시·상서·예기·전을 차례로 습득하기를 맹세하되 3년으로 한다.[6]

임신서기석
국립경주박물관 소장

공부 열심히 하고 몸과 마음을 닦아 나라에 충성하겠다는 비장한 다짐인데요, 흥미로운 것은 한자로 새겼지만, 이 글이 한문이 아닌 당대 신라어, 즉 우리말이라는 점입니다. 우리말은 어순이 '주어-목적어-서술어'이고, 중국어는 '주어-서술어-목적어'인데, 임신서기석은 우리말 어순을 따르고 있습니다.

임신서기석(신라어)	한문	뜻
今自三年以後(금자3년이후)	自今三年以後(자금3년이후)	지금부터 3년 이후에
忠道執持(충도집지)	執持忠道(집지충도)	충도를 집지하고
過失无誓(과실무서)	誓无過失(서무과실)	과실이 없기를 맹세한다

....

6 박영준 외, 『우리말의 수수께끼』, 김영사, 2002, 37쪽.

우리말 '나는 너를 사랑해'를 한문으로 적으면 '我(나)愛(사랑해)你(너)'로 순서가 바뀌는데, 임신서기석은 우리말 어순으로 '我(나)你(너)愛(사랑해)'라고 새겼습니다. 그러니까 임신서기석을 남긴 두 청년은 한자를 잘 쓸 수 있을 정도로는 익혔지만, 한문을 자유롭게 구사할 수 있는 수준은 아니어서 할 수 없이 한자를 우리말 순서대로 죽 늘어놓았을 수도 있겠지요. 그게 아니면 한문 실력이 달려서가 아니고 그저 우리말이 편했는지도 모르고, 애당초 우리말로 적을 생각이었는지도 모릅니다.

5. 설총 이두를 쏘다

원효대사와 요석공주 사이에서 태어난 설총은 어려서부터 학문에 능했고 글을 잘 지었습니다. 설총이 이두를 만들었다는 기록은 『제왕운기』나 『대명률직해』 등에서 언급하고 있으나, 이두를 만들었다기보다는 당대에 어지러이 사용하던 이두를 정리하고 체계화한 것으로 봅니다. 왜냐하면 설총이 태어나기 전에 이두가 먼저 등장했기 때문입니다. 대표적인 이두 유물 중 하나가 591년 경주 남산에 새로 성을 쌓으면서 세운 '남산신성비'입니다.

南山新城作節 남 산 신 성 작 절	남산신성을 지을 때
如法以作後三年崩破者 여 법 이 작 후 삼 년 붕 파 자	만약 법으로 지은 뒤 3년에 붕파하면
罪敎事爲 죄 교 사 위	죄 주실 일로 삼아

聞教令誓事之
문 교 령 서 사 지
들으시게 하여 맹세시킬 일이니라

임신서기석과 마찬가지로 우리말 어순을 따르고 있습니다. 눈여겨 볼 것은 以자인데, 풀이에 '만약 법으로'라고 했듯이 以는 토씨 '으로'를, 敎는 '주실, ~게 하여'를 표기한 것입니다.[7]

토씨는 영어나 중국어 등에는 없는 우리말의 특징 중 하나입니다. 그래서 영·미인이나 중국인들이 한국어를 배울 때 어려움을 느끼고 실수를 많이 합니다. 수년간 한국어를 학습한 외국인도 종종 '철수가 영희가 좋아해', '아침은 일어나서 커피가 마셨다'라고 씁니다. 비문을 지은 이는 한자 실력이 상당했겠지만, 중국인이 아닌 신라인이었기에 토씨를 새겨 넣었습니다. 토씨를 넣어야 편하고 속이 시원~했을 겁니다.

6. 이두는 삼국비빔밥

이두: 한자의 음과 훈을 빌려 우리말을 기록하던 표기법.

→ 이두문은 한문의 문법과 국어의 문법이 혼합된 문체로서 때로는 한문 문법이 좀 더 강하게 나타나기도 하고, 때로는 국어 문법이 강하게 나타나기도 하여 그 정도가 일정하지 않다.

→ 20세기 초의 학자들은 향가를 표기한 표기법도 이두라고 하여,

....

7 박영준 외,『우리말의 수수께끼』, 김영사, 2002, 46~47쪽.

향가를 '이두문학'이라고 하기도 하였다. 이 개념이 학자에 따라서는 현재까지도 사용되고 있어서 광의의 이두라고 불린다.

→ 『균여전』에서 향가와 같은 완전한 우리말의 문장을 향찰이라 불렀던 사실이 밝혀지면서 향찰과 이두를 구별하여 사용하게 되었다.

→ 광의의 이두에 포함되는 것은 향찰 이외에도 구결이 있으나 이역시 협의의 이두와는 구별된다. 이두가 쓰인 글은 한문의 개조가 있는 데 반하여, 구결은 한문을 그대로 두고 한문의 독해에 도움을 주기 위하여 토만 단 것이다.

- 한국민족문화대백과사전

이두를 살피다 보니 이번에는 구결이 등장했습니다. 이두만 해도 현기증이 나는데 구결은 또 뭘까요? '한문을 그대로 두고 한문의 독해에 도움을 주기 위하여 토만 단 것'이라는 설명은 무엇을 말하는 걸까요?

7. 구결은 도로표지판

공자와 석가모니의 가르침이 담긴 사서오경이나 경장·율장 같은 불경은 모두 한문으로 된 책입니다. 사서오경이야 당연히 한자로 썼지만 불교가 중국을 거쳐 들어오는 과정에서 불경도 한문으로 기록되었습니다. 한반도 사람들 가운데 사서삼경이나 불경을 직접 읽을 수 있

재조본 유가사지론 권20(목판본, 후쇄, 13~14세기)　국립 한글박물관

는 실력자들은 극소수였을 겁니다. 여기에 마치 '도로표지판' 같은 구결이 등장합니다. 누가 처음 구결을 시도했는지는 모르지만, 책을 쉽게 읽으려고 글줄에 토를 달거나 점을 찍었습니다.

「유가사지론」은 윤회의 세계로부터 벗어나기 위한 요가 수행과 열반의 문제 등을 논하는 경전인데요, 글줄 사이에 점과 작은 글자들이 찍혀 있습니다. 작은 글자들은 우리말 토씨와 어미 또는 한자의 뜻을 보조하는 기능을 하고, 점은 읽는 순서를 표시한 것입니다.

'我愛你'는 한문입니다. 순서대로 읽으면 '나 사랑해 너'입니다. 점은 '나 너 사랑해' 순서로 읽으라는 표시이고, 작은 글자들은 '나는 너를 사랑해'처럼 토씨를 표기한 겁니다. 이렇게 하면 한문을 다소 쉽게 읽을 수 있었겠지요.

말은 있었으나 고유의 글자가 없었기에 한자를 빌려 썼습니다. 성인이 어린이 옷을 빌려 입으면 긴바지는 반바지가 되고 허리를 채우지 못해 배꼽이 튀어 나옵니다. 엉덩이가 터질까 걱정되어 앉지도 못합니다. 윗옷도 마찬가지입니다. 긴소매는 반소매가 되고 앞단추를 채우지 못해 가슴을 노출할 수밖에 없습니다. 이런 옷차림으로 거리에 나가면 단번에 스타가 될 것이고, 운이 나쁘면 풍기문란으로 파출소로 끌려갈 수도 있습니다. 이처럼 몸에 맞지 않는 한자라는 옷을 억지로 입으려고 천년 이상 머리를 싸매고 끙끙거렸으나 뾰족한 수를 찾지 못했습니다. 참으로 안타깝고 측은하고 애처로운 일입니다.

8. 훈민정음 창제의 수수께끼, 비밀프로젝트 – 왜 아무도 몰랐을까?

동생이 아기를 가졌다는, 잉태했다는 소식이 우리를 기쁘게 합니다. '축하해, 와, 대박!' 아들인지 딸인지를 성급히 묻는 경우도 있습니다만, 열 달을 기다려야 합니다. 잘 모르지만 5~6개월쯤 지나면 배가 봉긋하게 솟으면서 아기가 무럭무럭 자라고 있음을 알게 해 줍니다. 이쯤 되면 버스나 지하철의 임신부 보호석에도 당당히 앉을 수 있습니다.

배 속의 아기는 꼼지락거리기도 하고 발길질도 하면서 엄마에게 건강하다는 신호를 보냅니다. 아빠는 직접 느끼지는 못하지만, 아내로부터 '오늘은 애가 어찌나 세게 차는지 깜짝 놀랐다'는 얘기를 들으면서 입이 헤 벌어집니다. 성장하고 있다는 이런저런 조짐을 보인 후에 드디어 아기가 태어납니다.

포항제철소 건설에 착수했을 때는 공업 입국에 부풀었고, 경부고속도로 건설 중에는 전국이 1일 생활권으로 진입할 세상을 전망했습니다. 1985년 여의도에 우뚝 선 63빌딩은 1980년 공사를 시작해서 5년 만에 완공되었습니다. 여의도 사람들은 하루가 다르게 쑥쑥 올라가는 건물을 보면서 한국의 마천루가 될 것이라며 설렜습니다. 군사에 관한 기밀이나 1급 기업 비밀 같은 것 외에는 시작과 과정을 아는 것이 일반적입니다. 그런데 훈민정음은 예고 없이 어느 날 불쑥 세상에 나왔습니다.

> 이달에 임금이 친히 언문諺文 28자字를 지었는데, 그 글자가 옛 전자篆字를 모방하고, 초성初聲·중성中聲·종성終聲으로 나누어 합한 연후에야 글자를 이루었다.
>
> ─『세종실록』102권, 25년(1443) 12월 30일

더욱 놀라운 것은 임금이 친히 글자를 만들었다는 점입니다. 원나라의 파스파문자는 파스파라는 이름을 가진 승려가 만든 것입니다. 당시 문자 창제를 지시한 것은 황제 쿠빌라이였습니다. 이처럼 글자를 만들라고 지시한 임금 얘기는 있습니다만, 누구에게 시키지 않고 자신이 직접 글자를 만든 임금은 세종이 유일합니다.

왕조실록은 임금의 언행을 기록한 책이어서 대소사가 기록으로 남습니다. 그렇다면 이번 달부터 세종이 새 문자 창제를 시작했다든가, 다음 달이면 자음이 완성될 것이라든가 하는 기록이 있어야 마땅할 텐데, 그런 건 전혀 없고, '28자를 지었다'는 것이 훈민정음에 대한

최초의 기록입니다.

세종은 유학자들의 반대를 피하려고 훈민정음 창제를 비밀리에 실행했습니다. 4대강사업이나 미국산 쇠고기 수입에 대한 국민들의 거센 반대를 기억하실 겁니다. 시대는 달라도 사정은 비슷합니다. 어릴 때는 왕은 뭐든지 맘대로 할 수 있는 존재라 생각했지만, 알고 보니 왕도 자기 마음대로 할 수 없는 것이 많았습니다. 시시콜콜은 아니더라도 중대한 국사는 신하들과 의논하고 토론하고 타협해야 합니다.

왕권과 신권의 대립에서 신하들의 힘이 만만치 않으면 왕이 양보해야 합니다. 세종은 새 문자를 만들겠다고 공표할 경우, 반대가 거셀 것이라고 예상했고, 자칫 잘못되면 시작도 못 할 수 있다고 생각해, 철저히 비밀에 부친 거지요. 이 같은 점은 훈민정음을 만들었다는 사실을 공표한 1443년 12월 말로부터 2개월 만에 나온 최만리 등 7인의 언문창제반대상소에서 확인할 수 있습니다.

> 신 등이 엎디어 보옵건대, 언문을 제작하신 것이 지극히 신묘하와 만물을 창조하시고 지혜를 운전하심이 천고에 뛰어나시오나, 신 등의 구구한 좁은 소견으로는 오히려 의심되는 것이 있사와 감히 간곡한 정성을 펴서 삼가 뒤에 열거하오니 엎디어 성재聖裁하시옵기를 바랍니다.
>
> −『세종실록』103권, 26년(1444) 2월 20일

최만리는 언문 창제가 신묘하나 의심스러운 것이 있다며 언문 창제 반대 소견을 쭉 열거했는데요, 굵직한 이유는 다음과 같습니다.

ㄱ. 사대모화에 반대된다.

ㄴ. 독자적인 문자를 만들어 사용하는 것은 모두 오랑캐들이다.

ㄷ. 설총이 만든 이두는 한자에 바탕을 두고 있고 중심 개념을 한자어로 표기하면서 토씨를 나타내는 보조적인 기능에 국한되며, 이두를 통해 한자를 익히게도 된다. 그러나 언문은 야비하고 상스럽고 무익하며, 언문이 보급될 경우, 학문의 진리를 탐구하는 자가 줄 것이다.

ㄹ. 형벌에서 백성들이 억울한 일을 당하는 문제는 관리의 문제이지, 문자의 문제가 아니다.

ㅁ. 언문 창제는 여론을 무시한 독단이다.

ㅂ. 언문이 나라를 다스리는 데 도움이 되지 않는다.

사대모화에 어긋나는 짓, 오랑캐 짓, 여론 무시, 쓸모없는 짓 등등의 '지적질'에 세종은 엄청 분노했습니다. 최만리는 사대모화를 첫 번째 반대 이유로 거론했습니다. 유학자들은 공자의 제자들이고, 본향인 중국을 섬기는 숭모사상에 젖어 있었습니다. 유학자 당사자들도 반대의 명분으로 삼고 있지만, 중국에서 알아 비난하기 시작하면 어찌하느냐는 식으로 중국을 업고 세종을 압박했습니다. 지금도 작은 나라들은 강대국 눈치를 보며 살아가고 있습니다.

오랑캐 짓이라는 신랄한 지적이야 문명의 상징인 한자를 절대 버려서는 안 된다는 주장입니다만, 언문 창제가 여론을 무시한 독단이라는 것은 국사를 추진함에 있어 신료들과 협치해야 하는 원칙론에 입각해 있으므로 당연히 따질 수 있는 문제라고 생각합니다. 지금도 대통령이 마음대로 국사를 처리하면 독재자란 비난을 듣기 십상입니다. 그런데 최만리의 지적이 바로 세종이 감쪽같이 신료들을 속이고 몰래 훈민정음 창제를 진행했다는 것을 추정할 수 있는 대목입니다. 정의공주나 수양대군, 안평대군이 세종을 도왔을 것이라는 추정은 가장 믿을 수 있는, 비밀을 지킬 것이라 믿는 자식들에게는 간혹 질문도 하고 의견도 들었을 거라는 이야기입니다.

9. 세종 홀로 훈민정음을 만들다

어렸을 때 훈민정음은 '세종과 집현전 학사들이 창제했다'고 배웠습니다. 일반적으로 왕은 정치인, 집현전 학사는 학자·지식인·연구자라 생각합니다. 아무래도 학사들의 역할이 컸으리라 생각하는 것이 보편적입니다만, 진실은 그렇지 않습니다. 세종실록에 '이달에 임금이 친히 언문諺文 28자字를 지었는데'라고 했습니다. 세종이 직접 글자를 만들었다는 겁니다. 더러는 문자 창제를 왕의 업적으로 돌리는 헌사라고도 합니다. 그렇다면 학사들이 한 일을 왕이 가로챈 것이 됩니다만, 훈민정음에 관한 많은 기록은 세종 친제를 증언하고 있습니다.

집현전 교리 최항·부교리 박팽년, 부수찬 신숙주·이선로·이개, 돈녕부 주부 강희안 등에게 명하여 의사청에 나아가 언문으로 운회韻會를 번역하게 하고, 동궁과 진양대군 이유·안평대군 이용으로 하여금 그 일을 관장하게 하였는데, 모두가 성품이 예단하므로 상을 거듭 내려 주고 공억하는 것을 넉넉하고 후하게 하였다.

－『세종실록』103권, 26년(1444) 2월 16일

1444년 2월 16일 세종이 집현전 학사들에게 지시하여 '운회'의 번역을 맡기고 아들들에게 감독하게 했음을 알 수 있습니다. 훈민정음 창제 후에 벌어진 일입니다. 신숙주가 명나라의 언어학자 황찬을 여러 차례 만난 것도 1445년경으로 세종이 훈민정음을 창제한 이후였습니다. 다음 기록에서는 자신감 넘치는 언어학자로서 세종의 면모를 확인할 수 있습니다.

> 너희들이 이르기를, '음音을 사용하고 글자를 합한 것이 모두 옛 글에 위반된다' 하였는데, 설총의 이두도 역시 음이 다르지 않으냐. 또 이두를 제작한 본뜻이 백성을 편리하게 하려 함이 아니하겠느냐. 만일 그것이 백성을 편리하게 한 것이라면 이제의 언문은 백성을 편리하게 하려 한 것이다. 너희들이 설총은 옳다 하면서 군상君上의 하는 일은 그르다 하는 것은 무엇이냐. 또 네가 운서韻書를 아느냐. 사성칠음四聲七音에 자모字母가 몇이나 있느냐. 만일 내가 그 운서를 바로잡지 아니하면 누가 이를 바로잡을 것이냐.

－『세종실록』103권, 26년(1444) 2월 20일

흥미로운 것은 최만리 등이 반대 상소를 올렸을 때, 세종이 '네가 운서를 아느냐' 하고 공박하는 대목입니다. 조선시대 언어학은 지체 높은 선비들이 공부하는 것이 아니고 역관 같은 중인계급에서 하는 것입니다. 과거 시험은 모두 유학의 경전에서 출제되므로 언어학을 공부할 이유도 필요도 없습니다. 세종은 최만리, 정창손, 김문, 하위지 등이 유학자로서 식견이 높다 하더라도 언어학에 대해서는 문외한이라는 점을 지적한 것이고, 운서를 바로잡을 사람은 언어학 전문가인 '나'라는 사실을 강조한 겁니다.

10. 우리말을 소리 그대로 적는 글자

앞서 설총이 이두를 집대성했다는 이야기를 했습니다. 설총은 당대의 석학이고, 언어학의 대가였습니다. 어지러이 쓰이는 이두를 정리하고 통일했습니다. 그러나 한자를 기본으로 우리말을 적고자 한 것이 한계였습니다. 고려시대에는 한문을 쉽게 읽기 위한 구결도 등장했습니다만 지금까지 한 온갖 시도는 병의 원인을 알지 못하고 겉으로 나타난 증상을 다스리는 대증요법에 불과했습니다.

세종은 한자로는 안 된다는 것을 잘 알았습니다. 게다가 이두나 구결은 '그들만의 리그'를 위한 것이었습니다. 한자를 학습하고 다룰 줄 아는 일부 지식인들과 지배계층의 편리를 위한 것이었고, 이들의 고민 속에 백성은 없었습니다. 세종은 지식인들을 위한 글자가 아닌, 뭇 백성을 위한 글자를 만들고자 했습니다.

나랏말이 중국과 달라 한자와 서로 통하지 아니하므로, 우매한 백성들이 말하고 싶은 것이 있어도 마침내 제 뜻을 잘 표현하지 못하는 사람이 많다. 내 이를 딱하게 여기어 새로 28자를 만들었으니, 사람들로 하여금 쉬 익히어 날마다 쓰는 데 편하게 할 뿐이다.

-『세종실록』113권, 28년(1446) 9월 29일

'우매하다'는 표현이 불편합니다만, 글자조차 모르는 백성을 우매하다고 표현한 것은 틀리지도 과하지도 않습니다. 백성들은 농사를 짓고 고기를 잡고 신발이나 옷을 만들며 살았지만, 문자 앞에서는 청맹과나나 다름없었고, 세상 돌아가는 사정을 알 수 없었고, 알 필요도 없었고, 알아서도 안 되는 세상이었습니다. 세종이 백성을 위해 글자를 만든 것은 우매함을 깨우쳐 주고자 한 데 그치는 것이 아니라, 하고 싶은 말을 할 수 있도록, 표현의 자유, 언론의 자유를 주고자 한 것이고, 장차 백성이 나라의 주인이 되는 세상을 위한 씨앗을 뿌린 것입니다. 그러고 보면 훈민정음은 지금 우리가 중요하게 생각하는 민주와 평등의 가치를 품고 태어난 선구적인 문자입니다.

사대부집 아이들이야 어릴 적부터 서당이나 향교에 나가 공부합니다. 그들의 본분·권리·책무이기도 하지만, 농부·어부·유기장이·대장장이 같이 미천한 집 아이들에게 공부는 언감생심입니다. 공부할 시간이 없으니 글자가 어려우면 안 됩니다. 하늘을 '天', 땅을 '地', 물을 '水', 나무를 '木'이라 적을 필요는 없습니다. 세종은 우리말을 그대로 적을 수 있는 쉬운 글자를 생각했습니다. 하늘은 '하늘', 땅은 '땅', 물은 '물', 나무는 '나무'라고 소리 나는 대로 적을 수 있는 글자여야 했습니다.

28자로써 전환하여 다함이 없이 간략하면서도 요령이 있고 자세하면서도 통달하게 되었다. 그런 까닭으로 지혜로운 사람은 아침나절이 되기 전에 이를 이해하고, 어리석은 사람도 열흘 만에 배울 수 있게 된다.

- 정인지 서문, 『세종실록』113권, 28년(1446) 9월 29일

　　최항, 박팽년, 신숙주, 성삼문, 강희안, 이개, 이선로 등 집현전 학사들과 함께 세종의 명을 받아 '훈민정음 해례본'을 완성한 정인지의 말입니다. 그는 훈민정음이 단 28자로 말을 적을 수 있고, 글자는 쉬워 누구나 금방 배울 수 있다고 했습니다. 훈민정음이라고 하면 글자의 이름이라 생각하지만, '훈민정음'이라는 글자를 소개하고 해설하는 책 『훈민정음』을 뜻하기도 합니다. 우리나라 국보 제70호이자 유네스코가 지정한 세계기록유산이 바로 『훈민정음』입니다. 그러므로 '한글은 유네스코 기록유산이야'라고 하는 것은 맞지 않습니다.

11. 훈민정음은 으뜸 소리글자

　　인류가 사용하는 문자는 한자와 같은 뜻글자와 알파벳, 가나문자, 파스파문자, 키릴문자 같은 소리글자로 나눕니다. 알파벳은 그리스어며 그 첫 문자가 '알파'와 '베타'였기 때문에 붙여진 이름입니다만, 언제 어떻게 만들어졌는지는 알 수 없습니다. 일본의 가나문자는 가나(仮名: 임시 문자라는 뜻), 곧 히라가나(平仮名: 보통 가나라는 뜻)는 한자 곧 마나(真名:

정식 문자, 진짜 문자라는 뜻)의 초서체를 간략하게 다듬어 만든 문자입니다.[8]

가나문자는 소리글자이자 음절문자입니다. 하나의 글자가 자음과 모음으로 이루어져 있습니다. 그래서 자음과 모음은 분리되지 않습니다. 알파벳은 훈민정음과 마찬가지로 자음과 모음이 분리된 음소문자입니다. A~Z까지 26자인데, A, E, I, O, U 5자가 모음, 나머지는 자음입니다. 다른 점은 한글은 자모를 모아 음절 단위로 쓰고, 알파벳은 자모를 음절 구분 없이 풀어쓴다는 점입니다. 봄 : Spring, 소년 : boy, 아버지 : father 등등.

훈민정음, 가나문자, 알파벳 등은 소리글자입니다. 음절문자든 음소문자든 모아쓰든 풀어쓰든 각각의 장단점이 있습니다. 일본어에 받침소리가 왜 없는지는 잘 모르지만, 우리 지명 '철원, 경상북도, 장산곶'보다 일본 지명 'ひろしま(히로시마), ながさき(나가사키)' 등이 단순해 보입니다. 그래서인지 영미인들은 일본인의 이름이 쉽다고 합니다. 야마다Yamada, 다나카Tanaka, 아베Abe 등등 발음이 어렵지는 않습니다.

반면 한국인의 이름은 어려워합니다. 김철수(Kim Chulsoo/Kim Cheolsu/Kim Cheolsoo), 양경숙(Yang Kyungsook/Yang Kyoungsook), 정재환(Jung Jaehwan/Jeong Jaehwan/Chung Jaehwan) 등등 다양한 음절 표기가 가능한 만큼 소리도 복잡하기 때문입니다. 외국인들에게는 다소 어려울 수 있지만, 정인지가 '(훈민정음으로) 바람소리와 학의 울음이든지, 닭 울음소리나 개 짖는 소리까지도 모두 표현해 쓸 수가 있게 되었다'라고 한 것처럼 자모를 결합해 많은 다양한 소리를 표기하는 한글의 능력은 한마디로

8 정순분, 『일본고전문학비평』, 제이앤씨, 2006.

타의 추종을 불허합니다.

가나문자는 일본어에 맞게 만들어진 문자이므로 일본어를 표기하는 데는 부족함이 없습니다. 하지만 가나문자로 외국어를 온전히 표기하는 것은 쉽지 않습니다. 음절문자여서 표기할 수 있는 소리가 제한적인 데다가 일본어는 낱말이 모음으로 끝나는 특성을 갖고 있습니다. 일본인들이 'McDonald^(맥도날드)'를 'マクドナルド^(마꾸도나르도)'라고 하는 이유가 바로 그것입니다.

외래어 표기의 난점에서 그치는 것이 아니라 가나문자로 표기할 수 있는 제한된 소리에만 익숙한 일본인이 외국어를 매끄럽게 발음하지 못하는 것을 종종 볼 수 있습니다. 일본인 흉내를 낼 때, '반갑스므니다, 자르 머거스므니다'라고 하는 게 일본인의 발음 특성을 흉내 낸 것이지요. 한국어가 유창한 일본인도 발음은 일본인답다는 것을 알아차릴 수 있습니다. 반면 일본어가 유창한 한국인은 발음까지도 일본인에 가깝습니다. 가끔 놀란 일본인들이 말합니다. '에, 일본 사람인 줄 알았어요!'

가나문자	알파벳
か[k+ɑ] morning-모닝 モーニング(모닝구) kick-킥 キック(키쿠) コラム ?	a/c a: apple[ǽpl], father[fɑ́ːðər], about[əbáut], chalk[ʧɔː k], able[éibl], weak[wiː k] c: cake[keik], circle[sə́ː rkl]

알파벳은 음소문자여서 조합하기에 따라 상당히 많은 소리를 낼 수 있습니다만, 약점이 있습니다. 훈민정음은 글자와 소리가 '1 대 1'로 대응하는 데 비해 알파벳은 '1 대 다'라는 겁니다. 중학교 1학년 때 영어 선생님이 영어 발음은 발음기호를 확인해야 한다고 가르쳐 주신 것이 바로 그 때문입니다. 한 예로 영어의 모음 a는 위치에 따라 apple, father, about, chalk, able, weak 등 대여섯 가지로 소리가 납니다.[9]

신기하기도 하고 놀랍기도 한 것은 15세기에 만든 글자가 정보화 시대를 이끈 컴퓨터에 잘 들어맞는다는 겁니다. 이에 대해 문화부장관을 지낸 이어령 박사님이 이렇게 말씀하셨어요.

IT시대의 모든 시스템이 0과 1, off, on. 두 개에서 일어나는 디지털 변화를 가지고 여러 가지 의미의 클러스터cluster를 만듭니다. 한글 역시 선 하나로 무수한 모음의 변화를 만듭니다. 수평을 이루는 선 위에다 점 하나를 찍으면 'ㅗ'가 됩니다. 아래에다 찍으면 'ㅜ'가 됩니다. 0과 1, 이 두 개에서 일어나는 것과 똑같은 원리에서 만들어진 것이 한글이기 때문에 가장 단순하면서 복잡한 것을 그려낼 수 있습니다.

한국·일본·중국의 정보화 기기 문자 입력 방식의 차이를 설명한 기사가 있어요. 한글만이 각종 정보 기기 자판에 직접 입력할 수 있습니다. 대략 10만 자로 추정하는 한자를 컴퓨터 자판에 모두 노출하는 것은 불가능하기 때문에 한자음을 로마자 발음으로 변환한 '한어병음' 漢語拼音(Chinese Romanization) 버튼을 사용합니다.

······························

9　서정수, 「한글은 세계의 으뜸가는 글자다」

성조	병음	정체자	간체자	뜻
제1성	mā	媽	妈	어머니
제2성	má	麻	麻	마
제3성	ma	馬	马	말
제4성	mà	罵	骂	욕하다

그런데 한자는 발음이 같은 글자가 많아 해당 문자의 성조를 확인한 후에야 원하는 글자를 입력할 수 있지요. 예를 들어 '馬'(마)를 입력할 경우 로마자로 'ma'를 치면 발음이 같은 麻·罵 등도 같이 나오는데, 이 중 '馬'의 성조에 해당하는 저요조低凹調(제3성)를 선택해야 입력이 끝납니다.

일본어는 가나만으로 입력하는 경우가 있으나 로마자로 입력하는 것보다 복잡해 잘 사용하지 않습니다. 가령 'か'음 계열의 'こ'(ko)를 입력하려면 'か' 버튼을 다섯 번 누르거나, 아니면 'か' 버튼을 선택한후 같은 버튼 내 또 다른 작은 버튼을 다시 눌러야 하기 때문입니다. 게다가 한자를 입력하려면 중국어와 비슷한 과정을 거칩니다.[10] 듣기만 해도 복잡하지만, 그들이 그 복잡함에 익숙하게 생활하는 것을 보면 신기할 정도입니다. 이런 현상을 두고 하는 얘깁니다만, 세종이 훈민정음을 만들 때, 600년 후 정보화시대를 내다봤다고 하는 이들도 있어요.

내친걸음에 하나만 더 이야기할까요? 한국인들이 쓰는 컴퓨터 자

....
10   충청일보, 「IT에 자국문자 사용 … 동양 삼국 중 한국이 유일」, 2016. 5. 23.

컴퓨터 자판 배열

판에는 영어와 한글 자모가 적혀 있는데요, 영어로 water, 한글로 '물'을 입력할 경우에 영어는 자판이 모두 왼쪽에 있으므로 계속 왼손으로 입력해야 합니다. 한글은 자음은 왼쪽, 모음은 오른쪽에 있으므로 왼손과 오른손을 번갈아 자판을 누르게 되는데요, 연거푸 왼손을 쓰는 것보다는 왼손과 오른손을 교대로 쓰는 것이 한결 편하고 속도도 빠릅니다.

12. 훈민정음은 과학적인 문자

언어학자, 국어학자들은 훈민정음이 과학적이라고 합니다. 모음의 표기 방식은 물론 일정한 방식으로 자모를 결합해 쓰는 것도 규칙적이고 합리적이라고 합니다. 어릴 적에 들은, 자모를 문창살을 보고 만들었다는 얘기는 과학과는 거리가 멀어 보입니다. 고전모방설, 범자

모방설, 파스파모방설 등의 주장도 있었습니다. 왜냐하면 『세종실록』
과 『월인석보』에 담긴 「훈민정음 언해본」에는 제자 원리에 대한 설명
이 빠져 있었기 때문입니다. 하지만 더는 엉뚱한 추정을 하지 않습니
다. 왜냐하면 훈민정음의 완벽한 해설서인 『훈민정음』이 1940년 세상
에 모습을 드러냈기 때문입니다.

　안동에서 책이 나왔다는 소식을 들은 전형필은 즉각 김태준을 통
해 소유자와 교섭합니다. 25세부터 도자기, 고서화, 불상 등등 조선의
혼이 담긴 문화재를 수집하던 전형필은 긍구당 종손 김응수의 사위 이
용준에게 10,000원을 지불하고 훈민정음을 매입합니다.

　당시 청자나 백자 등은 고가에 팔렸지만, 서책인 경우 처음 매
매할 때 100원 정도였다고 하니, 무려 100배에 거래가 된 것입니다.

1446년 발간된 훈민정음 해례본　국립중앙박물관

10,000원을 지금 화폐 가치로
환산하는 것은 쉽지 않으나 서
울 기와집 한 채 값이 1,000원
전후였다고 하니, 현재 서울
아파트 한 채를 5억으로 잡으
면 50억 원이란 큰돈입니다.

　전형필은 훈민정음을 국
어학자 홍기문과 서지학자 송
석하에게 필사하게 했고, 그동
안 알 수 없었던 '해례'의 모든
내용이 1940년 7월 30일부터
8월 10일 조선일보 폐간 직전

까지 홍기문과 방종현에 의해 소개됨으로써 드디어 훈민정음 창제의 비밀이 드러났는데요, 놀랍게도 발성기관의 모습을 상형해서 글자를 만들었다는 것이었습니다.

정음 28자正音二十八字는 각상기형이제지各象其形而制之: 정음의 28자는 각각 그 모양을 본떠 만들었다. - 노마 히데키, "경악할 기술이다. 음성학적인 기술의 리얼리티는 압도적이다."

초성初聲은 무릇 17자凡十七字다.
아음牙音 ㄱ은 상설근폐후지형上舌根閉喉之形이다
→ 어금닛소리 ㄱ은 혀뿌리가 목구멍을 닫는 모양을 본떠서 만들었다.
혓소리글자 ㄴ은 혀가 윗잇몸에 닿은 모양을 본떴다.
입술소리글자 ㅁ은 입 모양을 본떴다.
잇소리글자 ㅅ은 이 모양을 본떴다.
목구멍소리글자 ㅇ은 목구멍의 모양을 본떴다.

노마 히데키가 감탄했듯이 상상을 초월하는 발명입니다. 게다가 기본자 5자를 만들고 같은 음성적 성질을 갖는 글자의 모양을 비슷하게 하려고 획을 추가하고 같은 글자를 두 번 써서 만든 것은 영국의 언어학자 제프리 샘슨Geoffrey Sampson으로 하여금 '자질문자'라는 새로운 개념을 설명케 했습니다.

"ㅋ은 ㄱ보다 소리가 좀 세므로 획수를 더하였다."

ㄱ → ㅋ

ㄴ → ㄷ → ㅌ

ㅁ → ㅂ → ㅍ

ㅅ → ㅈ → ㅊ

ㅇ → ㆆ → ㅎ

모음의 기본자는 · ㅡ ㅣ 석 자인데요, ·는 하늘을 본떴고, ㅡ는 평평한 땅을 본떴으며, ㅣ는 서 있는 사람을 본떴습니다. 그러니까 모음 석 자 안에 천지인이라는 우주의 원리가 담겨 있고, 이 석 자를 활용해 ㅏ ㅑ ㅓ ㅕ ㅗ ㅛ ㅜ ㅠ ㅡ ㅣ ㅚ ㅒ ㅝ ㅞ 등등 변화무쌍한 소리를 표기해 냅니다. 훈민정음은 표음문자이자 음절·음소문자이며 자질문자이고, 정인지가 말한 그대로 신묘한 문자입니다.

음절 · 음소문자	자질문자
말 = ㅁ + ㅏ + ㄹ	ㄱ-ㅋ-ㄲ / ㄴ-ㄷ-ㅌ-ㄸ

훈민정음은 '모든 알파벳이 꿈꾸는 최고의 문자(영국 역사학자 존 맨)', 세계 문자 사상 가장 진보된 글자(컬럼비아대학 게리 레드야드 교수)', '효율적인 한글은 세종이 남긴 최고의 유산(메릴랜드대학 로버트 램지 교수)' 등등 숱한 찬사를 받았습니다. 그런데요, 훈민정음이 지닌 가장 중요한 가치는, 세계가 사용하는 대부분의 문자가 지식인이나 지배계층을 위해 만들어진 것인데 반해, 훈민정음은 보통 사람들을 위해 만들어졌다는 것입니다.

한국어를 적는 고유 문자 훈민정음은 지식과 정보를 나누는 수단이 되었고, 백성들의 언로를 여는 확성기가 되어 백성이 나라의 임자 되는 길을 닦았을 뿐만 아니라, 한국인에게 중국 한자와 구별되는 전혀 다른 문자를 소유한 민족이라는 강한 정체성을 심어주었습니다. 그러고 보면 우리 역사는 훈민정음 창제 이전과 이후로 나눌 수 있다고 해도 과언이 아닐 것입니다.

13. 사랑해요, 훈민정음

훈민정음 반포 후 세종은 보급에 심혈을 기울였습니다. 언해 사업을 지시하고, 과거 시험에 넣고 교육을 지시했습니다. 훈민정음을 처음 접한 이들은 어떤 반응을 보였을까요? 최만리는 창제 사업을 반대했습니다. 명나라를 섬기는 도리에 어긋난다는 것이 첫 번째 이유였습니다만, 두 번째는 훈민정음이 세상을 바꿀 것이라는 두려움 때문이었습니다.

> 만약에 언문을 시행하오면 관리된 자가 오로지 언문만을 습득하고 학문하는 문자를 돌보지 않아서 … 진실로 관리 된 자가 언문을 배워 통달한다면 … 27자의 언문으로도 족히 세상에 입신할 수 있다고 할 것이오니, 무엇 때문에 고심 노사하여 성리의 학문을 궁리하려 하겠습니까.
>
> – 『세종실록』 103권, 26년(1444) 2월 20일

훈민정음을 본 최만리는 누구보다도 훈민정음이 문자로서 무서운 위력을 지녔다는 것을 알았습니다. '이것이 퍼지면 한자는 죽을 것이다'라고 판단했다면 허언이나 허풍일까요? 아닙니다. 최만리가 자신의 글에서 '관리들이 언문을 통달하면 누가 힘들게 성리학을 하겠느냐?'고 탄식한 것처럼 훈민정음은 널리 퍼져나갔습니다. 언문은 여자들이 쓰던 글이라는 것은 오해입니다. 숙종 10년(1684)에 남구만은 '문과 응시생들 가운데 언문으로 글을 익히다가 과거에 오르게 되면 한문으로 편지 한 장도 쓰지 못한다'라는 걱정 어린 상소를 올렸습니다.[11]

물론 언문은 중전, 대비, 상궁을 비롯한 궁중 여성들에게 사랑받았습니다. 사대부 집안 출신 여성들은 가학을 통해 일정한 수준의 교육을 받아 한문을 알았지만 여성은 과거에 응시할 수 없었습니다. 공부를 해도 활용 가치가 적어 높은 수준의 한문 교육은 필요하지 않았습니다. 이런 여성들에게 훈민정음은 빠르게 확산되었습니다. 특히 언문은 편지를 쓰기에는 그만이었습니다.

> 산버들 가려 꺾어 보내노라 임에게
> 주무시는 창 밖에 심어 두고 보소서
> 밤비에 새 잎 나거든 이 몸으로 여기소서[12]

선조 때 신분 차이로 사랑을 이루지 못한 홍랑이 연인 최경창에

....

11 정주리·시정곤, 『조선언문실록』, 고즈윈, 2011.
12 정주리·시정곤, 『조선언문실록』, 고즈윈, 2011.

게 쓴 애틋한 연애편지입니다. 이것을 한문으로 지었다면, 글쎄요, 과연 홍랑이 자신의 아린 마음을 온전히 전달할 수 있었을까요?

'사대부들은 언문을 외면했다!' 꼭 그렇지만은 않습니다. 퇴계 이황은 언문으로 '도산십이곡'을 지었습니다.

> 이런들 엇더하며 뎌런들 엇다하료
> (이런들 어떠하며 저런들 어떠하랴?)
>
> 초야우생이 이러타 엇더하료
> (시골에 묻혀 사는 어리석은 사람이 이런들 어떠하랴?)
>
> 하물며 천석고황을 고텨 므슴하료
> (하물며 자연을 사랑하는 고질병을 고쳐 무엇하랴?)

퇴계는 아이들이 따뜻하고 부드러운 성품을 지니도록 교육하고자 도산십이곡을 지었지만, 언문으로 한 까닭은 '국문 시가는 한시와는 달라서 노래할 수 있어서 흥이 난다'는 것이었습니다. 시가는 한시와 다른 조선인의 노래였고, 그대로 적고 부르려면 언문은 절대적으로 필요했습니다.

학창시절 좋아하던 이명우의 '가시리'라는 노래가 생각납니다. '가시리'는 본디 고려 가요입니다. 구전되다가 훈민정음 창제 이후에 비로소 문자화된 것이지요. 한자로 기록되지 않은 것은 하기 어려웠거나, 몹시 어색했기 때문이었을 겁니다. 우리말을 왜곡하지 않고 말맛, 노래 맛을 살려 그대로 옮길 수 있는 문자, 그것은 바로 뒤늦게 태어난 훈민정음이었습니다.

가시리　한국학중앙연구원

가시리 가시리잇고 바리고 가시리잇고

날러는 엇디 살라하고 바리고 가시리잇고

잡사와 두오리 마라난 선하면 아니올세라

설온님 보내옵나니 가시난닷 도셔오쇼셔

얄리 얄리 얄라셩 얄리 얄리 얄라셩

얄리 얄리 얄리 얄라리 얄리 얄리 얄라셩

후렴구 '얄리얄리 얄라셩'은 '청산별곡'에서 온 것이나, 처음부터 두 노래를 섞는다는 생각으로 만든 것입니다. 제 청춘의 심장을 울린 것은 이명우의 '가시리'였지만, 훈민정음이 만들어지지 않았다면 고려가요 '가시리'는 아득한 역사의 저편으로 사라졌을지 모르고, 그러면 고려인이 어떤 노래를 불렀는지조차 몰랐을 겁니다.

훈민정음 창제 50~60년쯤 후에 채수가 '설공찬전'이란 한문소설을 썼는데요, 국문으로 번역되어 널리 읽혔다는 기록이 '중종실록'에 나옵니다. 처음부터 한글로 썼다면 최초 한글소설의 주인공이 됐을 겁니다. 허균의 '홍길동전'에 대해서도 정말로 최초인지 의문을 품는 의견도 있습니다만, 아직까지 최초의 한글소설은 '홍길동전'이라는 것이 다수의 의견입니다.

홍길동전은 몇 가지 의미를 갖습니다. 첫째, 한글 소설이 등장했다는 것은 한글을 읽을 수 있는 독자층이 있었다는 겁니다. 둘째, 한자를 모르는 뭇 백성이 한글로 독서의 즐거움을 누리게 되었습니다. 셋째, 신분제를 통째로 비판한 것은 아니지만, 서얼에 대한 사회적 차별을 통해 양반 사회의 모순을 지적하며 독자들과 공감했습니다. 넷째, 의적 홍길동은 관청을 습격해 탐관오리와 토호를 심판하고, 빈민을 구제하며 독자들의 목소리를 대변했습니다. 다섯째, 독자들은 소설을 통해 웃고 울고 공분하고 사회를 비판하면서 정의로운 세상을 지향했습니다. 이 모든 것이 훈민정음이 있어 가능했습니다.

17세기 후반 한글로 '사씨남정기', '구운몽' 등을 쓴 김만중은 '한문은 타국의 언어'라고 선언하면서 '지금 우리나라의 시문은 자기 말을 버려두고 다른 나라말을 배워서 표현한 것이니, 설사 아주 비슷하다 하더라도 이는 단지 앵무새가 사람의 말을 하는 것'이라고 했습니다. 그동안 조선의 지식인들이 남긴 글은 모두 짝퉁이고 정철의 '관동별곡'이야말로 참 우리 문학이라 평했습니다.[13]

이처럼 훈민정음은 유학자들의 배척과 멸시 속에서도 여성과 뭇백성에게, 언문교지나 교서를 통해 정부의 공문서에, 심지어 일부 지식인들에게도 환영받았습니다. 세종과 후대 왕들의 보급을 위한 노력도 컸지만, 최만리가 경계했듯이 훈민정음은 자생력을 지닌 문자였습니다. 우리말을 아주 쉽게 우리말답게 적을 수 있었기 때문이었습니다. 홍콩 갱영화를 통해 아시아의 스타로 떠오른 주윤발이 1989년 모델로 등장해서 선풍적인 인기를 모았던 음료수 광고처럼 이들은 한목소리로 외쳤을 겁니다. "사랑해요, 훈민정음!"

14. 기다리고 또 기다리고

馬堂金과 乭金을 아시나요? 조선시대 노비 문서에 등장하는 이름입니다. 눈치가 빠르신 분들은 벌써 '아하!'하실 겁니다. 사극에 자주 등장하는 분이고 존칭 없이 이름으로만 불리던 분들입니다. 한 분은 하루도 빠짐없이 마당을 쓸던 마당쇠(馬堂金)이고, 요즘에는 '의리'하면 영화배우 김보성을 떠올리지만 과거에는 의리의 사나이 하면 돌쇠(乭金)였습니다.

....
13 신병주 · 노대환, 『고전소설 속 역사여행』, 돌베개, 2005.

왜 이렇게 적었을까요? 馬堂金은 소리가 비슷한 한자 馬와 堂을 빌린 것이고, 金은 소리가 비슷한 것을 찾지 못해 뜻이 '쇠'인 金 자를 쓴 것인데, 이로써 이두식 표기가 조선시대까지 널리 사용되었다는 것을 알 수 있습니다. 재밌는 것은 '乭'입니다. 乭은 우리가 만든 한자입니다. 돌을 뜻하는 石 자 아래에 乙 자를 받쳤습니다. 乙은 아무런 뜻이 없지만 모양이 'ㄹ'을 닮았습니다. 石이라 쓰고 '돌'이라 읽을 수 있겠습니다만, 아마도 성이 차지 않았던 것 같습니다.

그러면 '乭' 자는 언제 만들었을까요? 섣불리 단정할 수는 없지만, 조선왕조실록에 '乭'이 처음 등장한 것은 "사노私奴 돌산乭山의 난언죄亂言罪는, 참형斬刑에 처하고 가산家産을 적몰籍沒"했다는 세조 3년(1457년)의 기록입니다.[14] 이후 실록에 '乭' 자가 자주 보이지만, 이전 시기에 전혀 보이지 않는 것으로 보아, '乭' 자의 제작 시기를 훈민정음 창제 이후로 추정할 수 있습니다.

훈민정음의 창제를 환영하고 좋아한 이들도 많았지만, 오랫동안 한자를 대신하지는 못했습니다. 그런데 1894년 세상이 깜짝 놀랄 만한 일이 벌어졌습니다. 19세기 후반 조선은 외세의 거친 도전에 직면했습니다. 일본은 조선에서의 이권 획득을 위해 청과 대립했고, 쇠락해 가는 청은 일본조차 견제할 수 없었습니다. 미국·러시아·영국·프랑스·독일 등 제국주의 국가들도 자국의 이권을 놓고 일본·청과 대립했습니다. 주권 수호와 근대적 발전이란 시대적 사명 앞에서 개화파

....

14 세조실록 10권, 세조 3년 11월 18일 무인 7번째기사, 「사노 돌산을 난언죄로 참형에 처하다」

는 갑오개혁을 단행했고, 조선의 정체성과 자주성 확립을 위한 조치 속에 국문칙령이 공포되었습니다.

> 법률과 칙령은 모두 국문을 기본으로 삼되, 한문으로 번역을 붙이거나, 국한문을 섞어 쓴다(法律勅令總以國文爲本漢文附譯惑混用國漢文).
>
> ─『고종실록』32권, 고종 31년(1894) 11월 21일

'국문'이라는 표현에서 이제 훈민정음을 국문으로 인식하고 있었다는 것을 알 수 있습니다만, 훈민정음은 450년 동안이나 2등 문자였습니다. 언문, 암글, 반절, 이언, 속언 등으로 불리던 훈민정음이 '국문'이 된 것은 신채호가 묘청의 반 사대와 자주의 꿈을 '일천년래 제일대사건 一千年來第一大事件'으로 평가한 것 이상으로 세종의 훈민정음 창제와 고종의 국문 선포는 자주 독립 국가를 지향한 혁명적인 사건이었습니다.

국문칙령 이후 '국문'과 '국어'란 명칭이 민간에 보급되었고, 1896년에는 최초의 국문 전용 신문인 『독립신문』이 발행되었습니다. 『독립신문』은 창간호 논설을 통해 "우리 신문이 한문은 아니 쓰고 다만 국문으로만 쓰는 거슨 샹하귀쳔이 다 보게 홈이라"라고 하면서, 지식과 권력을 전유했던 지배 계층이 아닌 대중을 독자로 포용하면서 국민의 교양 향상과 국문 보급을 목표로 국문 전용, 띄어쓰기, 쉬운 조선어 쓰기를 단행했습니다. 독립신문은 국문으로 근대적 지식과 사상을 전파하고, 열강의 침략 정책을 비판하였으며, 국권 수호를 역설하면서 대중시대의 문을 열었습니다.

1896년에는 창간된 최초의 국문 신문 『독립신문』 한글학회 제공

15. 말이 내리면 나라가 내린다

1910년 8월 29일 나라가 없어지자, 일본어가 국어, 가나문자가 국문이 되었습니다. 조선어와 국문을 더 이상은 국어, 국문이라고 부를 수 없는 세상이 되었습니다. 아버지를 아버지라고 부를 수 없다면 도대체 무엇이라고 불러야 할까요? 역사의 아이러니라고 할까요, 이처럼 참담하고 황망한 상황에서 '한글'이란 이름이 탄생했습니다.

1908년 주시경을 중심으로 모인 '국어연구학회'는 1911년 이름을 '배달말글몯음'으로 바꿉니다. 배달민족의 말과 글이란 뜻이죠. 1913년 다시 한 번 '한글모'로 이름을 바꿉니다. '배달말글'이 '한글'이 된 것입니다. 훗날 최현배는 한글이 '유일하고 크고 바르다'는 뜻을 지녔고, 주시경 선생에게서 비롯되었다고 했습니다. 한글 작명자에 대해서는 다른 의견도 있지만, 이것이 '한글'이란 이름이 등장한 배경입니다.

아름다운 이름 '한글'을 만들어 낸 조선인들은 결코 우리말글을 포기할 수 없었고, 그 중심에 주시경과 제자들이 있었습니다. 1910년 6월 주시경은 풍전등화와 같은 조국의 운명을 예감하고 「보중친목회보」에 '한나라말'이란 글을 씁니다. '말이 오르면 나라가 오르고 말이 내리면 나라가 내린다'라는 절창이 터져 나왔습니다. 나라의 앞날을 걱정하던 주시경은 나라가 없어진 다음에도 국어 연구와 보급을 위해 진력했고, 말모이 편찬에 심혈을 기울이다가 1914년 여름 급환으로 별세했습니다. 비보를 접한 최현배는 통곡했고 스승의 뜻을 이은 다음 스승께 돌아가 복명하겠다고 다짐했습니다. 김두봉, 권덕규, 이규영 등은 말모이 작업을 계승했습니다.

독일 베를린대학에서 철학박사 학위를 받고 귀국한 이극로가 1929년 조선어연구회를 찾았습니다. 중국에서 주시경의 수제자인 김두봉을 사사하면서 언어문제가 민족문제의 중심이라 판단한 이극로가 한글운동에 뛰어든 것입니다. 1929년 한글날 조선어연구회를 중심으로 108인의 민족지사가 참여해 조선어사전편찬회가 출범했습니다. 이들에게 사전 만들기는 민족어를 지키는 일이기도 했지만, 독립 운동의 방략이었습니다.

> 오늘날 세계적으로 낙오된 조선 민족의 갱생할 첩경은 문화의 향상
> 과 보급을 급무로 하지 않을 수 없는 것이요, 문화를 촉성하는 방편
> 으로는 문화의 기초가 되는 언어의 정리와 통일을 급속히 꾀하지
> 않을 수 없는 것이다. 그를 실천할 최선의 방책은 사전을 편성함에
> 있는 것이다.
>
> – 조선어학회,『한글』31.

식민지로 전락(낙오)한 조선이 독립(갱생)하는 길은 바로 사전 만들
기였습니다. 2019년 개봉한 영화 '말모이'를 통해 조선어학회가 어떤
마음으로 사전을 만들었는지 엿볼 수 있습니다. 그러나 영화는 상상력
이 가미되는 것이어서 실제 역사와 다른 이야기도 담겨 있습니다. 말
모이(사전)를 편찬하던 조선어학회는 번듯한 한옥에 널찍한 실내 공간
을 갖고 있어 편찬원들이 일하기에 부족함이 없어 보이고, 수집한 말
모이 카드를 가득 숨겨둔 지하실은 일제의 감시와 추적을 피하고자 만
든 비밀 창고 같아 관객의 긴장감을 고조시켰습니다만, 빛바랜 사진에
보이는 조선어학회 사무실은 자그마한 2층 양옥입니다.

1층은 이극로의 살림집, 2층만이 사전편찬실이었는데요, '일 없는
사람은 들어오지 마시고 이야기는 간단히 하시오'라는 문구가 붙어 있
었으며, 이극로·이중화·한징·정인승·권덕규·정태진·이석린·권승
욱 등은 이른 아침부터 늦은 밤까지 어휘 카드를 주석하고 원고를 정
리하며 토론과 회의를 반복했고, 편찬실 옆에는 한글 잡지 발송, 우편

1935년 조선의 건축왕 정세권이 학회에 기증한 건물.
한글학회 제공

물 정리, 행정 사무 등을 처리하는 작은 방이 하나 있는 정도였습니다. 이극로는 조국이 독립할 때까지 돈을 벌지 않겠다고 다짐했고, 최현배는 민족의 얼이 담긴 말글마저 잃으면 모든 것을 잃는다는 심경에서 '한글이 목숨'이라 절규했습니다. 일제가 말살하려고 한 조선어를 지키는 것은 이들이 선택한 저항이자 투쟁, 곧 독립운동이었습니다.

　일제의 감시와 협박에도 굴하지 않고 꿋꿋하게 우리말글 독립 운동에 나선 학회는 1940년 3월 7일 사전 원고를 총독부 도서과에 제출하였고, 일부 내용에 대한 정정과 삭제 등을 조건으로 3월 12일 극적으로 출판 허가를 받았지만, 1942년 10월 1일 조선어학회사건이 발생했습니다. 1943년 '조선어 말살'이라는 표현이 신문에 등장할 정도로 노골적으로 우리말글을 탄압하는 일제의 서슬을 더는 피할 수 없었기 때문입니다.[15] 사건 심리 도중 이윤재와 한징은 옥사했고, 이극로·최현배·이희승·정인승·정태진 등은 치안유지법 위반으로 유죄 판결을 받았습니다.

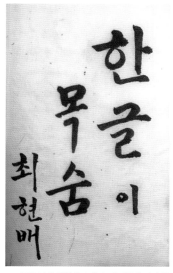

1930년대 최현배가 식당 방명록에 남긴 글
외솔회 소장 자료

16. 한글, 빛을 찾다

1945년 8월 15일 광복과 함께 고사 직전에 섰던 우리말글 또한 빛을 되찾았습니다. 사라졌던 사전 원고가 1945년 10월 2일 서울역 창고에서 극적으로 발견되었고, 조선어학회는 사전 편찬에 박차를 가했

15 정재환, 『한글의 시대를 열다』, 경인문화사, 2013.

습니다. 한국전쟁과 이승만이 야기한 한글맞춤법간소화파동으로 두 차례 시련을 겪었지만, 1957년 한글날 『큰사전』 6권이 모두 완간되었습니다. '한국문화사상의 획기적인 대사건'이었습니다.

1945년 광복 직후 한국인의 문맹률은 78%였습니다. 일제의 식민 교육이 낳은 참담한 결과였습니다. 민족어 회복과 교육의 정상화는 문명사회 건설을 위한 시급한 과제였습니다. 새나라 건설을 위해 온 국민이 힘을 모을 때, 조선어학회는 한글강습회를 통해 교사를 양성하고 국민들에게 한글을 보급했으며, 각종 교과서를 편찬하여 교육 현장에 보급했습니다.

조선어학회와 미군정의 협력으로 1945년 11월 15일 출간된 첫 국어 교과서 『한글 첫 걸음』에서 처음으로 한자가 폐지되었고, 처음으로 한글 가로쓰기가 적용되었습니다. 조선어학회의 기관지 『한글』을 제외하고 광복 이전에 나온 서책은 모두 세로쓰기였습니다. 『한글 첫 걸음』을 가로짜기로 발간한 것은 '한글은 가로 써야 한다'라는 조선어학회의 주장이 관철된 결과이고, 지금 우리는 가로쓰기로 편찬된 글과 책으로 세상의 지식과 정보를 나누고 있습니다.

1948년 5월 10일, 처음으로

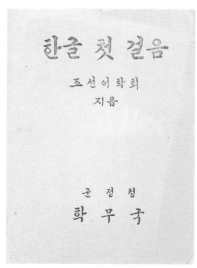

광복 후 조선어학회가 편찬한 최초의 한글 교과서
『한글 첫 걸음』 대한민국역사박물관 소장 자료

국민이 직접 국민의 대표를 뽑는 선거가 실시되었고, 총 선거를 알리는 포스터는 한 글로 제작되었습니다. 후보 자의 선전문 등에는 국한문 이 어지러이 혼재해 있었습 니다만, "중앙정부 수립, 총 선거로 독립문은 열린다, 투 표는 애국민의 의무, 기권 은 국민의 수치"라는 선명 한 한글은 장차 한글이 국 민 소통의 중심에 서리라는 것을 선언한 듯 했습니다.

1948년 5·10선거 벽보　국가기록원 소장 자료

　　1948년 한글날 법률 제6호로 '한글전용에관한법률'이 공포되었 습니다. "대한민국의 공용 문서는 한글로 쓴다. 다만, 얼마 동안 필요 한 때에는 한자를 병용할 수 있다." '다만'이라는 단서 조항으로 인해 한글 전용이 속도를 내지 못한 것이 사실이지만, 세종의 훈민정음 창 제와 고종 국문칙령의 정신을 잇는 역사적 대사건이었습니다.

　　조선어학회는 한자를 버리고 한글을 택했습니다. 백성을 위한 글 자 훈민정음을 만든 세종의 뜻이었고, 훈민정음의 가치를 발견한 스승 주시경의 뜻이었습니다. 광복 후에도 한자를 좋아하는 이들은 언문 창 제를 반대했던 유학자들과 마찬가지로 한글 전용에 반대했습니다. '언 문은 여자들이나 배우는 거'라며 우리 글자를 업신여겼고, 여성들마저

비하했으며, '언문으로는 학문을 할 수 없고 문명의 발전을 도모할 수 없다'라고도 주장했습니다.

조선어학회 사람들은 문자가 사람을 지배하는 세상이 아닌 사람이 문자의 주인이 되는 세상을 꿈꾸면서 온몸으로 투쟁했습니다. 공무원들이 오랫동안 한글전용법을 지키지 않고, 신문도 1990년대까지 대부분 국한문 혼용을 고수했습니다. 대학에서도 대부분의 교수가 보고서를 국한문 혼용으로 쓸 것을 요구했습니다만, 세상은 달라졌습니다. 공문서, 신문, 보고서 등에서 한자가 사라졌고, 시와 수필, 소설 등 문학뿐만 아니라 학술 논문도 특별한 분야가 아니면 한글로 씁니다.

17. 살맛나는 세상

학교를 다니지 못해 평생을 까막눈으로 살아오신 할머니들이 있습니다. 한글만 배웠어도 그리 답답하지는 않았을 텐데, 한글조차 배울 기회가 없었습니다. 2019년 봄 이 분들이 직접 쓴 책『우리가 글을 몰랐지 인생을 몰랐나』^(남해의 봄날)가 출간되어 독자들의 심금을 울렸습니다.

돈을 찾으러 은행을 갔습니다.
그리고 자신 있게 계좌번호, 금액을 썼습니다.
은행직원이 글을 예쁘게 쓴다고 했습니다.
나는 너무 기분이 좋아 어깨가 으쓱했습니다.

살맛나는 세상　　　　정오덕

돈을 찾으러 은행을 갔습니다.
그리고 자신 있게 계좌번호, 금액을 썼습니다.
은행직원이 글을 예쁘게 쓴다고 했습니다.
나는 너무 기분이 좋아 어깨가 으쓱했습니다.

글을 모를 때는 애들 보고 써주라고 했습니다.
그런데 지금은 혼자서 척척 쓸 수 있습니다.

지금 같으면 부녀회장을 백번도 할 수
있을 것 같습니다

손녀딸은 자기보다 내가 오히려 새를
더 잘 그린다고 했습니다
나는 칭찬을 들으니까 너무 기분이 좋았습니다.

그림을 못 그린다고 생각했습니다.
그런데 생각보다 그림이 잘 그려지니까
너무 행복하고 그림에 관심이 생겼습니다.

『우리가 글을 몰랐지 인생을 몰랐나』, 남해의 봄날, 2019

글을 모를 때는 애들 보고 써주라고 했습니다.
그런데 지금은 혼자서 척척 쓸 수 있습니다.
지금 같으면 부녀회장을 백번도 할 수 있을 것 같습니다.

　글쓴이 가운데에는 가난 때문에 학교를 다니지 못한 분도 있고, 여자가 배워서 어디다 써먹을 거냐는 옛 어른들의 잘못된 생각 때문에 학교 문턱조차 가보지 못한 분도 있습니다. 조금씩 사정은 다르지만 배우지 못한 탓에 평생 한을 품고 살았습니다. 늦게나마 이분들에게 빛을 주고 행복한 삶을 선물한 것은 바로 한글이었습니다.

이러한 기적은 전국에서 일어나고 있습니다만, 특히 칠곡 할매들의 활동이 눈부십니다. 2015년 시가 뭐고라는 시집을 내시더니, 콩이나 쪼매 심고 놀지머(2016), 작대기가 꼬꼬장 꼬꼬장해(2017)로 칠곡할매들의 행진은 이어졌고, 배우로 변신해 연극 무대에서 몸을 푸시는가 싶더니, 2018년에 개봉된 다큐멘터리 영화 칠곡 가시나들에 출연해 전국의 크고 작은 스크린을 꽉 채우며 웃음과 감동을 주었을 뿐만 아니라, 2021년 1월에는 김영분, 권안자, 이원순, 이종희, 추유을 등 다섯 분의 할머니가 혼신을 다해 만든 '칠곡할매글꼴'을 전국의 아들·딸, 손자·손녀들에게 선물했습니다.

무엇보다 중요한 것은, 세 번째 시집에서 최영순 할머니가 "내가 살아온 세상 까막눈 세상, 눈을 뜨고도 볼 수 없으니까 까막눈 세상, 세상을 살다 보니 행운이 찾아왔네, 한글은 내 인생이다, 검은 머리, 흰머리 되어서 눈을 뜨네, 밝은 세상 꽃도 피네, 내 인생도 꽃 피네"라고 하신 것처럼 할머니들 자신이 한글 공부를 통해 눈을 뜨면서 새로운 인생을 신나게 즐기고 있다는 점일 겁니다.

(칠곡할매 이원순체)

광복 후에 우리가 한글을 선택하지 않았다면, 만일 한자 숭배자들의 주장에 밀려 국한문 혼용을 폐기하지 못했다면, 아마도 이분들의 한은 돌아가실 때까지 풀리지 않았을 겁니다. 한자 학습은 너무나 많은 시간을 요구합니다. 18세기 초에 나온 '강희자전'에 이미 47,000여

칠곡할매글꼴은 칠곡할매들이 후손들에게 남긴 고귀한 선물이자, 대중이 세상의 주인이 되는 세상을 만들어 온 한글 역사에서도 중요한 의미를 갖는 문화유산이다.(칠곡할매글꼴 권안자체, 칠곡군청)

자가 수록되었습니다. 그 후로도 계속 새로운 글자가 추가되었으니, 평생 공부해도 다 알기 어렵습니다. 루쉰은 '한자가 망하지 않으면 중국이 망한다'라고 했습니다. 1956년 중국이 '한자간화방안'을 마련하여 간체자를 쓰기로 한 것은 심각한 문맹을 타파하고 문자 생활을 조금이라도 쉽게 하려는 것이었습니다.

　일본은 가나문자를 갖고 있지만 한자를 버리지 못했습니다. 일본에서도 한자 폐지 시도가 있었습니다만, 그들은 실패했습니다. 지금도 가나문자와 한자를 혼용하는 난해한 국어생활을 하는 일본의 국어 교육은 한자 교육이라 해도 과언이 아닙니다. 일본인은 대학을 나와도 거리의 한자 간판을 다 읽을 수 없고, 좋은 문장을 쓰기 어렵다고 하소연합니다.

우리는 한글 전용으로 한자의 굴레에서 해방되었고, 광복 직후 문맹률 78%였지만 세계에서 문맹률(2% 미만)이 가장 낮은 나라가 되었습니다. 읽고 쓰는 능력은 현대인에게 요구되는 필수적인 기능이자 규범입니다. 20세기 전반 서양에서는 읽고 쓰지 못하는 이들을 지진아로 여겼습니다.[16] 읽고 쓰는 것이 절대적으로 요구되었던 광복 이후 한국 사회에서 한글은 목표 달성을 위한 대중교육에서 눈부신 역할을 했습니다.

1960~70년대만 해도 가난 탓에 초등학교만 졸업한 이들이 많았지만, 누구는 도시로 나가 공장노동자가 되었고, 누구는 고향을 지키며 논밭에서 구슬땀을 흘렸습니다. 고등교육을 받은 것은 아니었지만, 한글로 교육 받은 한글세대가 경제와 민주주의 발전의 중추였고, 대한민국은 원조를 받던 가난한 나라에서 다른 나라를 돕는 나라가 되었습니다. 한강의 기적이라고 합니다만, 진실은 '한글의 기적'이라고 해야 할 것입니다.

2013년 한국을 방문한 구글의 에릭 슈미트 회장은 한국은 아시아 국가 중에서 유일하게 독자적인 글자를 가지고 있는 나라, 한글이야말로 대한민국이 디지털 기술에서 앞서 나가게 된 요인, 한글은 누구도 부정할 수 없는 한국문화의 요체, 한글은 세계에서 가장 직관적인 문자라고 했습니다.[17] 과학기술에 문외한인 글쓴이의 눈길을 끌었던 것

----

16 엘버틴 가우어, 『문자의 역사』, 도서출판 새날, 1995, 322~323쪽.
17 이투데이, 「에릭 슈미트 "한글은 한국이 디지털 기술에 앞서 나갈 수 있었던 원동력"」, 2013. 10. 30. https://www.etoday.co.kr/news/view/813275

은 '한글이 디지털 기술에서 앞서 나갈 수 있었던 요인'이라는 점이었습니다. 15세기에 만들어진 한글이 지금의 디지털 환경에도 잘 맞는다는 것이 신기합니다.

살아가는 데 가장 중요한 것은 의식주입니다. 원시시대에도 사람은 수렵 채집을 통해 먹고 짐승 가죽으로 입는 문제를 해결했습니다. 동굴이나 움집을 만들어 잠을 자거나 쉬었습니다. 지금도 이 3가지는 삶에 필요한 절대 조건입니다. 하지만 21세기 인류는 단순히 옷, 음식, 집에 만족하지 않습니다. 아름다운 옷, 맛과 영양과 질 등을 동시에 만족시키는 음식, 한 번쯤 살아보고 싶은 우아한 한옥까지 둘러보면 삶에 필요한 모든 것에는 디자인이 들어가 있습니다. 스마트폰, 자동차, 자전거, 스쿠터 등 제아무리 성능이 뛰어나도 디자인이 결여된 볼품없는 물건은 사람들로부터 외면받기 십상입니다.

글자도 가독성과 모양과 풍기는 정취가 중요합니다. 한글문화연대 석금호 공동대표님은 대학에서 디자인을 공부했고, 한글을 아름답게 만드는 일에 뛰어들었습니다. 컴퓨터가 나오기 전에는 새로이 만든 글꼴을 팔 곳이 없어 3년 동안 라면만 먹고 살았습니다. '두드리면 열리리라'라는 말처럼 컴퓨터시대가 시작되었고, 많은 곳에서 개성 있고 특색 있는 한글을 찾고 소비하기 시작했습니다. 그와 동지들이 만든 산돌 광수, 산돌 광야, 산돌 까치발, 산돌 똥강아지, 산돌 숯돌이, 산돌 용비어천가, 산돌 인디언소녀 등등 이름도 모양도 예쁘고 멋진 숱한 글꼴들이 사람들의 큰 사랑을 받았습니다. 이제 한글은 명품 소리글자라는 명성과 함께 아름다움을 창조하고 나누는 예술 글자로 진화하고 있습니다.

산돌 인디언소녀(산돌 디자인)

　　외국인에게 '한글이 예뻐요'라는 말을 들었을 때, '정말 그런가, 정말 그렇게 느끼는 건가', 하고 의문을 품은 적이 있습니다. 이국적 또는 이색적인 것에서 느끼는 흥미가 아닐까 하는 생각도 했습니다. 게다가 미감이란 주관적인 것이기에 누구는 예쁘다고 누구는 아니라고 할 수도 있다고 생각합니다만, 책장을 넘기거나 컴퓨터 자판을 두드리지 않더라도 여러 가지 다양한 상황에서 한글을 만납니다. 알파벳에 비하면 여전히 미미합니다만, 아름답고 멋진 한글이 적힌 옷이나 모자, 열쇠고리, 학용품, 찻잔, 지갑, 허리띠, 장신구 등이 삶의 공간을 더욱 풍요롭고 즐겁고 윤기 있게 만들어 줍니다.

　　불과 1세기 전, 한국어와 한글은 기독교를 전파하러 온 선교사나 무역상 등 일부 외국인을 제외하면 오로지 한국인만 사용하는 언어였습니다. 일제의 동화정책에 의해 하마터면 사라질 뻔 했던 식민지의 언어였지만, 지금은 한국어를 배우는 외국인들이 적지 않습니다. 2019년 현재 외국인 노동자, 결혼이주여성, 유학생뿐만 아니라 해외에 설치된 한국교육원(18개국 41개소), 세종학당(57개국 174개소), 한글학교(116개국 1,904개소), 한국문화원(27개국 32개소) 등에서 많은 외국인들이 한국어를 공부하고 있으며,[18] 2021년 2월 베트남은 한국어를 제1외국어로 지정했습니다.

예쁘게 새겨진 한글 '봄'이
은은한 차의 풍미와 행복을 더합니다.

　　2020년 벽두부터 신종 전염병 코로나19로 인해 전 인류가 고통받고 있습니다만, 대한민국의 방역 체계는 모범적인 사례로 평가받았고, 대한민국 문화계에는 깜짝 희소식도 많았습니다. 2020년 2월, 영화 '기생충'이 아카데미 작품상·감독상·각본상·국제장편영화상 등 4개 부문을 석권했고, 9월에는 방탄소년단의 다이너마이트Dynamite가 빌보드 싱글 차트 1위를 차지했으며, 2021년 9월 공개된 드라마 '오징어 게임'이 경이로운 시청률을 기록하며 세계인의 사랑을 받았습니다. 팝송과 헐리우드 영화를 최고로 생각하며 자란 글쓴이로서는 상상조차 할 수 없었던 일이 현실이 된 것입니다.

　　21세기 한국은 세계인으로부터 주목받고 있고, 한류 열풍과 함께

18　이승연, 「한국어교육을 위한 한국 문화 교육 연구의 현황과 과제」, 『새국어생활』 제29권 제1호 봄, 2019 ; 세종학당 82개국 234개소(2022년 2월 현재)

세종문화회관 뒤뜰에 있는 한글 조형물

한국어와 한글을 배우는 세계인도 늘고 있습니다. 이제 한글은 한국인만의 문자가 아닌 세계인이 함께 그 가치를 누리고 꿈을 나누는 문자로 성장하고 있습니다. 한글이 지닌 장점과 향기는 국경을 넘어 인류 문화 발전에 기여할 것이고, 문화 강국 대한민국의 꿈을 이루어 줄 것입니다. 한글이 웃습니다, 하하 호호 히히 헤헤 흐흐.

I. 우리 옷 한복   김경은

『의식주 문화사전』.

고창근,『신윤복, 욕망을 욕망하다』책과나무.

국립민속박물관,『한국 의식주 생활사전』「의생활편」국립민속박물관.

글림자,『조선시대 우리옷 한복 이야기』혜지원.

김상일,『초공간과 한국문화』교학사.

김용만,『전통한복』경춘사.

김탁환,『나, 황진희』.

박제가/(역)안대회,『북학의』돌베개.

설흔,『성호사설을 읽다』유유.

이규태,『이규태 코너』조선일보사.

이규태,『한국인의 힘』신원문화사.

이덕무/(역)민족문화추진회,『청정관전서』솔.

이민주,『치마저고리의 욕망』문화동네.

이현희,『고려와 몽골의 여성』명문당.

전호대,『고구려 고분벽화와 만나다』동북아역사재단.

채금석,『문화와 한 디자인』학고재.

최명희,『혼불』한길사.

최영진,『성서의 식물』아카데미서적.

허균,『동의보감』글로북스.

홍사중『한국인의 미의식』전예원

II. 자연을 품은 한옥과 정원 　김경은

이규태,『이규태 코너』조선일보사.
지상현,『한중일의 미의식』아트북스.
오주석,『오주석의 한국미 특강』솔.
신영후,『한옥의 고향』대원사.
윤갑원,『반펑의 진리』지선당.
최준식,『한국인은 왜 틀을 거부하는가』소나무.
서수경,『프랭크 로이드 라이트』거문당.
서정호,『한옥의 미』1,2 경인문화사.
이종호,『신토불이 우리유산』한문화.
김문학,『한중일 3국 여기가 다르다』한일문화교류센터.
윤일이『한국의 사랑채』산지니.
이문건/(역)이상주,『양아록-16세기 한 사대부의 체험적 육아일기』태학사.
월간『건축문화』1985. 4.
《JTBC 이어령 학당 9강》〈내가 살고 싶은 곳, 토포필리아〉.

III. 맛의 성찬 비빔밥 차경희

김간金幹,『후재집厚齋集』, 조선 후기.

김장생金長生,『사계전서沙溪全書』, 1687.

박동량朴東亮,『기재잡기寄齋雜記』, 인조 연간.

빙허각 이씨憑虛閣李氏,『규합총서閨閤叢書』, 1815.

서유구徐有榘,『임원경제지林園經濟志』정조지鼎俎志, 조선 후기.

유만공柳晩恭,『세시풍요歲時風謠』, 1843.

이규경李圭景,『오주연문장전산고五洲衍文長箋散稿』, 1800년대 중엽.

이덕무李德懋,『청장관전서靑莊館全書』, 조선 후기.

이황李滉,『퇴계집退溪集』, 1598.

저자 미상,『시의전서是議全書』, 1800년대 말엽.

저자 미상.『부인필지夫人必知』, 1915.

진사원陳士元,『이언집俚諺集』, 명대.

최립崔岦,『간이집簡易集』, 1631.

홍경모洪敬謨,『관암전서冠巖全書』, 조선 후기.

홍석모洪錫謨,『동국세시기東國歲時記』, 1849.

황필수黃泌秀,『명물기략名物紀畧』, 1870.

강인희,『한국의 맛』, 대한교과서, 1987.

류계완,『한국의 맛, 계절과 식탁』春, 삼화출판사, 1976.

방신영,『조선요리제법朝鮮料理製法』1921.

방신영,『우리음식 만드는 법』, 1954.

손정규,『우리음식』, 1948.

IV. 우리 땅의 발견 진경산수화 이태호

강관식, 「겸재 정선의 천문학 교수 출사와 「금강전도」의 천문학적 해석」, 『미술
　　사학보』 27, 미술사학연구회, 2006.

강세황, 『표암유고豹菴遺稿』

신돈복, 『학산한언鶴山閑言』

안휘준, 「한국절파화풍의 연구」, 『미술자료』 20, 1977.

안휘준, 「절파계화풍의 제양상」, 『한국회화사연구』, 시공사, 2000.

안휘준, 『한국회화사』, 일지사, 1980

안휘준, 「조선 초기 안견파 산수화의 구도와 계보」, 『초우 황수영 박사 고희기
　　념 미술사논총』, 통문관, 1988.

안휘준·이병한, 『몽유도원도』, 예경산업사, 1987.

안휘준, 『안견과 몽유도원도』(개정신판), 사회평론, 2009.

유준영, 「구곡도九曲圖의 발생과 기능에 대하여」, 『고고미술』 151, 한국미술사
　　학회, 1981.

유준영, 「조형예술과 성리학-화음동정사에 나타난 구조와 사상적 계보」, 『한국
　　미술사논문집』 1, 한국정신문화연구원, 1984 ; 『화음동정사지華陰洞精舍
　　址』, 한림대학교 박물관·화천군, 2004.

유홍준·이태호, 「관아재 조영석의 회화」, 『관아재고觀我齋稿』, 한국정신문화연
　　구원, 1984.

이동주, 「완당바람」, 『우리나라의 옛그림』, 박영사, 1976.

이태호, 「추사 김정희의 예술론과 회화세계」, 『추사 김정희의 예술세계』 학술세
　　미나 자료집, 제주전통문화연구소, 2000.

이태호, 「16세기 계회산수의 변모 -예안 김씨 가문의 계회도를 중심으로-」 『미
　　술사학』 14, 한국미술사교육연구회, 2000.

이태호, 「17세기, 인조 시절의 새로운 회화경향 -동회 신익성의 사생론과 실경도, 초상을 중심으로-」, 『강좌미술사』 31호, 한국불교미술사학회·한국미술사연구소, 2008.

이태호, 「18세기 초상화풍의 변모와 카메라 옵스쿠라 -새로 발견된 「이기양 초상」 초본과 이명기의 초상화 초본을 중심으로」, 『다시 보는 우리 초상의 세계』 조선시대 초상화 학술논문집, 국립문화재연구소, 2007.

이태호, 『옛 화가들은 우리 얼굴을 어떻게 그렸나』, 생각의 나무, 2008.

이태호, 「18·19세기 회화의 조선풍·독자성·사실정신」, 『동양학』 25, 단국대학교 부설 동양학연구소, 1995.

이태호, 『조선 후기 회화의 사실정신』, 학고재, 1996.

이태호, 「겸재 40대 화풍의 조명-쌍도정도」, 『가나아트』 14, 1990년 7·8월.

이태호, 「겸재 정선의 실경 표현방식과 「박연폭도」」, 『조선 후기 그림의 기氣와 세勢』, 학고재, 2005.

이태호, 「공재 윤두서」, 『전남(호남)지방인물사연구』, 전남지역개발연구회, 1983.

이태호, 「실경에서 그리기와 기억으로 그리기 : 조선 후기 진경산수화의 시방식視方式과 화각畵角을 중심으로」, 『미술사연구』 257, 한국미술사학회, 2008.

이태호, 「실경에서 그리기와 기억으로 그리기 : 조선후기 진경산수화의 시방식과 화각을 중심으로」, 『미술사연구』 257, 한국미술사학회, 2008. 3.

이태호, 「조선 후기 진경산수화의 발달과 퇴조」, 『진경산수화』, 국립광주박물관, 1987.

이태호, 「조선 후기의 진경산수화 연구 -정선 진경산수화풍의 계승과 변모를 중심으로-」, 『한국미술사논문집』 1, 한국정신문화연구원, 1984.

이태호, 「김홍도의 진경산수화」, 『단원 김홍도』 '한국의 미' 21, 중앙일보·계간미술, 1985.

이태호, 「조선시대 지도의 회화성」,『한국의 옛 지도』(자료편), 영남대학교박물
　　관, 1998.

이태호, 「조선후기 진경산수화의 여운 : 이풍익의『동유첩』에 실린 금강산 그림
　　들」, 이충구·이성민 역,『동유첩』, 성균관대학교출판부, 2005.

이태호, 「한시각의 「북새선은도」와 「북관실경도」 -정선 진경산수의 선례로서
　　17세기의 실경도-」,『정신문화연구』34, 한국정신문화연구원, 1988.

이태호,『한국미술사의 라이벌, 감성과 오성사이』, 세창출판사, 2014.

이태호,『풍속화』, 대원사, 1995.

정옥자,『조선후기 지성사』, 일지사, 1991.

최완수,『겸재 정선 진경산수화』, 범우사, 1993.

최완수,『겸재 정선』, 현암사, 2009.

V. 책이 있는 그림 책거리　한문희

강관식, 「영조대 후반 책가도 수용의 세 가지 풍경」,『미술사와 시각문화』22,
　　2018.

국립고궁박물관,『궁중서화』(국립고궁박물관 소장품도록 제6책), 2012.

국립중앙박물관,『조선시대 채색 장식화1, 문방도·책가도』(국립중앙박물관 한
　　국서화도록 제28집), 2021

손정희, 「19세기 박물학적 취향과 회화의 새로운 경향」, 한국문화 44, 2008.

수원박물관,『병풍 속 글씨와 그림의 멋』, 2011.

신미란, 「책거리 그림과 기물연구」, 미술사학연구 268, 2010.

예술의전당·현대화랑,『조선 궁중화·민화 걸작-문자도·책거리』, 2016.

이원복, 「책거리소고」, 근대한국미술논총, 학고재, 1992.

이인숙, 「책거리의 제작층과 수용층」, 실천민속학회 6, 2004.

이현경, 「책가도와 책거리의 시점(視點)에 따른 공간 해석」, 민속학연구 20, 2007.

임두빈, 『한국의 민화 4: 이야기, 책거리 그림 외』, 서문당, 1993.

임수식, 『책가도_사진작가 임수식이 만난 책과 사람』, 카모마일북스, 2016.

정병모, 「궁중 책거리와 민화 책거리의 비교」, 민화연구 3, 2014.

정병모·김성림, 『책거리: 한국 병풍에 나타난 소장품의 힘과 즐거움』, 다홀미디어, 2017.

최수정, 「'책거리 그림'과 유럽의 '호기심의 방'과의 연관관계」, 한국문화융합학회전국학술대회, 2018.

최옥경, 「조선후기의 채색장식화」, 미술세계 72, 2018.

한세현, 「19세기 책가도의 새로운 경향: 호피장막도를 중심으로」, 미술사학 35, 2018.

웹사이트

가회민화박물관 http://www.gahoemuseum.org

경기도박물관 https://musenet.ggcf.kr

국립고궁박물관 https://www.gogung.go.kr

국립중앙박물관 https://www.museum.go.kr

리움미술관 http://www.leeum.org

한국고전번역원 한국고전종합 DB http://db.itkc.or.kr

한국민화협회 http://www.folkpainting.net

VI. 한글로 피어나다 　정재환

권정자, 김덕례 외, 『우리가 글을 몰랐지 인생을 몰랐나』, 남해의 봄날, 2019.

김슬옹, 『한글교양』, 아카넷, 2019.

김슬옹, 28자로 이룬 문자혁명 훈민정음, 아이세움, 2007.

김슬옹, 세종, 한글로 세상을 바꾸다, 창비, 2013.

김정대, 「외국 학자들의 한글에 대한 평가 연구」, 『국어학』 43, 국어학회, 2004.

노마 히데키, 『한글의 탄생』, 돌베개, 2011.

리의도, 『올바른 우리말 사용법』, 예담, 2005.

박영규, 『한 권으로 읽는 세종대왕실록』, 웅진지식하우스, 2008.

박영준 외, 『우리말의 수수께끼』, 김영사, 2002.

박현모, 『세종처럼』, 미다스북스, 2014.

서정수, 「한글은 세계의 으뜸가는 글자다」

신병주·노대환, 『고전소설 속 역사여행』, 돌베개, 2005.

앤드류 로빈슨, 『문자 이야기』, 사계절, 2003.

엘버틴 가우어, 『문자의 역사』, 도서출판 새날, 1995.

이승연, 「한국어교육을 위한 한국 문화 교육 연구의 현황과 과제」, 『새국어생
　　　활』 제29권 제1호 봄, 2019.

정순분, 『일본고전문학비평』, 제이앤씨, 2006.

정재환, 『한글의 시대를 열다』, 경인문화사, 2013.

정주리·시정곤, 『조선언문실록』, 고즈윈, 2011.

최경봉, 『우리말의 탄생』, 책과함께, 2006.

최경봉, 『한글민주주의』, 책과함께, 2012.

충청일보.

한국민족문화대백과사전.

저 / 자 / 소 / 개

김경은 (한복, 한옥과 정원)
영남일보사를 거쳐 경향신문사 기자로 일하고 있다. 일본 조지소피아대학 객원연구원을 지냈다.
저자의 한·중·일 3국 문화비교는 기자생활에서 얻은 직업병의 결과다. 기자는 생리적으로 같은
것보다 다른 것에 더 많은 관심을 두는 버릇이 있다. 기자로서 적지 않은 해외 출장, 객원연구원
경험은 세 나라의 문화차이를 눈으로 확인하는 기회가 됐다. 이로 토대로 '한·중·일 문화삼국지'
시리즈를 집필 중이다. 『집, 인간이 만든 자연_한중일 가옥문화 삼국지』, 『한·중·일 밥상문화』 등
을 펴냈다.

차경희 (비빔밥)
전주대학교 한식조리학과 교수. 고려대학교 민족문화연구원 연구교수와 한식조리특성화사업 단
장 등을 지냈다. 고문헌을 중심으로 한국전통음식문화 연구에 관심을 가지고 있다. 『음식디미방
과 조선시대 음식문화』, 『18세기의 맛』, 『한국음식문화와 콘텐츠』, 『향토음식』, 『한국음식대관』 등
을 공동 집필했고, '1882년 왕세자 관례발기』, 『시의전서』, 『임원십육지−정조지』, 『부인필지』, 『주
방문』, 『음식방문』 등 고조리서 번역에 참여했다. 「노가재공댁 '주식방문'과 이본의 내용분석」, 「조
선시대 고문헌을 통한 소고기 연화법 고찰」 외 다수의 논문이 있다.

이태호 (진경산수화)
명지대학교 미술사학과 석좌교수, 다산숲 아카데미 원장, 서울산수연구소장. 홍익대학교 회화과
와 동대학교 대학원 미학·미술사학과를 졸업했다. 국립중앙박물관과 국립광주박물관 학예연구
사를 거쳐 전남대학교 교수 및 박물관장, 명지대학교 교수 및 문화예술대학원장, 문화재청 문화
재위원 등을 지냈다. 고구려 고분벽화에서 조선 시대, 근현대 회화, 민중미술까지 한국미술사 전
반에 폭넓은 관심을 기울여 왔으며, 주먹도끼부터 스마트폰까지 최초로 꼽히는 한국미술 통사
『이야기 한국미술사』를 펴냈다. 『우리 시대 우리 미술』, 『풍속화』, 『조선 후기 회화의 사실정신』,
『그림으로 본 옛 서울』, 『미술로 본 한국의 에로티시즘』, 『한국미술사 기행−금강산 천 년의 문화
유산을 찾아서』, 『옛 화가들은 우리 땅을 어떻게 그렸나』, 『한국미술사의 라이벌−감성과 오성 사
이』, 『사람을 사랑한 시대의 예술, 조선 후기 초상화』, 『서울 산수−옛 그림과 함께 만나는 서울의
아름다움』, 『고구려의 황홀, 디카에 담다』 등이 있으며, '서울산수', '고구려를 그리다' 등 개인전을
가졌다.

한문희 (책거리)

고전연구 및 저술가. 한국고전번역원 수석연구위원이다. 홍익대학교 역사교육과를 나와서 같은
대학원에서 역사학을 전공했다. 우리 고전의 기획과 출판, 디지털문화콘텐츠 개발 등 고전 대중
화에 관심이 많고, 박물관 관련 디지털박물관 모델을 만드는 일에 참여했다. 대학에서 동양고전
과 콘텐츠기획론 등을 강의했으며, 한국번역가협회·인문콘텐츠학회 이사를 지냈다. 지은 책으
로는 『아버지의 편지-다산 정약용, 편지로 가르친 아버지의 사랑』(초등학교 교과서 수록도서),
『생각이 자라는 우리 고전』(한국출판문화산업진흥원 청소년 추천도서), 『훈민정음, 세계가 놀라는
우리의 글자』, 『어린이 격몽요결』, 『문화콘텐츠입문』(공저) 등이 있다.

정재환 (한글)

방송인, 한글연구가. 1979년 방송 데뷔 후 개그맨과 방송진행자로 활동하다가 30대 중반에 한글
사랑에 빠졌다. 2000년 '한글문화연대'를 결성하여 우리말글 사랑 운동에 뛰어들었으며, 같은 해
성균관대학교에 입학하여 역사를 공부했다. 2013년 '조선어학회 활동 연구'로 박사학위를 받았
고, 현재 방송사회자, 성균관대학교 초빙교수, 한글문화연대 공동대표, 한글문화연대 한국어학교
교장, 한글학회 연구위원 등으로 활동하고 있다. 『한글의 시대를 열다-해방 후 한글학회 활동 연
구』, 『나라말이 사라진 날』, 『큐우슈우역사기행』, 『나는 오십에 영어를 시작했다』 등을 냈다.

한국 문화의 풍경

초판 1쇄 인쇄 | 2022년 10월 06일
초판 1쇄 발행 | 2022년 10월 13일

지은이 | 김경은 차경희 이태호 한문희 정재환
발행인 | 한정희
발행처 | 종이와나무
편집부 | 김지선 유지혜 한주연 이다빈 김윤진
관리 영업부 | 전병관 하재일 유인순
출판신고 | 2015년 12월 21일 제406-2007-000158호
주소 | 경기도 파주시 회동길 445-1 경인빌딩 B동 4층
전화 | 031-955-9300   팩스 | 031-955-9310
홈페이지 | http://www.kyunginp.co.kr
이메일 | kyungin@kyunginp.co.kr

 ISBN 979-11-88293-19-3 03810

값은 뒤표지에 있습니다.

종이와나무는 경인문화사의 브랜드입니다.